Wicked Impulse

ALFA Investigations 3

Chelle Bliss

SIEBEN VERLAG

© 2023 Sieben Verlag, 64395 Brensbach
© Übersetzung Martina Campbell
© Covergestaltung Andrea Gunschera
© Originalausgabe Chelle Bliss 2016

ISBN-Taschenbuch: 978-3-96782-134-5
ISBN-eBook: 978-3-96782-135-2

www.sieben-verlag.de

*Für meinen größten Fan, meinen Bruder Kevin.
Ich werde dich immer lieben.*

Kapitel 1

Bear

Ich hatte es versaut. Das war eine Tatsache, die ich nicht leugnen konnte. Mein Leben war eine nicht enden wollende Verkettung von Fehlentscheidungen und Komplikationen. Molly war nur die letzte, aber beileibe nicht die größte. Das Einzige, was ich richtig gemacht hatte, war, die Liebe meines Lebens zu heiraten. Jackie war das Schönste auf der Welt und süßer als Honig. Als wir erfuhren, dass wir unser zweites Kind bekamen, waren wir überglücklich. Damit begann alles. Jackie überlebte die Geburt nicht. Sie hatte Blutungen, und die Ärzte konnten diese nicht stoppen. Sie zu verlieren, hatte mich verändert.

Nicht nur, dass sie mir zu früh genommen wurde, ich musste auch noch einen neugeborenen Jungen und eine einjährige Tochter großziehen. Ich wusste ein wenig über Kinder, da ich zwei jüngere Schwestern hatte, aber ich war nicht fähig gewesen, es allein zu tun.

Die meiste Zeit meines Lebens war ich wegen kleinerer Vergehen wie Autodiebstahl und Besitz von Diebesgut im Gefängnis gewesen. Meine Verbrechen hatten nie jemandem geschadet, außer meinen Kindern. Sie zahlten den Preis dafür, dass ich nicht da war und sie in den Händen meiner Schwestern bleiben mussten. Ich hatte Jahre gebraucht, um mein Verhalten zu ändern. Verdammt, Jahrzehnte, wenn ich ehrlich war. Irgendwann zog ich meinen Kopf aus dem Sand und umgab mich mit wahren Freunden. City, Tank und Frisco wurden zu meiner Familie und holten mich vom Pfad der Selbstzerstörung.

Wenn Jackie es geschafft hätte, wäre alles anders gewesen. Wir wären eine Familie gewesen, ich wäre clean geblieben, und wäre jetzt nicht mit der verdammten Molly hier.

Ich schlug ihre Hand weg, als sie nach mir griff. „Molly, ich weiß deine Pussy zu schätzen, aber du weißt, dass es nicht mehr als ein bedeutungsloser Fick war, ja?" Ich beugte mich vor und zog meine Stiefel an. Wenn ich mich auf das Bett gesetzt hätte, hätte sie wieder versucht, mich anzufassen. Und das wollte ich nicht. „Also lass uns das nicht zur Gewohnheit machen."

Sie zog das Laken über ihre Titten und starrte mich an. „Bear", flüsterte sie mit ihrer rauen Raucherstimme.

Ich schnitt ihr das Wort ab, bevor sie mit ihren Krokodilstränen anfing, um mir ein schlechtes Gewissen zu machen, damit ich ihr meinen Schwanz noch einmal gönnte. „Nein. Ich hatte nie etwas anderes geplant als das, was es war. Ein verschwitztes Fickfest."

„Du bist ein größeres Arschloch, als ich dachte." Sie lehnte sich mit verschränkten Armen an das Kopfende des Bettes.

Ich lachte über die groteske Situation. „Als ich dich gefragt habe, ob du ficken willst, wollte ich dich nicht zu meiner festen Freundin machen."

Sie beugte sich vor und ließ die Decke von ihrer Brust rutschen. „Ich hatte nicht mal was davon, du Mistkerl", wetterte sie.

Ich machte mir nicht die Mühe, auf ihre Titten zu starren, obwohl sie wollte, dass ich hinsah. „Deine Pussy hat sich dreimal an mir festgesaugt, Süße. Mach mir nicht vor, dass du nicht gekommen bist. Du hast jedes Mal meinen Namen gestöhnt wie eine läufige Hündin."

„Verpiss dich!", schrie sie, als ich mir das Shirt über den Kopf zog.

Mit meiner Handfläche strich ich das Shirt glatt und lächelte. „Ich dachte schon, du würdest das nie sagen." Ich winkte auf dem Weg nach draußen und ließ die Tür offen. Sie fluchte etwas Schreckliches, und es hörte sich an wie aus einem Horrorfilm, aber ich beachtete es nicht weiter. Als ich nach draußen kam und der Wind wehte, nahm ich einen Hauch ihres billigen Parfüms wahr, das sich mit Zigarettenrauch und Sex vermischte. Normalerweise störte mich der Gestank meiner sexuellen Eskapaden nicht, aber aus irgendeinem Grund war es dieses Mal anders. Ich hatte in letzter Zeit viel über Jackie nachgedacht. All die Dinge, die ich an dem Tag verloren hatte, als sie mich verlassen hatte. Seitdem hatte ich mein Herz für niemanden mehr geöffnet. Verliebte Menschen umgaben mich, und es tat weh, zu wissen, dass ich das in meinem Leben nicht mehr hatte. Obwohl ich in den letzten zwanzig Jahren ein oder zwei Beziehungen gehabt hatte, waren sie nicht mit Jackie zu vergleichen gewesen. Ich war sicher, dass ich ihnen nie eine Chance gegeben hatte, und es war unmöglich für sie gewesen, die Perfektion meiner Frau in meinen Erinnerungen zu übertrumpfen.

Mein Telefon piepte, als ich gerade auf mein Motorrad steigen wollte.

Tank: *Pack deinen Schwanz wieder ein und komm ins Cowboy.*

Ich wollte eigentlich nach Hause gehen und Mollys Geruch abwaschen, aber Tanks Nachricht war schneller.

Ich: *Bin auf dem Weg.*

Wenn er mich um einen Gefallen bat, stellte ich ihn nicht in Frage. Wenn Tank wollen würde, dass ich um vier Uhr morgens mit ihm in die Hölle fuhr, wäre ich sofort zu ihm geeilt, um mit ihm Scheiße zu bauen.

Als ich durch die Tür des Neon Cowboy trat, saß Tank an unserem üblichen Tisch, umgeben von der ganzen Crew. Frisco, City, Morgan, Thomas, James, Mike, Anthony und Sam.

Wie es aussah, waren sie tief in ein Gespräch vertieft. Ich brauchte nicht einmal ein Wort zu hören, um zu wissen, dass etwas Wichtiges vor sich ging.

„Yo", rief City, als ich nur noch ein paar Meter entfernt war. „Setz dich, wir haben eine Menge zu besprechen."

Joseph City Gallo war der andere Teil unseres Trios. Tank, City und ich waren im Laufe der Jahre eng zusammengewachsen und mehr Brüder als Freunde. City war zehn Jahre jünger, aber ziemlich weise für sein Alter. Wenn er sein perfektes Lächeln aufblitzen ließ, reagierten die Leute darauf. Es schadete auch nicht, dass er ein hübsches Jungengesicht hatte.

Ich zog den Stuhl hervor, drehte ihn nach hinten und setzte mich falsch herum darauf. „Was ist los?"

„Es geht um Johnny", antwortete Morgan. „Ich werde ihn umbringen, wenn ich ihn jemals finde."

Er schlug mit der Faust auf den Tisch, sodass alle Getränke aufsprangen. Morgan sah zerzaust aus. Sein dunkelbraunes Haar stand kreuz und quer ab und hing ihm in die Augen. Ich hatte diesen Johnny nie gemocht. Seit dem Tag, an dem ich ihn bei Race kennengelernt hatte, gab es etwas an ihm, das mir nicht gefallen hatte. Race schwärmte davon, wie hilfsbereit er war, aber ich hatte ein komisches Gefühl. Nachdem Race ihm die Rennbahn abgekauft hatte, stellte sie ihn ein, um ihr dabei zu helfen, alles auf Vordermann zu bringen. Er machte sich schnell an Morgans Mutter Fran heran, und der Rest war Geschichte.

„Er hat fünfzigtausend vom Konto der Rennbahn gestohlen und ist abgehauen."

Tank legte seine Hand auf Morgans Schulter.

Ich war überrascht von Johnnys Mut, aber nicht schockiert von seiner Dreistigkeit. „Wann war das?"

„Als er heute nicht zur Arbeit erschien, wusste Race, dass etwas faul ist. Dann rief die Bank an, weil einige von ihr ausgestellte Schecks geplatzt waren."

„Schrecklich", murmelte ich und schüttelte den Kopf. Aber das war nicht der richtige Zeitpunkt für: Ich hab's ja gleich gesagt.

„Wir erledigen das inoffiziell", sagte Thomas mit einer hochgezogenen Augenbraue. „Ich bin sicher, du hast kein Problem damit."

Als Inhaber der ALFA Privatdetektei war Thomas mein Chef. Er war auch der Bruder von City und früher bei der Drogenbehörde. Thomas war der erste Mensch seit Jahrzehnten, der mir eine Chance auf einen richtigen Job gegeben hatte. Ich hatte endlich das Gefühl, dass ich bei ihm und den Jungs ein Zuhause gefunden hatte.

„Nein", sagte ich. „Aber wenn ich ihn finde, darf ich ihm zuerst den Arsch versohlen."

„Er gehört ganz dir, Bro", sagte James. „Wir werden Informationen sammeln und versuchen, ein paar Spuren zu finden, und dann werden wir unseren Angriff planen."

James, der Miteigentümer von ALFA PI, liebte es, auf eigene Faust zu ermitteln. Das war es, was ich an diesen Jungs am meisten mochte. Keiner wollte die Polizei rufen oder um ein Problem herumschleichen. Johnny würde sich wünschen, er wäre nie geboren worden, wenn wir mit ihm fertig waren.

Thomas lehnte sich auf seinem Stuhl zurück und verschränkte die Arme vor der Brust. „Ich weiß, dass morgen Samstag ist, aber wir brauchen jeden im Büro, um an dem Fall zu arbeiten."

Ich schnappte mir den Krug Bier und schenkte mir ein Glas ein. Molly war wie eine bittere Pille und ihr Nachgeschmack war noch da. „Ich habe nichts Besseres zu tun."

„Ich werde auch da sein", meldete sich Sam zu Wort. „Ich bin immer da, wenn ihr mich braucht."

Sam hatte sich verändert, seit ich ihn zum ersten Mal getroffen hatte. Manchmal war er immer noch ein eingebildeter Scheißkerl, aber ich hatte gelernt, damit umzugehen. In der Vergangenheit gab es keinen Tag, an dem ich ihm nicht ins Gesicht schlagen wollte, aber er war mir ans Herz gewachsen. Er war viel erwachsener geworden und hatte uns immer den Rücken freigehalten. Der harte Kerl hatte sogar eine Kugel eingesteckt, ohne zu jammern wie ein Mädchen. Ich konnte sogar behaupten, dass er meinen Respekt verdient hatte. Was nicht einfach war, vor allem, wenn man bereits als Scheißkerl eingestuft worden war.

City schaute auf seine Uhr. „Ich weiß, es ist schon spät, aber wir sollten bis Mittag dort sein. Wir wollen dem Kerl nicht zu viel Zeit geben, um weit zu kommen."

„Es gibt keinen Ort auf der Welt, an dem er sich lange vor uns verstecken könnte", sagte Mike und rieb sich mit einem breiten Grinsen das Kinn.

Mike war eine interessante Persönlichkeit. Wenn er nicht gerade Leute piercte, verbrachte er seine Zeit im Ring. Er war UFC-Champion geworden, bevor er die Liebe seines Lebens gefunden und sich zurückgezogen hatte. Oder von ihr an die Leine gelegt worden war und aufgehört hatte, je nachdem, wie man es betrachtete.

„Wie geht es Fran?"

„Sie ist am Boden zerstört und stinksauer. Meine Mutter ist furchteinflößend, wenn sie wütend ist. Johnny sollte hoffen, dass du ihn zuerst findest und nicht meine Mutter", antwortete Morgan. „Wir können sie da nicht mit reinziehen. Sie wird versuchen, sich einzumischen, aber das kommt nicht infrage, Leute."

„Verstanden", antwortete James.

„Ich habe kein Problem damit, ihr zu sagen, dass sie sich raushalten soll", sagte ich und zuckte mit den Schultern. „Soll ich mich um sie kümmern?"

Morgans blaue Augen blickten in meine. „Du wirst dich nicht um meine Mutter kümmern."

Ich konnte mir ein Lachen nicht verkneifen. „Junge, du musst dir keine Sorgen machen. Ich sage nur, dass sie und ich auf Augenhöhe sind. Sie würde auf mich hören."

„Bear", flüsterte Tank an meiner Seite und stieß mir mit dem Ellbogen in die Rippen.

„Was denn? Ich würde die Frau nie anfassen. Herrgott noch mal, was denkt ihr denn von mir?"

„Im Ernst", sagte Morgan mit zusammengebissenen Zähnen. „Du kannst deine Hose nie zulassen. Du kommst mir nicht in die Nähe meiner Mutter, Bear. Denk nicht mal daran, ihr zu helfen."

Ich lachte darüber, aber es wäre gelogen, wenn ich nicht zugegeben hätte, dass es mich ein wenig beunruhigte. Fran war eine tolle Frau, aber ich hatte nie daran gedacht, sie zu vögeln. Moment. Das war falsch. Ich hatte es mir vorgestellt. Mehr als einmal. Ich hatte es nur nie in die Tat umgesetzt.

„Ich bin ein perfekter Gentleman", sagte ich am Tisch, und alle brachen in Gelächter aus. „Erst meine Brüder, dann die Weiber." Das war unser Motto.

„Oh Mann." Morgan fuhr sich mit der Hand durch sein ohnehin schon unordentliches Haar und hatte Mühe, auf seinem Platz sitzen zu bleiben.

Ich schüttelte den Kopf und stellte es klar. „Ich beziehe mich auf alles, was eine Pussy hat, mein Freund. Ihr Jungs", ich schaute mich am Tisch um, „steht immer an erster Stelle."

Morgan murmelte weiter vor sich hin, aber er ließ den Quatsch. Alle waren sich einig, dass wir uns um zwölf Uhr mittags im Büro treffen würden, und dann verschwanden sie langsam, bis nur noch Tank und ich übrig waren.

„Noch einen?", fragte ich und griff nach dem Krug, der fast leer war.

„Nein, danke." Tank winkte ab. „Pass lieber auf, was du in Morgans Gegenwart über Fran sagst."

„Ach, komm schon. Du kennst mich doch."

Als er aufstand, sah er mich ernst an. „Das ist genau der Grund, warum ich Angst habe, Bear. Sie ist tabu. Hast du das kapiert?"

Ich warf die Hände in die Luft und stieß mich vom Tisch ab. „Verdammt noch mal. Ich fasse sie nicht an, Tank. Lass mich gefälligst in Ruhe."

„Ich habe gesehen, wie du sie ansiehst, du blöder Hund. Du hast Glück, dass Morgan das noch nicht aufgefallen ist."

Ich knallte den Krug auf den Tisch und verengte die Augen. „Hör endlich auf mit dem Scheiß. Ich werde Fran nicht ficken."

„Ja, ja", murmelte Tank, bevor auch er ging.

Mistkerle.

Ich mochte ein Arschloch sein, aber ich hatte Moral. Oder?

Kapitel 2

Bear

Thomas klopfte mit einem Stapel Papiere auf den Konferenztisch und schaute sich im Raum um. „Gut, alle sind da. Was haben wir über Johnny?"

Wir hatten drei Stunden telefoniert, Spuren verfolgt, seinen digitalen Fußabdruck gecheckt und jede andere Information, die wir über John McDougal in die Finger bekommen konnten, ausgewertet.

„McDougal ist nicht sein richtiger Name", sprach Sam zuerst und schob Thomas ein Blatt Papier zu. „Er heißt O'Sullivan und könnte jetzt unter jedem beliebigen Namen unterwegs sein."

„Was ist mit seinem Handy?", fragte James.

„Es wurde ausgeschaltet", sagte Morgan, während er sich die Schläfen rieb.

„Dein Kumpel soll dranbleiben, falls er es wieder einschaltet. Ich brauche nur ein paar Sekunden, um seinen Standort zu finden", antwortete James, als wären wir alle blutige Anfänger.

„Schon erledigt", erwiderte Morgan.

„Bankkonten?", fragte Thomas und hob eine Augenbraue.

„Leer", antwortete ich.

Thomas klopfte mit seinem Stift auf den Tisch und lehnte sich auf seinem Stuhl zurück. „Kann jemand Fran befragen und herausfinden, was sie über Johnny weiß? Vielleicht hält sie ein Detail für unwichtig, aber es könnte uns einen Hinweis geben."

Morgan fuhr sich übers Gesicht. „Das kann ich übernehmen."

„Aha", sagte ich skeptisch, denn seine Mutter würde sich ihm gegenüber sicherlich nicht so sehr öffnen wie jemandem wie mir. Alle am Tisch drehten sich mit merk-

würdigen Blicken zu mir um. „Was ist?"
„Willst du das etwa machen?" Morgan starrte mich mit verengten Augen an.
„Ähm ... ja." Ich zuckte mit den Schultern.
„Warum?"
„Sie erzählt dir vielleicht nicht alles. Eltern sind ihren Kindern gegenüber nicht immer so offen wie einem Freund."
„Du bist mit meiner Mutter befreundet?"
Ich unterdrückte ein Knurren und sprach stattdessen, um meine Verärgerung zu überspielen. „Ich bin dein Freund, du Affe, und damit auch der deiner Mutter."
„Gut", unterbrach Thomas, bevor Morgan etwas erwidern konnte. „Bear wird Fran befragen."
Morgans Blick ließ mich nicht los, als die Sitzung fortgesetzt wurde. Ich ignorierte den stinkigen Blick, den er mir zuwarf, und hörte mir alles über Johnny an. Er war ein schlüpfriger Typ. Hatte sich direkt vor unseren Nasen versteckt und wir hatten nichts bemerkt. Ich wusste, dass sich jeder Mann an diesem Tisch so fühlte wie ich. Wie ein kompletter Idiot.
„Wo hat er seine Kreditkarte zuletzt benutzt?", fragte Frisco und machte einen neuen Aufzählungspunkt auf seinem schicken Notizblock.
Kindereien. Sie schrieben unnützes Zeug auf oder tippen es in ihre Handys. Ich hatte nur die wichtigsten Informationen aufgeschrieben. Ich war von der alten Schule und verließ mich meistens auf mein Gedächtnis. Ich hatte keine Zeit, in Notizen zu blättern, wenn ich an einem Fall arbeitete oder jemanden aufspüren wollte. Ich hätte schwören können, dass die Technologie uns auf der Evolutionsleiter zehn Stufen zurückgeworfen hatte.
„Gestern in der Nähe von Gainesville", antwortete Sam.
„Morgan?", fragte James, weil dieser nicht reagierte.
Aus dem Augenwinkel sah ich, dass er mich immer

noch anstarrte.

„Morgan", sagte auch ich.

„Was ist?", fragte Morgan und seine Augen wurden noch schmaler.

„Hörst du zu oder bist du damit beschäftigt, Bear den bösen Blick zu geben?" James lachte und ich konnte nicht anders, als mitzumachen.

Morgans Gesichtsausdruck änderte sich nicht. „Ich finde, jemand anderes sollte meine Mutter befragen."

Thomas räusperte sich. „Das wurde bereits entschieden. Bear übernimmt das."

„Komm schon, Kleiner", sagte ich mit einem Lächeln. „Ich verspreche, dass ich ein absoluter Gentleman sein werde. Für mich bist du ein Familienmitglied."

Er hob die Oberlippe wie ein aggressiver Köter, beruhigte sich aber wieder. „Okay, Bear. Ich vertraue dir in dieser Sache."

Ich nickte und Schuldgefühle nagten an mir, weil ich Fran wollte. Ich hatte sie mir immer nackt unter ihrem Trainingsanzug vorgestellt. Sie war ein Rätsel für mich. Ich konnte sehen, dass sie einen tollen Körper hatte, aber aus irgendeinem Grund wollte sie ihn verstecken, als ob sie sich für zu alt hielt. Ich verstand nicht, was mit manchen Frauen passierte, wenn sie reifer wurden. Sie hatten das Bedürfnis, sich zu verstecken, obwohl sie es der Welt lieber zeigen sollten.

„Bear, kannst du dich für heute Abend mit ihr verabreden?", fragte James.

„Schon dabei", sagte ich und nickte, wobei ich versuchte, meine freudige Erwartung zu verbergen. „Ich werde sie anrufen." Ich stand auf und entschuldigte mich, wobei ich Morgans Blick auf mir spürte, als ich aus dem Raum ging.

Anstatt sie von meinem Handy aus anzurufen, beschloss ich, die Büroleitung zu benutzen, damit es offizieller wirkte. Ich saß einen Moment da und sammelte meine Gedanken, bevor ich ihre Nummer wählte, die ich auf einen Zettel gekritzelt hatte, den ich unter meinem Tischkalender versteckte.

Es klingelte zweimal, bevor Fran abnahm.

„Hallo."

„Hi, Fran." Ich räusperte mich, weil ich plötzlich nervös war. „Ich bin's, Bear."

„Hi, mein Heißer. Ich dachte, es wäre Morgan."

„Tut mir leid, dass ich dich enttäuschen muss, Süße."

Sie kicherte leise. „Du bist nie eine Enttäuschung, Bear."

„Ich wollte wissen, ob wir uns heute Abend zusammensetzen und über Johnny reden können."

„Dieser Wichser. Ich habe eine Menge zu sagen. Komm heute Abend vorbei, dann koche ich dir was."

„Das musst du nicht tun, das ist viel zu viel Mühe. Treffen wir uns doch einfach in der Bar auf einen Drink."

„Nein, ich würde lieber selbst etwas kochen. Das lenkt mich ab. Sei um sechs Uhr hier."

Sie legte auf, bevor ich antworten konnte, und ich starrte überrumpelt auf das Telefon. Es war ewig her, dass mir jemand etwas gekocht hatte. Ich konnte dort nicht mit leeren Händen auftauchen. Ich wusste, dass die Jungs mich für ein Tier hielten, aber früher hatte ich einmal Manieren gekannt.

Ich ging in den Konferenzraum zurück und mied Morgans Blick. Die Jungs sprachen noch über Johnny und darüber, was er als Nächstes tun könnte. Wir wussten nur sehr wenig über den Mann, aber ich dachte mir, dass wir in den nächsten vierundzwanzig Stunden ein klareres Bild davon haben würden, wer dieser Pisser wirklich war.

„Hast du dich mit Tante Fran in Verbindung gesetzt?", fragte Thomas.

Fuck. Franny war mit fast jedem am Tisch verwandt und derartig tabu, dass ich genauso gut gar keinen Schwanz haben brauchte. So ein hübsches Ding vor mich

hinzustellen, sie mir wie eine potenzielle Beute vor die Nase zu halten und mir nicht zu erlauben, sie zu berühren, war einfach nur grausam. „Ja. Ich treffe sie um sechs, um über Johnny zu reden."
Morgans Augenbraue hob sich. „In der Bar?"
„Nein." Ich schüttelte den Kopf, während ich die Arme verschränkte. „Sie wollte lieber, dass ich zu ihr nach Hause komme."
„Aha. Vielleicht schaue ich mal vorbei." Morgan verschränkte wie ich die Arme.
Ich drehte mich zu ihm um. „Lass uns eins klarstellen, Junge. Deine Mutter wird in deiner Gegenwart nicht reden wollen. Halte dich lieber fern."
Er beugte sich vor. „Warum sollte sie nicht vor mir reden? Sie erzählt mir alles."
„Hat sie dich etwa angerufen, um dir alles zu erzählen?"
Er verzog den Mund. „Nein."
„Eben. Es ist ihr peinlich, dass sie nicht gemerkt hat, dass er ein verlogener Mistkerl ist. Lass mich mit Fran allein reden. Dabei wird sie sich wohler fühlen."
Er atmete tief aus und lehnte sich auf seinem Stuhl zurück. „Na gut. Aber mach es dir nicht zu gemütlich."
„Ach, halt doch die Klappe. Wir kennen uns schon seit Jahren. Hab ein bisschen Vertrauen, ja?"
„Das ist das Problem, Bear. Ich weiß zu viel über dich."
Das stimmte. Er war zu oft bei meinen Eskapaden dabei gewesen. Aber Morgan kannte mein wahres Ich nicht. Keiner kannte es. Ich hatte es schon vor langer Zeit ausgeschlossen und eine stählerne Festung um mein Herz errichtet. Sie alle sahen mein wildes, sorgloses Ich, aber nicht den wahren Mann dahinter.
Ich schenkte seiner Bemerkung keine weitere Beachtung und wandte mich wieder dem eigentlichen Gespräch zu. „Gehen wir alles noch einmal durch, damit ich alle Infos im Kopf habe."
Nach einem weiteren Überblick über die Informatio-

nen, die wir über Johnny hatten, glich der Konferenzraum mehr und mehr einem Krisenstab. Die Telefone klingelten ununterbrochen, die Leute machten sich Notizen, und wir nutzten das Whiteboard, um Verbindungen zu wichtigen Hinweisen zu ziehen, denen wir nachgehen mussten, um den diebischen Bastard zu fassen.

Als ich das Büro verließ, hatte ich gerade noch genug Zeit, um in die kleine italienische Bäckerei zu gehen und etwas zum Nachtisch zu besorgen. Fran hatte sich wahrscheinlich für das Essen ordentlich ins Zeug gelegt, und das war das Mindeste, was ich tun konnte. Außerdem wollte ich sie zum Lächeln bringen.

Kapitel 3

Bear

Ich schob den leeren Teller weg und rieb mir den Bauch. „Das war so verdammt gut, Franny. Ich kann mich nicht erinnern, wann ich das letzte Mal so etwas Leckeres gegessen habe."

Sie strahlte mich an. „Ich verwöhne dich gern."

Die Frau konnte so gut kochen wie diese Spitzenköche im Fernsehen. Sie hatte nicht nur ein Abendessen gemacht, sondern ein ganzes Menü. Einen Gang nach dem anderen trug sie aus der Küche und servierte ihn mir, bevor ich protestieren konnte.

„Jederzeit, Babe." Ich ertappte mich und sagte nichts weiter, denn ich war schon kurz davor zu flirten. Morgan würde mir die Eier abschneiden.

„Kochen entspannt mich, aber du weißt, dass ich nicht gut darin bin. Oder? Ich meine, nicht wie Maria."

„Du musst ja wirklich gestresst sein." Ich ließ den Blick über den Tisch schweifen. „Ich kann mich nicht daran erinnern, wann ich das letzte Mal Hausmannskost hatte, und es hat köstlich geschmeckt."

Sie brach in schallendes Gelächter aus. „Keiner mag meine Kochkünste, nicht einmal Morgan. Willst du einen Drink?" Sie stand auf und ging zu einem kleinen Schrank. „Ich brauche etwas Starkes, um das durchzustehen."

„Es tut mir leid", sagte ich und fühlte mich schuldig, weil ich sie befragen musste. „Wir können das auch ein andermal machen."

„Setz dich", befahl sie mir. „Es ist gut, dass du da bist. Ich muss darüber reden. Alkohol hilft. Willst du einen oder nicht?"

Ihre Dominanz törnte mich irgendwie an. „Ja, ich nehme einen Gin Tonic."

Ihr dunkles, schulterlanges Haar fiel nach vorn, als sie

sich bückte, in den Schrank griff und drei Flaschen herausholte. Ein kleines Stück entblößte Haut an ihrem Nacken lugte hervor, und mein Schwanz begann sich zu regen. Tabu! Nicht mal daran denken, Mann.

„Eis?", fragte sie mit dem Rücken zu mir.

„Zwei Würfel, bitte." Mein Blick wanderte an ihrem Körper entlang, konzentrierte sich auf ihren Hintern und versuchte, die Umrisse durch den Stoff ihres blauen Trainingsanzugs zu erkennen. Warum konnte diese Frau keine Jeans tragen wie andere Leute? Ihr Outfit schmeichelte ihrem Körper nicht und machte es meiner Fantasie schwer, sich auszutoben. Ich konnte nicht einmal erkennen, ob sie ein Höschen trug, aber in meinem Kopf stellte ich sie mir ohne vor.

Sie reichte mir das Getränk und erwischte mich eiskalt beim Tagträumen. „Geht es dir gut? Du siehst erhitzt aus."

Ich lachte leise und hoffte, dass sie mich nicht dabei erwischt hatte, wie ich ihren Hintern angestarrt hatte. „Alles okay. Mir ist nur ein bisschen warm", log ich wie gedruckt.

„Soll ich die Klimaanlage einschalten?", fragte sie und begann, ihre Trainingsjacke auszuziehen. „Es ist wirklich ein bisschen warm hier." Sie stand schnell auf, hängte die Jacke über ihren Stuhl und ging in den Flur.

Mein Blick zoomte sofort auf ihre Brust. Das weiße T-Shirt war fast durchsichtig, und alles, worauf ich mich konzentrieren konnte, waren die Umrisse ihres schwarzen BHs. Warum musste er schwarz sein? Er passte thematisch nicht zum Trainingsanzug. Ich bezweifelte, dass die Damen in Golden Girls schwarze Reizwäsche unter ihrer Kleidung getragen hatten.

„Gleich wird es besser. Ich habe die Temperatur ein wenig heruntergedreht." Sie setzte sich und schob das Schirmchen in ihrem rosa Getränk hin und her. „Sex on

the Beach", sagte sie.
Ich hörte nur Sex und verschluckte mich an meinem Getränk. „Wie bitte?"
„Mein Drink. Das ist ein Sex on the Beach."
Ich formte mit dem Mund ein O, bevor ich wieder zu husten begann. Plötzlich stellte ich mir Fran vor, wie sie in einem String-Bikini im Sand herumlief und Wasser von ihr abperlte.
Was zum Teufel war mit mir los?
„Wo willst du anfangen?", fragte sie, bevor sie das Getränk an die Lippen führte und mich über den Rand hinweg anstarrte.
Was ich sagen wollte, und das, was ich sagen musste, waren völlig gegensätzliche Inhalte. „Also, heute haben wir erfahren, dass McDougal nicht Johnnys richtiger Name ist. Er lautet O'Sullivan. Ansonsten haben wir nicht viele Anhaltspunkte, aber vielleicht kannst du uns ein paar Hinweise geben."
„O'Sullivan?", fragte sie und stellte ihr Getränk auf dem Tisch ab. „Ich habe den Namen schon mal gehört."
„Ja?"
„Seine Cousine, die immer angerufen hat, heißt O'Sullivan."
„Erinnerst du dich an den Vornamen der Cousine?"
„Kate."
Ich zog das kleine Tablet heraus, das ich in meine Hosentasche gesteckt hatte, bevor ich ALFA verlassen hatte, und begann, mir Notizen zu machen. Dies war das eine Mal, dass ich wirklich etwas aufschreiben wollte. Ich musste mit einem vollständigen Bericht zurückkommen. Außerdem lenkte mich Fran zu sehr ab und ich würde wahrscheinlich die Hälfte vergessen.
„Weißt du, wo sie wohnt?"
„Irgendwo in New York."
„Sonst noch etwas über Kate?" Ihr Name hätte nicht gewöhnlicher sein können. Es wäre so, als würde man im

ganzen Staat New York eine Nadel im Heuhaufen suchen.
„Sie ist Friseurin oder so was in der Bronx."
Das grenzte die Auswahl ein. Es konnte nicht allzu viele Kate O'Sullivans geben, die in der Bronx frisierten. „Ich werde das so bald wie möglich überprüfen."
„Wenn ich so darüber nachdenke ..." Sie stützte ihr Gesicht auf ihre Hände. „Oh Gott", jammerte sie leise. „Ich bin so blöd."
Ich zog ihre Hände von ihrem Gesicht. „Das bist du nicht, Babe. Sag es mir einfach."
Sie seufzte, bevor sie ihre dunkelbraunen Augen auf mich richtete. „Er hat immer *Ich liebe dich* zu ihr gesagt, bevor sie aufgelegt haben. Ich habe mir nichts dabei gedacht, weil er behauptete, sie seien verwandt. Wie viele Cousins kennst du, die das jedes Mal sagen, wenn sie miteinander reden?"
„Keine Ahnung." Ich zuckte mit den Schultern.
„Ich wette, sie ist seine Frau oder so ein Scheiß. Bei meinem Glück."
„Zieh keine voreiligen Schlüsse. Vielleicht ist sie wirklich seine Cousine."
Sie warf mir einen skeptischen Blick zu. „Lass uns mal realistisch sein, Bear. Er hat mich benutzt, um es sich bequem zu machen und bei der Arbeit unter dem Radar zu bleiben."
„Hör zu, manipulatorische Menschen wissen genau, was sie sagen und wie sie sich verhalten müssen, um ihren Willen zu bekommen. Es gibt nichts, was du hättest tun können, um die Dinge zu ändern. Er wusste genau, was er tat."
„Vielleicht." Sie schüttelte den Kopf. „Oder ich bin einfach nur eine Idiotin."
„Hat er nicht jahrelang auf der Rennbahn gearbeitet?"
„Sie gehörte ihm, und Race hat sie ihm abgekauft."
Ich wusste das, aber es war mir entfallen. Irgendetwas

passte nicht zusammen. Warum sollte ein Mann eine Rennbahn verkaufen und dann ausgerechnet die Person bestehlen, die er bereits ausgenommen hatte? Das ergab keinen Sinn.

„Es ist höchst unwahrscheinlich, dass sie seine Frau ist, Fran. Vielleicht seine Schwester. Wenn er jahrelang hier gelebt und ein Geschäft geführt hat, hätte jemand von Kate gewusst. Ein Mann kann eine Ehefrau nur eine bestimmte Zeit lang verstecken."

„Stimmt", sagte sie mit leiser Stimme und verschränkte ihre Finger auf der Tischplatte. „Sie wusste, dass wir ein Paar sind. Ich habe sogar öfter mit ihr telefoniert."

Ich legte meine Hände auf ihre. „Wenn du an ihrer Stelle gewesen wärst, hättest du dann mit der Frau sprechen wollen, die mit deinem Mann schläft?"

„Ich würde die Schlampe aufspüren und ihr in den Arsch treten."

„Genau." Ich lachte auf. „Also ist sie wahrscheinlich nicht seine Frau, aber sie ist definitiv eine heiße Spur. Hat sich Johnny in letzter Zeit irgendwie anders verhalten?"

„Er wirkte noch paranoider als sonst." Sie rührte ihren Drink um und starrte auf die Flüssigkeit, die um die Eiswürfel herumwirbelte. „Er sah oft aus dem Fenster, überprüfte, ob die Türen abgeschlossen sind, aber ich dachte, er wäre nur vorsichtig."

„War Johnny ein Spieler?"

Sie schüttelte den Kopf, und ihr Haar glitt über ihre Schulter, wobei es im Licht glänzte. „Nicht, dass ich wüsste."

„Mit wem hat er noch gesprochen? Wir versuchen, uns ein genaues Bild davon zu machen, wer er ist und wer seine Gesprächspartner waren."

„Er bekam ständig Nachrichten von jemandem namens Trout aufs Handy, aber ich weiß nicht, ob das ein Spitzname oder ein Nachname ist. Ich habe auch gehört, wie er sich an einen alten Freund namens Sawyer erinnerte.

Es tut mir leid", sagte sie und rieb sich mit ihren zarten Fingern die Stirn. „Ich merke gerade, dass ich nicht so viel über ihn wusste, wie ich dachte."

„Manche Menschen sind einfach zurückhaltend, Fran. Normalerweise nur aus Gewohnheit, aber manchmal, wie bei Johnny, gibt es andere Gründe, warum jemand nicht offenbart, wer er wirklich ist."

„So wie du, Bear. Du bist sehr verschlossen. Ich kenne nicht einmal deinen richtigen Namen."

Ich hielt inne. Ich hatte meinen Namen nie verheimlicht, aber ich hatte ihn auch nie offen ausgesprochen. Meine engsten Freunde kannten ihn und meine Familie, aber vor Jahren hatte ich aufgehört, ihn zu erwähnen. Ich setzte den Gin ab, leckte mir über die Lippen und überlegte einen Moment, ob ich ihr meinen Namen sagen sollte. Als ich über den Tisch hinweg ihr trauriges Lächeln sah, konnte ich mich nicht davon abhalten. „Ich heiße Murray."

Ihr Lächeln wurde breiter, als ob ich sie in ein sehr privates Geheimnis eingeweiht hätte. „Der Name gefällt mir. Er passt zu dir. Murray."

Normalerweise würde das Hören meines Namens zu viele Erinnerungen wachrufen, aber aus ihrem Mund klang er so süß wie ein schöner Song. „So heiße ich." Ich spielte es wie ein Idiot herunter.

Sie legte ihre Hand auf meinen Unterarm und streichelte mich, sodass mir ein Schauer über den Rücken lief.

„Stört es dich, wenn ich dich so nenne? Bear ist süß, aber Murray ist männlicher."

„Koch wieder für mich, und du kannst mich nennen, wie du willst." Ich lächelte sie an und genoss das Gefühl ihrer Haut auf meiner.

„Mist. Ich habe dein leckeres Dessert vergessen."

Als sie ihre Hand wegnahm und aufstand, vermisste ich sofort ihre Nähe. Sie verschwand in der Küche und ließ mich allein im Esszimmer zurück. „Was zum Teufel mache ich hier?", flüsterte ich und blickte zur Decke. Ich schloss für einen Moment die Augen, atmete tief durch und sagte mir: Fran ist tabu, Arschloch.

„Alles in Ordnung?", fragte sie und überraschte mich damit.

Ich schaute zu ihr hinüber, als sie in der Tür stand und ein Tablett mit Cannoli in der Hand hielt. „Es könnte mir nicht besser gehen. Gutes Essen und tolle Gesellschaft, aber ich wünschte, ich wäre unter anderen Umständen hier."

Sie legte mir zwei mit Puderzucker bestäubte, in Schokolade getauchte Cannoli auf den Teller. „Dann lass uns über andere Dinge reden. Hast du Kinder?"

Ich versuchte, mein Erschrecken zu unterdrücken. Mein Leben war etwas, worüber ich nicht mit vielen sprach. „Ich habe zwei", sagte ich, was überraschend einfach über die Lippen ging.

Sie setzte sich und legte einen Cannoli auf ihren Teller, bevor sie die Serviette auf ihren Schoß legte. „Wie alt?"

„Ret ist um die dreißig, und Janice ist nur ein Jahr älter."

„Wohnen sie hier in der Nähe?"

„Soweit ich weiß lebt er in Texas und sie ganz hier in der Nähe." Ich nahm den größten Bissen vom Cannoli und hoffte, dass mein Mund zu voll sein würde, um weitere Fragen zu beantworten.

„Mein Gott, ich kann mir nicht vorstellen, dass mein Kind so weit weg lebt. Er ist mein Alles und seit dem Ende meiner Ehe mein Leben."

„Wie lange ist das her?", fragte ich mit dem Mund voll Ricotta. Die Füllung klebte an meinem Gaumen wie Tapetenkleister.

„Er verließ uns, als Morgan gerade den Highschool-Abschluss machte, aber die Ehe war schon lange vorher vorbei."

Sie zeichnete gedankenlos die Schokolade auf der Spitze des Cannoli-Röhrchens nach, und mein Verstand schaltete auf Hochtouren. Wie in einem feuchten Traum. Frans Zunge bewegte sich langsam über die getrocknete Schokolade, wobei das Rosa einen schönen Kontrast zur Dunkelheit der Leckerei bildete. Sie schloss die Augen und genoss den Geschmack, und für einen kurzen Moment stellte ich mir meinen Schwanz in ihrer Hand vor, während sie die gleiche Bewegung machte. Als sie ein leises Stöhnen von sich gab, fiel ich fast von meinem Stuhl.

„Wie auch immer", sagte sie, bevor sie das Ende abbiss und meine Fantasien damit brutal beendete. „Ray war ein Stück Dreck. Seit diesem Tag hat er keinen Kontakt mehr zu Morgan gehabt. Er hat mir die Papiere zustellen lassen, und seitdem habe ich ihn nicht mehr gesehen."

„Das tut mir alles sehr leid."

Sie winkte ab. „Es ist Jahre her und das Beste, was mir je hätte passieren können. Er war ein Arschloch, ohne Frage. Murray, was ist mit deiner Frau passiert?"

„Meine Frau Jackie", sagte ich und spürte einen Stich der Traurigkeit. Ich sprach ihren Namen nur noch selten aus, denn es war immer noch wie eine offene Wunde. „Sie ist bei der Geburt meines Sohnes gestorben."

Ihre Augen weiteten sich. „Das tut mir so leid." Sie streichelte meinen Arm. „Ich kann mir vorstellen, wie schwer das gewesen sein muss."

„Obwohl es fast drei Jahrzehnte her ist, ist der Schmerz immer noch wie gestern."

„Es ist etwas anderes, wenn einem jemand genommen wird. Ich kann mir kaum vorstellen, was du mit einem neugeborenen Baby und dem Verlust deiner Frau durchgemacht haben musst."

„Ich habe das nicht gut gemacht. Ich war ein beschissener Vater."

Sie packte meinen Arm fester und das Pieken ihrer Fingernägel erdete mich.

„Männer sind nicht dazu bestimmt, Kinder allein großzuziehen."

„Vielleicht", flüsterte ich und schob den Cannoli auf meinen Teller herum. „Aber ich hätte ein besserer Vater sein können." Stattdessen habe ich mich mit den falschen Leuten eingelassen, zu viel getrunken und Ret in der Obhut meiner Schwestern gelassen. Ich konnte nicht jeden Tag in sein kleines Gesicht schauen. Er hat mich ständig daran erinnert, was ich verloren hatte."

„Man kann die Vergangenheit nicht korrigieren, aber man kann versuchen, die Zukunft besser zu machen." Sie tätschelte mir sanft den Arm. „Sprichst du noch mit ihm?"

„Wir reden, aber ich wünschte, er wäre hier in der Nähe."

Sie lächelte mich mit den sanftesten braunen Augen an. „Warum überredest du ihn nicht, hierher zu ziehen? Wer findet Florida nicht toll?"

„Ich weiß nicht", murmelte ich, bevor ich mir den Rest des halb gegessenen Cannoli in den Mund steckte.

„Zeit ist etwas, das man nie wieder zurückbekommt. In unserem Alter ist sie das Wertvollste, was wir haben, Murray."

„Fran, ich mag, wenn du meinen Namen sagst, aber wenn wir nicht allein sind, kannst du mich dann bitte weiterhin Bear nennen?"

Sie zwinkerte. „Na klar. Ich weiß doch, dass du deinen Ruf behalten willst."

Ich konnte mir ein Lächeln nicht verkneifen. „So ungefähr."

„Also." Sie schob ihren Drink von sich und lehnte sich auf ihrem Stuhl zurück. „Wie alt bist du jetzt? Fünfzig?"

„Etwas drüber." Ich zwinkerte. „Und du?"

„Ich auch."

Ich tupfte den Puderzucker ab, der bei jedem Bissen in meinen Bart gefallen war. „Ich hätte nicht gedacht, dass ich die große fünf jemals erleben würde."

„Lass mich das machen."

Sie hob ihre Hand, und ich erstarrte, als sie mit ihren Fingern durch meinen Bart fuhr. Jedes Haar, das sie bewegte, verursachte ein winziges Kribbeln.

„So", sagte sie und streichelte meine Wange, bevor sie ihre Hand wegzog.

„Danke." Seit Jackie hatte mir niemand mehr im Gesicht herumgewischt. Diese kleine Geste ließ mein Herz vor Traurigkeit schmerzen. „Es ist schon spät. Lass uns das mit Johnny zu Ende bringen, damit du dich ausruhen kannst."

„Oh, okay", sagte sie, und ich merkte, dass meine Antwort nicht war, was sie erwartet hatte.

Für den Rest des Besuchs kam ich nicht mehr vom Kurs ab. Wir sprachen nur noch über Johnny und die Rennstrecke. Nachdem ich eine Stunde lang Notizen gemacht hatte, bedankte ich mich bei ihr für das Abendessen und ging zur Tür.

„Bist du sicher, dass du nicht noch ein bisschen länger bleiben willst?"

Ich gab ein Gähnen vor. „Ich muss jetzt ins Bett. Danke für das wunderbare Essen und die noch bessere Gesellschaft, Fran." Ich beugte mich vor und küsste ihre runde Wange. „Es war ein schöner Abend."

Sie legte ihre Handfläche auf meine Brust, und ich spürte ihre Wärme durch mein T-Shirt hindurch. „Es war schön, für jemanden zu kochen, der tatsächlich gern isst, was ich zaubere."

„Wann immer du Gesellschaft willst, ruf mich einfach an." Die Worte kamen ungefiltert aus meinem Mund. Wäre Morgan hier gewesen, hätte er mir einen Schlag an den Hinterkopf verpasst, weil ich seine Mutter angemacht hatte.

„Vielleicht komme ich auf dein Angebot zurück. Ich wünsche dir eine gute Heimfahrt, Murray."

Ich drehte mich um, lächelte sie an und winkte. „Süße Träume, Franny."

Ich konnte mir das dumme Grinsen nicht verkneifen, als ich mein Bike die Einfahrt entlangschob, um die Nachbarn nicht mit dem lauten Auspuff zu verärgern. Ich behielt Fran im Seitenspiegel im Auge und beobachtete, wie sie mir von der Tür aus nachsah.

Nicht zurückschauen!

Zu diesem Zeitpunkt steckte ich schon so sehr in der Scheiße, dass ich Morgan einen oder zwei Freischläge gewähren würde, ohne mich zu verteidigen. Ich hatte den Männerkodex, den Brocode gebrochen. Morgan war mein Kumpel und Kollege, und Fran ... war durch und durch Frau und ließ mich zum ersten Mal seit Langem wieder etwas fühlen.

Kapitel 4

Fran

Das Telefon klingelte, noch bevor die Sonne durch meine Gardinen schien. „Hallo", sagte ich mit verpennter Stimme, noch im Halbschlaf, obwohl der Anruf mich aufgeschreckt hatte.

„Lange Nacht?", fragte Maria, meine Schwägerin, mit einem Kichern. Sie war mit meinem Bruder Sal verheiratet.

Ich rollte mich auf die Seite und blinzelte, um die Zahlen auf dem Wecker zu sehen. „Warum zum Teufel bist du zu dieser unchristlichen Stunde schon wach?"

„Es ist fast acht, Schlafmütze. Wir hätten heute eigentlich Tennis gehabt, aber es regnet."

Ich stöhnte, denn ich hasste Tennis, aber ich spielte es jede Woche mit Maria, um ihr einen Gefallen zu tun. Der einzige Lichtblick war, dass mein Körper noch nie so fit aussah, seit ich diesen albernen Ball über den Platz jagte.

„Lass uns stattdessen zusammen Kaffee trinken und frühstücken."

Ich lehnte das Telefon an die Schulter und rieb mir den Schlaf aus den Augen. „Gut. Das klingt viel besser als Tennis. Ich bin heute zu müde, um wirklich viel zu tun."

„Ich habe gehört, dass Bear gestern Abend vorbeigekommen ist."

„Von wem?"

„Von Tommy."

„Ihr tratscht über mich?"

„Nein."

„Hm", murmelte ich. „Klingt aber so."

„Hör auf zu jammern. Schwing deinen Hintern und komm in einer Stunde ins Diner."

„Gut", sagte ich und schlug die Bettdecke auf. „Bis dann."

„Lass mich nicht warten ..."
Ich legte auf, bevor sie weiterreden konnte. Ich hatte noch nicht einmal eine Tasse Kaffee intus, und das Letzte, womit ich mich beschäftigen wollte, waren Maria und ihre Fragen.
Nachdem ich in die Küche gegangen war, rief ich Morgan an, während ich darauf wartete, dass der Kaffee kochte. „Hi, Baby", sagte ich, als er abnahm.
„Morgen, Ma. Wie geht es dir heute?"
„Es ist zu früh, um sich eine Meinung darüber zu bilden. Ich warte auf den Kaffee und dachte, ich rufe mal an, um mich bei dir zu melden."
„Wie ist es gelaufen?"
„Gut", sagte ich.
„Mehr hast du nicht zu sagen?" Ich hörte die Verärgerung in seinem Tonfall.
„Wir haben etwas gegessen, geredet und dann ist er gegangen. Ende."
„Du hast ihm Abendessen gemacht?"
„Es hat mir geholfen, mich abzulenken."
„Aber, Ma ..."
„Kein Aber. Es war ein schöner Abend."
„Für ihn war es seine Arbeitszeit."
„Ich weiß, mein Sohn. Glaub mir, Bear war ein absoluter Gentleman."
„Das bezweifle ich", murmelte Morgan.
„Er hat mir sogar ein Kompliment für meine Kochkünste gemacht."
Morgan schwieg einen Moment. „Jetzt traue ich ihm erst recht nicht mehr."
„Du hast Johnny vertraut und ich auch, und was hat uns das gebracht? Bear ist ein guter Mann. Er ist nett zu mir."
„Das glaube ich gern", brummte er.
„Hör auf mit dieser beschissenen Einstellung ihm gegenüber."

„Sei einfach vorsichtig."
Ich lachte, griff nach der halb gefüllten Kanne und schenkte mir eine Tasse ein. „Du brauchst dir keine Sorgen zu machen. Ich hoffe nur, ich habe ihm genug Informationen über Johnny gegeben, um ihm zu helfen."
„Bestimmt, Ma."
„Ich fühle mich verantwortlich. Ich meine, Johnny und ich hatten keine feste Beziehung, aber ich habe genug Zeit mit ihm verbracht, um die Zeichen zu erkennen. Ich hätte wissen müssen, dass er kein guter Kerl ist." Ich nahm einen Schluck Kaffee und genoss die Wärme.
„Ach was. Er hat alle manipuliert. Aber das ist es, was ich wegen Bear sagen will. Man kennt jemanden nie richtig, bis es zu spät ist. Glaube nicht, dass er ein guter Mensch ist, Ma. Das ist er nicht."
„Morgan, ich habe dich dazu erzogen, besser über Menschen zu denken. Er ist dein Freund und ein Freund der Gallos. Verwechsle Johnny nicht mit Bear."
„Ich sage es ja nur."
„Nun, jetzt hast du es gesagt. Ich bin ein großes Mädchen und kann meine eigenen Entscheidungen treffen." Ich stellte die Tasse auf den Tresen und schaute auf die Uhr. „Ich muss los. Maria wartet auf mich, um mit mir zu frühstücken. Ich wünsche dir einen schönen Tag, Schatz."
„Wir sind noch nicht fertig mit dem Reden über …"
Ich hatte bereits aufgelegt. Das wurde zu einer normalen Sache für mich. Wenn mir nicht gefiel, was jemand sagte, legte ich einfach auf, bevor er zu Ende gesprochen hatte. Obwohl ich Morgan sehr liebte, war ich eine erwachsene Frau und musste mich nicht vor ihm rechtfertigen. Ich hatte es auch ohne seine weisen Worte und Sorgen so weit gebracht.
Als ich das Lokal betrat, saß Maria bereits am Tisch und nippte an einer Tasse Kaffee. „Schön, dass du es endlich geschafft hast", sagte sie mit einem schiefen Lächeln.

„Hat Bear dich gestern Abend erschöpft?"

Ich schlüpfte in die Sitzecke und legte meine Handtasche zur Seite. „Sei nicht albern."

Sie kicherte wie ein Teenager. „Ich merke doch, wie du ihn ansiehst, und er beobachtet dich auch immer."

Ich winkte ab. „Das bildest du dir nur ein."

„Wirklich?"

„Kaffee, Fran?", fragte Martha und hielt eine leere Tasse in der Hand.

Ich lächelte sie an, weil sie die Unterbrechung nicht besser hätte timen können. „Ja, bitte."

Maria und ich sahen uns an, während Martha uns Kaffee einschenkte, aber wir sprachen nicht. Als die Kellnerin außer Hörweite war, machte Maria genau da weiter, wo sie aufgehört hatte.

„Hast du ihn denn wenigstens geküsst?"

Meine Schwägerin war ein neugieriges Ding. Sie und Morgan hätten ihren eigenen Club gründen können. „Nein." Ich rollte mit den Augen.

Sie schürzte die Lippen und hob die Augenbrauen. „Wolltest du das denn?"

„Vielleicht."

„Er ist ein wenig ungeschliffen, aber er ist einer der nettesten und loyalsten Männer, die ich je getroffen habe."

„Morgan sagt, er bedeutet Ärger."

„Wenn es nach Morgan ginge, würdest du in ein Kloster gehen und den Rest deines Lebens im Zölibat leben."

„Da hast du auch wieder recht."

Martha kam zurück und zog den Stift hinter ihrem Ohr hervor. „Wollt ihr das Übliche, Ladys?"

„Ja", antworteten wir gemeinsam und Martha ging wieder.

„Wir sind wirklich berechenbar, nicht wahr?", fragte ich Maria. „Man mag denken, dass man alt ist, aber ich fühle mich, als hätte ich ein neues Leben begonnen. Ich habe vor, ohne Entschuldigungen und ohne Reue zu leben."

Ich lächelte und schaute aus dem Fenster, als ich das Geräusch eines Motorrads hörte. Kurz hoffte ich, dass es Bear war, der die Straße entlangfuhr, nur um einen Blick auf ihn zu erhaschen. „Ich denke, ich habe noch zwanzig gute Jahre vor mir. Ich habe nicht vor, sie mit Häkeln und Seifenopern zu verbringen."
Maria rieb sich die Schläfen. „Du hast mich deprimiert."
„Warum?"
„Nur noch zwanzig Jahre? Ich möchte die Uhr zurückdrehen und in meine Jugend zurückkehren. Die Zeit vergeht so schnell."
„Ich weiß. Deshalb habe ich auch nicht vor, sie zu Hause zu verbringen. Was für eine Verschwendung."
Sie lehnte sich zurück. „Hast du einen Plan?"
„Nein, aber ich weiß schon, wo ich anfangen werde."
Ich rieb mir die Hände und lächelte.
„Ich habe das Gefühl, dass ein steiniger Weg vor dir liegt."
„Morgan vergisst, wer in dieser Situation das Elternteil ist. Er ist nicht mein Chef. Er muss einfach damit klarkommen."
„Oh, das wird lustig." Maria lachte. „Weißt du …"
„Was?"
„Wir sollten dir wirklich eine neue Garderobe besorgen, wenn du vorhast, auf Männersuche zu gehen."
Ich warf einen Blick auf meinen rosa Lieblings-Trainingsanzug und zog am Kragen. „Warum denn?"
„Du siehst aus, als würdest du im betreuten Wohnen leben und gleich Bridge spielen gehen. In diesen Klamotten signalisierst du keine Paarungsbereitschaft."
„Aber sie sind bequem."
„Das gilt auch für einen alten Schuh, aber irgendwann muss man ihn ersetzen."
„Na gut", murmelte ich. „Wann gehen wir shoppen?"
„Ich habe heute noch nichts vor", antwortete sie und

grinste.

„Dann lass es uns tun." Ich zuckte mit den Schultern. „Ich bin bereit für eine Veränderung." Ich log nach Strich und Faden. Mit einer gewissen Veränderung konnte ich umgehen, aber die Art, wie ich mich kleidete, war eher ein Schutzschild, um die Annäherungsversuche von Männern abzuwehren.

„Cool, das wird episch!"

„Seit wann verwendest du das Wort episch?"

„Izzy scheint es zu mögen, also dachte ich mir, ich probiere es mal aus."

Sobald Martha unser Frühstück geliefert hatte, aßen wir, und machten uns dann auf den Weg ins Einkaufszentrum.

Maria verdrehte mir den Kopf, so wie sie einkaufte. Sie wirbelte durch das Kaufhaus, zupfte Stücke aus den Regalen und hielt sie mir entgegen.

„Welche Größe hast du?", fragte sie bei einem Oberteil, das eher wie ein Stofffetzen aussah, der sich an meine Brust presste.

„Medium vielleicht." Ich zuckte zusammen, weil ich schon so lange nichts Neues mehr gekauft hatte, sodass ich mir nicht sicher war.

„Und bei Hosen?"

„Auch medium."

Ihre Augenbrauen zogen sich zusammen. „Echte Hosen gibt es nicht in medium. Welche Größe hast du in Nummern?"

Ich warf einen Blick auf meine Trainingshose und zog am Gummizug. „Als ich das letzte Mal nachgesehen habe, war das eine richtige Hose."

Maria lachte. „Das ist doch keine Hose …"

„Kann ich Ihnen helfen?", fragte eine Verkäuferin, nachdem sie Maria wie eine Hyäne lachen hörte.

„Alles in Ordnung, nein danke", sagte ich.

„Darf ich Ihnen eine Umkleidekabine empfehlen?"

Bei all den hässlichen Oberteilen, die sich auf meinem Arm stapelten, konnte ich nicht Nein sagen. „Ja, bitte. Ich glaube, meine Freundin ist noch nicht fertig."

Maria räusperte sich und versuchte, ihr Kichern abzustellen. „Nein, wir sind noch lange nicht fertig", sagte sie mit erstickter Stimme.

Ich verdrehte die Augen und übergab den Stapel echter Kleidung, wie Maria die Sachen nannte, der Verkäuferin, die damit in eine Umkleidekabine ging.

„Bist du fertig damit, mich auszulachen?"

Maria schüttelte den Kopf und ging schnell von mir weg, aber ich konnte ihr Lachen hören, als ich ihr folgte. Sie schnappte sich ein paar Hosen in verschiedenen Größen aus dem Regal, bevor wir in die Umkleidekabine gingen, um die erste Runde anzuprobieren.

Sie stand vor der Tür und klopfte mit dem Fuß auf den Boden. „Wie sieht es aus?", fragte sie.

Meine Arme wollten nicht in die winzige Öffnung des langärmeligen Oberteils passen, das sie ausgesucht hatte. Ich steckte meine Hand immer wieder durch den Ausschnitt an der Schulter. „Toll."

„Lass mich mal sehen."

Als ich es endlich anhatte und in den Spiegel sah, war es nicht so schlimm, wie ich es mir vorgestellt hatte. „Gib mir eine Minute. Ich muss erst eine Hose anziehen." Ich schnappte mir eine Größe, weil ich dachte, das sei die beste Wahl, und zog sie an. „Falsche Größe."

„Welche?"

„Acht."

„Zu klein?"

„Zu groß", gab ich zu und schämte mich ein wenig, dass ich meine richtige Größe nicht kannte. Trainingshosen waren einfacher. Sie passten immer. Selbst wenn ich ein paar Pfund zu- oder abnahm, der Gummizug machte alles mit. Ich warf die Hose auf den Boden und schnappte mir die nächste Größe. „Was zum Teufel sind Skinny

Jeans?"

„Zieh sie einfach an", sagte Maria genervt.

„Ich tue das für dich, also sei besser gelaunt, ja?"

„Klappe, Franny. Ich tue das nur für deine einsame Vagina. Zieh die Jeans an und beweg deinen Hintern hier raus."

Meine Vagina war nicht einsam. Der diebische Bastard Johnny hatte sich seit einiger Zeit um sie gekümmert. Ich war nur nicht so eine Plaudertasche wie Maria. Ich musste meine sexuellen Erlebnisse nicht teilen, um zu bestätigen, dass sie tatsächlich stattfanden.

Sobald ich die Jeans anhatte, drehte ich mich um und betrachtete mich im Spiegel. Mein Hintern sah noch nie so cool aus. Der weiche Jeansstoff war leicht dehnbar, atmungsaktiv und bequem. Die Jeans sah eher wie eine Leggings aus, so wie sie sich an meinen Körper schmiegte. Das Outfit war hübsch, aber ich sah jünger aus. Zu jung, um genau zu sein.

„Ich sehe bescheuert aus", jammerte ich, aber insgeheim gefiel mir das Outfit. Ich sah nicht mehr wie eine Oma aus, sondern wie eine Frau.

„Ich komme rein, wenn du nicht rauskommst."

Verflucht sollte Maria sein. Sie war so verdammt aufdringlich. Die Jahre mit meinem Bruder hatten sie zu einer herrischen Zicke gemacht.

Sie klatschte in die Hände, als sie mich sah. „Du siehst heiß aus", sagte sie mit dem breitesten Grinsen. „Dreh dich mal um."

Ich gehorchte.

Sie stieß einen leisen Pfiff aus. „Von deinem Hinterteil würde eine Münze abprallen."

„Bitte", stöhnte ich entsetzt. „Ich bin zu alt für diesen Scheiß."

„Das Outfit musst du kaufen."

„Ich weiß nicht. Das Oberteil passt nicht zu mir."

Sie gab mir einen Klaps auf den Hintern, woraufhin ich

zusammenzuckte. „Darum geht es ja! Wir schicken die Trainingsanzüge in Rente. Die sind zu asozial und das geht nicht so weiter."

Ich starrte sie kurz entsetzt an. „Na gut." Ich wollte das Outfit ja, aber ich wollte es nicht zugeben.

„Probiere das Nächste an."

Ich schloss den Vorhang, drehte mich vor dem Spiegel um und lächelte. Es gefiel mir wirklich, wie das Outfit mich umschmiegte und meine Kurven hervorhob.

„Wir müssen dir einen neuen BH besorgen."

„Warum?", fragte ich, als ich begann, mir das Oberteil auf höchst unelegante Weise vom Leib zu zerren.

„Deine Möpse sollten sich nicht in der Nähe deiner Ellbogen befinden."

Als ich das Oberteil zusammen mit der Jeans auf den Boden fallen ließ, starrte ich in den Spiegel und drehte mich zur Seite. Sie hatte recht. Meine Möpse hingen tief. Der BH, den ich anhatte, war derselbe, den ich schon seit Jahren trug.

„Meine Möpse sind völlig okay so."

„Gar nicht. Hat der ausgeleierte BH überhaupt Bügel?"

Ich verzog das Gesicht bei dem Gedanken, etwas so Enges zu tragen. „Bügel?"

„Du brauchst einen Push-up-BH, damit deine Möpse wieder Richtung Kinn wandern."

„Um Himmels willen", murmelte ich und schob meine Brust an die Stelle, an der sie sich vor zwanzig Jahren befunden hatten.

„Lass uns noch mehr Klamotten suchen, und dann werden wir diese Babys ein paar Zentimeter höher schieben. Du musst dein Dekolleté herzeigen."

In meinem Kopf hörte ich ständig Morgan. Er würde ausrasten, sobald er mich sehen würde. Die ganze Sache könnte es wert sein, nur um Morgan auf die Palme zu bringen. Aber dann dachte ich an Bear. Was würde er sagen, wenn er mein neues Ich sah?

Kapitel 5

Bear

„Wir haben eine Spur!", rief James gegen Mittag aus dem Flur. „Der Bastard ist in Raleigh."

„Konferenzraum", sagte Thomas, als er an meinem Büro vorbeikam.

Ich schnappte mir meinen Laptop und folgte ihm zusammen mit den anderen Jungs. „Soll ich hinfahren?", fragte ich und setzte mich an den Tisch.

„Noch nicht", antwortete er.

Als alle da waren, fragte James: „Wen kennen wir in Raleigh?"

„Ich habe einen Kumpel, der früher beim FBI war. Ich kann ihn anrufen", sagte Sam.

„Tu das. Finde heraus, ob er es wirklich ist. Wenn er es ist, sollen sie ihn unter Beobachtung halten, bis wir dort ankommen."

„Ich fahre sofort hin", sagte ich. Es hatte keinen Sinn, auf eine Bestätigung zu warten. „Raleigh ist nur neun Autostunden entfernt."

Thomas schüttelte den Kopf. „Ich will keine Arbeitskräfte verschwenden, falls er es nicht ist."

„Du bist der Boss", sagte ich mit zusammengebissenen Zähnen. Manchmal hatte die Arbeit als Angestellter für jemand anderen einen bitteren Beigeschmack. Aber die Jungs von ALFA hatten den Dreh raus und trafen die richtigen Entscheidungen.

Thomas lehnte sich auf seinem Stuhl zurück. „Wenn er es ist, werden wir innerhalb weniger Stunden mit dem Flugzeug dort sein. Wir werden ihn nicht aus den Augen lassen. Stimmst du dem zu, Morgan?"

Morgan rieb sich die Hände und dachte einen Moment nach. „Ja. Stellen wir zuerst fest, ob er es auch ist, und dann werden wir uns um ihn kümmern. Ich will keinem

Geist hinterherjagen."

Angel räusperte sich an der Tür. „Ähm", murmelte sie und spähte über ihre Schulter. „Maria und Fran sind hier."

Alle schauten ratlos drein. Die beiden waren schon zu Besuch gekommen, aber nie zusammen. Da musste etwas nicht stimmen.

Thomas verengte die Augen und sah seine Frau an. „Schick sie herein, Angel."

Sie lächelte und blickte wieder kurz hinter sich. „Ich muss euch warnen. Sie..."

„Was ist los?", fragte Morgan.

„Nichts. Sie sind nur vorbeigekommen, um Hallo zu sagen", sagte Angel, kicherte und zog sich zurück.

„Das ist ja spannend", sagte Frisco, der von seinem Laptop aufblickte.

„Die beiden machen mehr Ärger als ...", murmelte Thomas und verstummte.

Mrs. Gallo kam zuerst ins Blickfeld und lächelte. „Hi, Jungs. Ich wollte nur Hallo sagen."

Thomas ging zu seiner Mutter hinüber und küsste sie auf die Wange. „Was macht ihr zwei heute?"

Alles, was ich von Fran sehen konnte, waren ihre Füße. Aus dem Winkel, in dem ich saß, und mit Maria in der Tür, konnte ich nicht mehr von ihr sehen. Vielleicht bedauerte sie unser gestriges Abendessen und wollte mich nicht wiedersehen. Der Gedanke ließ mein Herz ein wenig schwer werden, obwohl ich das nie jemandem gegenüber zugegeben hätte.

„Heilige Scheiße, Tante Franny", sagte Thomas überrascht.

Ich setzte mich ein wenig aufrechter und versuchte, einen besseren Blick zu erhaschen, ohne neugierig zu wirken.

„Oh Gott, was ist denn jetzt los?", fragte Morgan neben mir.

Maria hob die Hand, um eventuell aufkommende Hysterie zu stoppen. „Wir waren shoppen."

„Kann man wohl sagen", sagte Thomas. „Siehst gut aus, Tantchen."

Ich verrenkte mir noch ein wenig den Hals und klebte mit dem Hintern am Stuhl fest, weil ich keine Lust auf eine Schlägerei mit ihrem Sohn hatte. Es hatte ihm schon nicht gefallen, dass ich mit seiner Mutter zu Abend gegessen hatte. Er hatte es sehr deutlich gemacht, als ich heute zur Arbeit gekommen war, aber ich hatte ihm gesagt, was ich immer sagte. Wir sind erwachsen und es ist nichts passiert. Es ging ihn sowieso nichts an. Sie hatte ihn zwar auf die Welt gebracht, aber sie war ein erwachsener Mensch.

Als Fran in mein Blickfeld trat, blieb mir der Mund offen stehen. Sie trug eine sexy dunkelblaue Röhrenjeans und ein weißes Oberteil, das genau das richtige Maß an Dekolleté zeigte. Bei diesem Anblick lief mir das Wasser im Mund zusammen. Ich hatte Fran bisher nur in Trainingsanzügen gesehen und fand sie dennoch umwerfend, aber jetzt … jetzt war sie wunderschön.

„Heilige Scheiße!" Morgan sprang von seinem Stuhl auf und bedeckte ihren Körper fast mit seinem. „Was hast du dir dabei gedacht, Ma?"

Maria verpasste ihm einen Schlag an den Hinterkopf, woraufhin er zusammenzuckte.

„Stell dich nicht so an. Sie sieht fantastisch aus."

„Wo ist meine Mutter hin?", fragte er, während er die Stelle rieb, die sie gerade geschlagen hatte.

„Ich bin hier, Baby. Sehe ich etwa schlimm aus?" Sie blickte nach unten und strich mit der Handfläche über die Vorderseite ihrer Bluse.

„Nun", murmelte er und schüttelte den Kopf. „Nein. Du siehst nur anders aus."

„Anders schlecht oder anders gut?", fragte sie, um eine Bestätigung zu erhalten.

„Gut."
Ihr Blick flog durch den Raum und blieb an mir hängen. Zum ersten Mal in meinem Leben war ich sprachlos. Fran DeLuca hatte es in sich. Wer hätte geahnt, dass sie unter dieser altmodischen Kleidung so einen Wahnsinnskörper hatte? Ich jedenfalls nicht. Ich konnte nicht verhindern, dass mir der Mund offen stand, als ich den Blick über ihren Körper gleiten ließ und mir die schmutzigsten Dinge vorstellte, die ich normalerweise für die unanständigsten Frauen reserviert hatte.

Frisco stieß mich mit dem Ellbogen an. „Ich würde aufhören, sie so anzustarren, wenn ich du wäre."

Ich schloss den Mund. Fran starrte mich weiter an und ignorierte alle anderen im Raum.

„Lass uns in mein Büro gehen." Morgan versuchte, sie aus dem Raum zu drängen.

„Sei nicht albern." Fran schlug seine Hände weg. „Wir wollten alle begrüßen und sehen, wie die Ermittlungen laufen."

„Alles in Ordnung. Nichts zu sehen und keine neuen Informationen." Morgan hätte sich nicht unwohler fühlen können.

„Wir wollten auch Frans neuen Look vorführen. Ich dachte mir, wo ginge das besser als in einem Büro voller Männer?" Maria lächelte mich direkt an, und ich wusste sofort, dass ich das eigentliche Ziel der Modenschau war.

„Du siehst toll aus", sagte James.

„Fantastisch", fügte Frisco hinzu.

Mir fehlten die Worte, und das war selten. Normalerweise machte ich stets einen sarkastischen oder albernen Kommentar, aber mir fiel nichts ein.

„Jetzt ist der richtige Zeitpunkt zum Reden", flüsterte Frisco. „Blödmann."

„Du siehst sehr hübsch aus", sagte ich.

Frans Augen glänzten bei dem Kompliment. Ich blickte zur Seite und sah, wie Morgan mich anstarrte. Ich war mit meiner Reaktion wohl doch nicht so unauffällig, wie ich dachte. Ich rutschte unruhig auf dem Stuhl herum. Nicht wegen Morgans Blick, sondern wegen der Sexualität, die Fran DeLuca ausstrahlte. Mein Schwanz genoss das.

„Also, Jungs", sagte Maria und sah mich direkt an, „Franny und ich gehen jetzt Tennis spielen und kommen dabei ganz schön ins Schwitzen."

In diesem Moment wurde mir klar, dass Maria Gallo eine verruchte Frau war. Mein Kopf füllte sich mit Bildern von Fran, die auf und ab hüpfte, ihre Titten folgten ihr, und sie war schweißbedeckt.

„Viel Spaß", wünschte James seiner Schwiegermutter.

Ich konnte nicht sprechen, weil ich zu sehr in meiner Fantasie versunken war.

„Übertreib es nicht", sagte Morgan zu seiner Mutter. „Es ist heiß draußen."

Sie legte ihre Hand auf seine Brust und beugte sich vor, um ihn zu küssen, aber ihre Augen waren auf mich gerichtet. „Mach dir keine Sorgen. Ich bin gut in Form und könnte stundenlang durchhalten."

Morgan seufzte und umarmte seine Mutter.

Fran war genauso ungestüm wie Maria. Wenn ich den Tag überstehen wollte, musste ich alle mentalen Bilder von Fran verdrängen, wie sie über den Tennisplatz rannte und bei jedem Schlag stöhnte.

Fran schenkte mir ein verschmitztes Lächeln, als sie sich von Morgan entfernte. „Arbeite heute nicht zu viel und halte mich über Johnny auf dem Laufenden."

„Das werden wir", versicherte Thomas den Damen, die dann den Konferenzraum verließen.

Alles, was ich sehen konnte, war Frans strammer kleiner Hintern, der hin und her wackelte. Heute würde es unmöglich sein, zu arbeiten. Dafür hatte Fran gesorgt, indem sie mir Bilder in den Kopf gesetzt hatte, die kaum Platz für etwas anderes ließen.

„Reiß dich zusammen", sagte Frisco.

„Kümmere dich um deinen eigenen Kram."
„Morgan wird einen Anfall bekommen."
„Ich habe nichts getan."
„Wenn ich deine Gedanken lesen könnte, wären die garantiert nicht jugendfrei, Bro."
Ich wischte mir übers Gesicht und versuchte, die lebhaften Bilder aus meinem Kopf zu vertreiben, aber alles, was ich sah, waren ihre Titten und ihr wackelnder Hintern.
Fuck.
Ich saß in der Scheiße.

Kapitel 6

Fran

„Hast du seinen Gesichtsausdruck gesehen?", fragte Maria am Telefon, während ich den Küchentisch abwischte. Ich tat so, als ob ich von nichts wüsste. „Wessen?"
„Bears. Ihm sind fast die Augen aus dem Kopf gefallen." Sie gackerte.
„Ich weiß", gab ich schließlich zu. Der arme Kerl sah aus, als würde er gleich hyperventilieren. Es war lange her, dass mich ein Mann so angesehen hatte. Ray hatte es früher getan, aber das war, bevor er ein gefühlloses Arschloch geworden war. Es fühlte sich an, als hätte er, sobald der Ehering an meinen Finger kam, seine Manieren verloren und aufgehört, mir den Hof zu machen.

Bei Bear fühlte ich mich wieder sexy. In meinem Bauch flatterten wieder Schmetterlinge, und es kribbelte überall bei seinen gierigen Blicken. Das entging auch Morgan nicht, was seine Reaktion vermuten ließ.

„Du solltest ihn wieder zum Essen einladen."
„Maria! Das war erst gestern." Ich protestierte zu sehr, aber der Gedanke war mir durch den Kopf gegangen.
„Na und? Lebe ein bisschen, Franny."
„Das tue ich. Was ist mit Johnny?"
„Wart ihr zwei überhaupt zusammen?"
„Nicht wirklich. Wir gingen zusammen Essen und manchmal landeten wir im Bett."
„Da hast du deine Antwort. Es ist ja nicht so, als würdest du fremdgehen."

Sie hatte recht, aber ich konnte nicht so einfach nachgeben. „Aber was ist mit Morgan? Bear ist sein Freund."
„Das sind doch nur Ausreden."
Das stimmte. Aber Bear war normalerweise nicht mein Typ. Ich wusste nicht einmal, ob ich überhaupt einen Typ hatte. „Wir werden sehen. Lass mich herausfinden, was

ich tun werde und vor allem in meinem eigenen Tempo."
„Gut, dann sei eben ein Feigling."
„Du bist ganz schön frech."
Sie lachte auf. „Dein Bruder hat es mir beigebracht. Wenn man vom Teufel spricht … er ist gerade reingekommen. Ich muss los."
„Tschüss, Mar. Grüß Sal von mir."
„Mach ich. Tschüss."
Mit dem Spüllappen in der Hand starrte ich aus dem Fenster mit Blick auf meinen Garten und überlegte, was ich als Nächstes tun sollte. Der Abend mit Bear war schön gewesen. Bear war nicht der Mann, für den ich ihn gehalten hatte, und ich wollte mehr über ihn wissen. Aber war es der richtige Zeitpunkt, diesen Weg einzuschlagen?
Vielleicht hatte ich die Signale falsch gedeutet. Ich hatte noch nie einen Mann erobern müssen. Nicht einmal Ray. Es war nicht mein Stil, aber meine Schwiegertochter Race sagte mir, dass Frauen im einundzwanzigsten Jahrhundert so handelten. Ich war geistig immer noch in den Siebzigerjahren, wo es Regeln und Anstand gab.
Mein Telefon klingelte, noch bevor ich es wieder in die Ladestation stecken konnte. „Hallo", sagte ich, nachdem ich gesehen hatte, dass es Race war.
„Ich habe gehört, du hast heute für Aufsehen gesorgt."
„Er hat dich bereits angerufen?"
„Er macht sich Sorgen, Fran."
„Ich bin erwachsen, Race."
„Ich weiß. Und ich finde es süß."
„Das ist meine Rache an meinem Sohnemann."
„Wirst du Bear um ein Date bitten?"
„Ich weiß nicht. Ich habe lediglich darüber nachgedacht."
„Tu es. Er ist ein toller Kerl."
Es schien, als hätten sich die Frauen der Familie auf meine Seite geschlagen. Wenn Morgan wüsste, dass Race mich anrief, wäre er außer sich. „Aber was würde Morgan

dazu sagen?"
„Wen interessiert das? Du verdienst es auch, glücklich zu sein."
„Jemand ist an der Tür, Race. Ich muss los." Ich log, denn ich war nicht bereit für dieses Gespräch. Alle gaben mir ungewollte Ratschläge.
„Vielleicht ist es Bear", sagte sie lachend.
„Tschüss, Quatschkopf."
„Tschüss, Fran."
Der Himmel verdunkelte sich in der Ferne, als das übliche Nachmittagsgewitter aufzog. Ich ging zum Briefkasten und versuchte, schneller als der Regen zu sein, doch meine Nachbarin Meredith erwischte mich, bevor ich wieder hineinschleichen konnte.
„Du siehst heute aber gut aus", sagte sie und musterte mich von oben bis unten, jedoch nicht auf eine schmeichelhafte Weise.
„Danke."
Ihr winziger Mund, der so klein war, dass ich mich fragte, ob sie damit in der Lage war, einen Schwanz zu lutschen, verzog sich. „Ich habe gestern Abend ein Motorrad in deiner Einfahrt gesehen. Hattest du einen Mann zu Besuch?"
Das Leben in einem alten Wohngebiet hatte seine Nachteile, und dies war ein Paradebeispiel dafür. Es war voll von gelangweilten, neugierigen Menschen, die nichts anderes zu tun hatten, als ihre Nachbarn auszuspionieren.
Ich setzte ein falsches Lächeln auf. „Nur einen Freund der Familie." Donner ertönte in der Ferne. „Ich gehe besser rein, bevor es stürmt. Tschüss." Ich machte mich auf den Weg und winkte ihr über die Schulter zu.
„Tschüss", brummte sie hinter mir.
Nachdem ich hineingegangen war und die Post durchgeblättert hatte, warf ich sie auf die Arbeitsplatte und bemerkte, dass ich einen Anruf verpasst hatte. Meine Augen weiteten sich, als ich den Namen sah. Bear. Viel-

leicht hatte ich seine Schwingungen doch nicht falsch gedeutet. Nach all den Jahren hatte ich vielleicht immer noch die Fähigkeit, einen Mann zu lesen.

Ich konnte mir das Lächeln nicht verkneifen, als ich darauf wartete, dass seine Nachricht abgespielt wurde.

„Hi, Franny. Ich bin's, Bear. Ich wollte mich mit dir in Verbindung setzen und dir sagen, dass wir eine Spur zu Johnny haben. Ich weiß, dass du wissen willst, was los ist. Ruf mich zurück … ähm … wenn du willst."

Kurz war ich enttäuscht, denn ich hatte auf etwas Flirten gehofft. Trotzdem rief ich ihn zurück.

„Hi, Bear, Franny hier", sagte ich, als er abnahm.

„Ich weiß." Er lachte leise.

„Ich wollte mich für das Update bedanken." Ich lief im Wohnzimmer umher. „Morgan hat mir nicht wirklich viel erzählt."

„Er hat viel zu tun. Sei etwas nachsichtig mit ihm."

„Ich weiß."

„Warte kurz."

Alles im Hintergrund wurde dumpf, und ich konnte Stimmen hören.

„Nicht?", fragte Bear irgendwen. Und dann: „Fuck."

Es wurden noch ein paar Dinge gesagt, aber ich konnte sie nicht verstehen, egal, wie fest ich das Telefon an mein Ohr presste.

„Ich bin wieder da", sagte er. „Falscher Alarm, was die Spur angeht, aber keine Sorge. Wir werden ihn finden."

„Ich weiß. War das Morgan?"

„Ja."

Ich lächelte, denn Bear hatte ihm nicht gesagt, dass ich am anderen Ende des Telefons war. „Nun, dann lasse ich dich besser weitermachen. Ich weiß, dass ihr viel zu tun habt."

„Franny?", fragte er leise.

Ich hörte auf, auf und ab zu gehen, und in meinem Bauch flatterte es wieder. „Ja?"

„Wollen wir heute Abend zusammen ein Bier trinken gehen?"
Ich atmete tief durch. „Sehr gern." Meine Füße begannen sich von selbst zu bewegen, und ich machte einen altmodischen Freudentanz.
„Gut. Ich hol dich um sieben ab."
„Ich freue mich."
„Bis dann."
„Tschüss", sagte ich, und als die Verbindung unterbrochen wurde, starrte ich das Handy an, als hätte ich ihn vielleicht falsch verstanden.
War das ein Date?
Scheiße. Ich wusste nicht mehr, wie das funktionierte. Ich hatte meine guten Jahre zu Hause verbracht, nachdem Ray mich verlassen hatte. Ich konnte lange Zeit nicht einmal einen anderen Mann ansehen. Dann ging Morgan zum Militär, und ich konnte nur noch an ihn denken. Ich hatte keine Zeit, mich auf eine Beziehung einzulassen, und ich dachte mir, warum sollte ich mir die Mühe machen, wenn ich schon in meinen Vierzigern war.

Anfangs hatte ich gedacht, dass Johnny und ich zusammen wären, aber er hatte mir deutlich zu verstehen gegeben, dass er keine Beziehung wollte. Ich konnte nicht verstehen warum, aber jetzt war es völlig klar.

Ich schätzte, bei Bear würde ich einfach abwarten müssen. Vielleicht war er nur nett zu mir, weil ich Morgans Mutter war, und ich fühlte mich so schuldig, weil ich Johnny nicht als das lügende, betrügende Arschloch gesehen hatte, das er war.

Entweder musste ich mir ein Herz fassen und ihn fragen, was er mit mir vorhatte, oder abwarten und hoffen, dass er mehr wollte als nur einen Drink und eine warme Mahlzeit.

Als ich kurz vor sieben sein Motorrad auf die Einfahrt fahren hörte, rannte ich ins Schlafzimmer, damit es nicht so aussah, als hätte ich auf ihn gewartet. Ich war schon seit einer halben Stunde fertig und war im Wohnzimmer auf und ab gegangen.

„Das ist kein Date", sagte ich mir, als ich darauf wartete, dass er klopfte. „Es ist nur ein gemeinsamer Drink."

Mein Herz machte einen Sprung, als er an die Tür klopfte, und ich betrachtete mich ein letztes Mal im Spiegel. Ich trug dieselbe Jeans, doch ein anderes Oberteil, das einen noch tieferen Ausschnitt hatte. Ich beugte mich vor und prüfte mein Dekolleté, hob es mit der Hand hoch und kicherte. Der BH, den Maria ausgesucht hatte, verhalf meinen Möpsen tatsächlich zu einer Höhe, die ich seit meinen Zwanzigern nicht mehr gesehen hatte. Bear war wahrscheinlich an viel jüngere Frauen gewöhnt, und wenn dieses gepolsterte, mit Bügeln versehene Ding jemals vor ihm ausgezogen würde, wäre er schockiert darüber, wo sie landen würden.

Ich summte die Melodie von *Swing Low, Sweet Chariot*, während ich zur Tür ging. Als ich endlich den Mut aufbrachte, sie zu öffnen, war ich angenehm überrascht von dem, was ich sah.

„Guten Abend, Franny." Bear hielt mir einen kleinen Blumenstrauß hin, während sein Blick an meinem Körper hinab wanderte. „Du siehst umwerfend aus."

Ich nahm sie dankbar entgegen und schnupperte kurz daran. „Danke. Die sind wunderschön. Komm rein, während ich sie ins Wasser stelle." Meine Stimme bebte leicht.

Er nickte. „Gern."

Ich versuchte, nicht vor Aufregung in die Küche zu hüpfen. Bear brachte mir Blumen. Ich glaubte nicht, dass mir jemals jemand, nicht einmal Ray, einen Blumenstrauß geschenkt hatte. „Ich beeile mich." Ich bückte mich und holte eine Vase unter der Spüle hervor und erhaschte einen Blick auf Bear, der hinter mir stand. Seine Aufmerksamkeit galt meinem Hintern, und ich wurde langsamer, um ihm einen längeren Blick zu gönnen.

Er räusperte sich, als ich mich wieder umdrehte.

„Wie war dein Tag?", fragte er, als ich begann, die Blumen in der Vase zu arrangieren.

„Ich hatte zu tun. Und du?"

Er versuchte, unauffällig zu sein, was ihm jedoch völlig misslang. „Ich auch."

„Und wohin fahren wir jetzt?" Ich konnte mich nicht zurückhalten zu plappern, weil ich so nervös war. Das Gespräch war irgendwie unbehaglich.

„Ich dachte, wir gehen runter zu dem kleinen Restaurant am Strand."

Ich lächelte, denn die Sonne würde bald untergehen, und es war lange her, dass ich den Sonnenuntergang über dem Golf von Mexiko gesehen hatte. „Das klingt wunderbar."

„Bereit?", fragte er und wippte auf seinen Füßen hin und her, genauso nervös wie ich.

„Ja. Und du?"

„Ja." Er ging zur Tür, bevor die Vase vollständig mit Wasser gefüllt war.

Ich hörte, wie er im Flur vor sich hinmurmelte. Er sprach sich wohl selbst Mut zu. Ich konnte mir das Lächeln nicht verkneifen, als ich die Blumen auf den Tisch neben dem Fenster stellte. Ein Mann wie Bear schien nie ein Problem mit seinem Selbstwertgefühl zu haben, und ich fand es liebenswert, dass er sich selbst Mut zureden musste.

Als wir nach draußen gingen und ich die Tür abschloss, fragte er: „Macht es dir etwas aus, auf dem Motorrad mitzufahren?"

„Es ist schon eine Weile her, aber nein."

Ich hasste Motorräder, aber das gab ich nicht zu. Ich wusste, dass der Mann sein Bike liebte, und wer war ich, es ihm zu vermiesen? Ray hatte auch eins gehabt, aber nachdem ich das dritte Mal auf dem Bike gesessen hatte, war ich nie wieder mitgefahren. Am Ende hatte ich ihm in die Rippen geschlagen, als er eine Kurve für meinen Geschmack zu scharf genommen hatte. Danach hatte er mich nie wieder gefragt, ob ich mit ihm fahren wollte, und ich war stattdessen lieber mit meinem Auto gefahren.

Bear reichte mir erst einen Helm, den ich aufsetzte, und dann wie ein perfekter Gentleman die Hand. Er half mir, auf das Bike zu steigen. Ich legte meine Hände auf seine Schultern und wartete.

„Du musst die Arme um mich legen. Und dich festhalten."

„Tut mir leid." Ich lächelte, und sobald er sich umdrehte, schluckte ich schwer, sah zum Himmel auf und sprach ein stilles Gebet. Als ich meine Arme um Bear schlang, war es, als würde ich mich an einen Berg klammern. Seine Brust war so breit, dass ich nicht um ihn herum reichte. Die Schmetterlinge, die vorhin in meinem Bauch geflattert hatten, legten noch einen Zahn zu. Ich rutschte nach vorn und presste meine Brust an die Wärme seines Rückens. Ich wollte den behelmten Kopf an ihn lehnen und die Augen schließen, aber ich wollte nicht, dass er mich für eine Verrückte hielt. Auch wenn ich das wohl war.

„Alles klar, Baby?", fragte er und tätschelte meine Hände.

„Ja", sagte ich. Zwischen uns passte kein Blatt Papier mehr.

Er setzte eine Sonnenbrille auf, dann seinen Helm, und startete das Motorrad. Das Aufheulen des Motors brachte die Maschine zum Vibrieren und schickte angenehme Wellen durch mich hindurch. Ich fragte mich, ob das Teil der Faszination eines Motorrads und einer Frau auf dem Rücksitz war. Die körperliche Nähe, der große Vibrator in Form eines Motorrads. Es war wie ein Aphrodisiakum. Als wir auf die Straße fuhren, konnte ich nicht verhindern, dass ich meinen Kopf doch an seinen Rücken lehnte und die Augen schloss. Die Mischung aus Angst, Adrenalin und Erregung machte mich schwindelig.

Kapitel 7

Bear

Die letzte Frau, die sich so fest um mich auf dem Rücksitz des Motorrads geschlungen hatte, war Jackie gewesen. Es fühlte sich ganz normal an, als Fran ihren Kopf an meinen Rücken lehnte. Die Frauen aus der Bar, die ich manchmal nach Hause fuhr, fühlten sich so sicher, dass sie sich kaum festhielten, geschweige denn ihre Arme um mich schlangen. Ich hatte ganz vergessen, wie schön das sein konnte.

„Erzähl mir mehr von deiner Frau", sagte Fran nach unserem ersten Bier.

Wir hatten die letzte halbe Stunde damit verbracht, über unsere Vergangenheit zu sprechen, was ich selten tat. „Sie konnte mit ihrem Lächeln einen Raum erhellen. Ihr Lachen war ansteckend, egal in welcher Situation. Manchmal versuche ich, mich an den Klang zu erinnern, aber er ist so weit entfernt, dass es mich nur traurig macht."

„Das tut mir leid. Es klingt, als ob sie eine tolle Frau war."

„Das war sie."

Sie schob das leere Glas auf dem Tisch hin und her und wich meinem Blick aus. „Warum hast du nie wieder geheiratet?"

„Als ich sie verlor, fiel ich in eine tiefe Depression." Ich starrte hinaus aufs Meer, auf die Wellen, die ans Ufer schlugen. „Mich hätte niemand ertragen."

„Das ist fast dreißig Jahre her, Murray. Ich bin sicher, du bist inzwischen darüber hinweg."

„Ich bin jetzt ein alter Sack. Aber warum hast du nach Ray nicht mehr geheiratet?"

Sie senkte den Blick. „Er war ein gemeiner Scheißkerl. Als er ging, schwor ich mir, mich nie wieder zu verlieben. Ich war wirklich gut darin, Männern aus dem Weg zu gehen."

„Hast du deine ganze Aufmerksamkeit auf deinen Sohn gelegt?", fragte ich mit einem kleinen Lächeln.

Sie lachte leise und biss sich auf die Lippe. „Ja. Armer Morgan. Er war achtzehn, als Ray uns verließ, und ich wurde, was man heute eine Helikopter-Mutter nennt."

„Daran ist nichts auszusetzen", sagte ich und streckte die Hand aus, um ihre zu berühren. „So hätte ich auch bei Ret und Janice sein sollen. Sie hatten es verdient, mich in ihrem Leben zu haben, aber ich war zu sehr mit mir selbst beschäftigt und in meiner Traurigkeit versunken, um für sie da zu sein."

„Wir alle bedauern irgendetwas. Aber unsere Zeit ist noch nicht um. Du kannst die Vergangenheit immer noch wiedergutmachen." Sie schlang ihre Finger um meine. „Warte nur nicht zu lange."

Ich streichelte mit dem Daumen die zarte Haut auf ihrem Handrücken. „Nach all der Zeit würde ich ihnen wahrscheinlich nur noch mehr wehtun. Manchmal ist es besser, Dinge ungesagt zu lassen."

„Haben wir eigentlich gerade ein Date?", fragte sie plötzlich einem nervösen Lächeln.

Ich hielt inne und musste dann lachen. Jetzt kam die Kellnerin mit unserem Essen. „So nennt man das, glaube ich."

Sie grinste. „Gut zu wissen."

Plötzlich war ich neugierig auf die temperamentvolle Frau im Trainingsanzug, die ich seit dem Tag, an dem ich sie kennengelernt hatte, bewunderte. „Hast du viele Dates?"

Ihr Haar fiel über ihre Schultern, als sie den Kopf schüttelte. „Nicht wirklich."

„Ich auch nicht."

Sie lachte. „Lügner. Ich habe gehört, du bist ein richtiger Frauenheld."

Ich lachte in mich hinein, während sich mein Gesicht

erhitzte. „Das würde ich so nicht sagen."
„Also, ich habe ein paar Geschichten gehört."
„Fran", sagte ich und fühlte mich plötzlich schuldig und wie eine männliche Hure.
„Du bist mir keine Erklärung schuldig, Bear. Das war nur eine Feststellung."
Ich stach auf meine Nudeln ein und erwischte ein paar mit meiner Gabel. „Oh."
„Ich wette, du bist ziemlich gut im Bett", sagte sie, als ich die Gabel in den Mund steckte. Ich starrte sie an und kaute so schnell ich konnte, um zu antworten, aber sie sprach schon weiter. „Wahrscheinlich ein ganz Wilder." Sie machte das Fauchen einer Raubkatze nach.
Die Gabel fiel mir aus der Hand. Eine Nudel blieb mir im Hals stecken, und Tränen bildeten sich in meinen Augen, als ich versuchte, die Kehle freizubekommen.
„Alles okay?", fragte sie und wollte aufstehen.
Ich ergriff ihre Hand und hielt sie fest, während ich mich räusperte. „Du musst damit aufhören."
Ihre Augenbrauen hoben sich, und sie lächelte unschuldig. „Womit?"
Mein Griff um ihre Hand wurde fester. „Mit mir über Sex zu reden."
„Über Sex allgemein oder Sex mit dir?" Sie grinste.
Ich schloss die Augen und murmelte ein paar Schimpfwörter vor mich hin. „Beides."
„Tut man das denn nicht bei einem Date?"
„Sind Sie mit allem zufrieden?", fragte die Kellnerin, die uns im ungünstigsten Moment unterbrach.
„Alles super", sagte ich, ohne aufzusehen. „Danke." Als sie schließlich davonhuschte, fuhr ich fort. „Ich bemühe mich sehr, nicht daran zu denken, dich zu vögeln, Fran. Es ist mir noch nie so schwergefallen, an etwas anderes zu denken."
Sie beugte sich vor, um mir einen besseren Blick auf ihr spektakuläres Dekolleté zu gewähren. „Warum tust du es

dann?"
Ich leckte mir über die Lippen, denn mir lief das Wasser im Mund zusammen. Mehr wegen der Aussicht als wegen des Essens. „Weil wir die Dinge langsamer angehen sollten. Morgan würde mich umbringen, wenn er wüsste, dass ich überhaupt gesagt habe, dass dies ein Date ist."
„Er braucht es nicht zu erfahren." Ihre Worte kamen schnell und leise heraus.
Ich lachte und rieb die Stelle, an der meine Hand sie festgehalten hatte. „Ich mag es eigentlich nicht, Geheimnisse vor ihm zu haben, aber ..."
„Es gibt Dinge, die er nie erfahren sollte."
Das weckte meine Neugierde. „Was zum Beispiel?"
Sie grinste hinterlistig. „Ich hebe ein paar meiner Geheimnisse für später auf. Wir werden sehen, ob du dir das Recht verdienst, sie zu erfahren."
„Fuck", murmelte ich, bevor ich meine Gabel nahm und mit Kraft in mein Essen stach. Sie machte mich nervös und viel zu anhänglich.
Wir saßen schweigend da und tauschten Blicke aus, während wir aßen. Ich konnte meine Augen nicht von ihrem Mund und der Art, wie ihre Lippen über die Gabel glitten abwenden. Ich musste immer wieder daran denken, wie mein Schwanz an der gleichen Stelle wäre und wie ihre weiche Haut über meinen Schaft gleiten würde.
„Geht es dir gut?", fragte sie, nachdem sie mich dabei erwischt hatte, wie ich mich zum mindestens zehnten Mal auf dem Sitzplatz zurechtrückte.
„Yep." Ich wischte mir den Mund ab und legte die Serviette auf den Tisch.
„Das ist so lecker", sagte sie und stieß ein kleines Stöhnen aus.
Weibsbild. Sie wusste genau, was sie tat, als sie dieses Geräusch machte.
„Hey, nimmst du mich nachher auf einen Drink ins Neon Cowboy mit? Ich habe schon so viel darüber ge-

hört und würde gern endlich einmal hingehen."
Ich hätte Nein sagen sollen. Morgan und die Jungs waren oft dort und seine Mutter dorthin mitzunehmen war ein großes Risiko, aber ich konnte es ihr nicht abschlagen. Sie sah zu freudig erregt aus, und ich war noch nicht bereit, sie nach Hause zu bringen. „Klar."
Ich wusste sofort, dass ich es bereuen würde.

„Bist du total verrückt geworden?", fragte Tank, als Fran sich entschuldigte und auf die Damentoilette ging.
„Ganz offensichtlich, ja."
„Was zum Teufel machst du hier mit Fran DeLuca?"
„Wir wollen etwas trinken." Ich zuckte mit den Schultern und tat so, als wäre das etwas völlig Normales.
Tank schlug mir an den Hinterkopf. „Sei kein Dummkopf."
Ich ballte die Fäuste unter dem Tisch. „Das war ein Freischuss, aber beim nächsten Mal schlage ich zurück, Arschloch. Wir sind erwachsene Menschen. Sie wollte auf einen Drink herkommen, also habe ich sie mitgebracht."
„Was machst du, wenn Morgan davon erfährt?"
„Das wird er nicht, und wenn doch, werde ich schon mit ihm fertig."
Tank begann so sehr zu lachen, dass er fast von seinem Stuhl fiel. „Du bist sogar noch dümmer, als ich dachte."
„Ich mag sie wirklich, Tank", gab ich zu und spürte, wie eine schwere Last meine Brust verließ, als ich die Worte endlich laut aussprach.
„Du bist am Arsch, Kumpel. Völlig erledigt."
Ich blickte an die Decke und atmete tief aus. „Ich weiß."
„Hey, Leute. Was habe ich verpasst?", fragte Fran, als sie sich wieder zu uns setzte, ihr Haar von den Schultern strich und lächelte.
„Nichts", antwortete Tank, bevor er einen Schluck von seinem Bier nahm und den Blick abwandte.

„Diese Bar ist nicht wirklich so, wie ich sie mir vorgestellt hatte."

„Wie hast du sie dir denn vorgestellt?", fragte ich.

„Ich dachte, es wäre eine alte Kaschemme."

„Nein." Ich lachte und zog mein Bier etwas näher heran. „Es ist nur eine altmodische Biker-Bar." Sie sah sich in der Bar um und nahm die Gäste in Augenschein. „Tanzen die Leute hier auch?"

„Manchmal."

„Tanzt du mit mir?"

„Ähm …"

„Komm schon, du großes Baby. Ich bin sicher, du hast ein paar coole Moves drauf", neckte sie mich und stupste mich in die Rippen.

„Okay", sagte ich, unfähig, ihr zu widerstehen, obwohl ich wusste, dass alle Augen auf uns gerichtet sein würden.

„Dummer Hund", murmelte Tank leise, sodass nur ich es hören konnte.

Ich erhob mich und warf ihm einen bösen Blick zu, bevor ich Fran meine Hand hinhielt. Mit einem breiten Grinsen schob sie ihre Hand in meine. Gerade als unsere Füße den leeren Bereich der Bar berührten, der normalerweise die Tanzfläche war, begann *If You Want a Bad Boy* von Brantley Gilberts zu spielen.

„Ich liebe dieses Lied", sagte sie, als ich meine Arme um sie schlang und sie näher an mich heranzog. Doch ich ließ ein wenig Anstandsabstand zwischen uns. Als ob sie diesen Versuch durchschaute, schlang sie ihren Arm um meinen Hals und zog mich an sich. Ich brauchte eine Minute, um mich wieder zu fangen, weil mir Tanks Worte nicht aus dem Kopf gingen, und dass Frans Titten gegen mich drückten, machte alles nur noch schlimmer. Wir schauten uns in die Augen, unsere Füße bewegten sich im Takt, und alles andere schien zu verblassen. Alles, was ich sehen, fühlen oder hören konnte, war Fran. Ihr Lachen, als ich sie herumwirbelte, und das Gefühl, wie ihr Körper wieder an mich schwang, als ich sie zurückzog. Das einzige Mal, dass mein Blick ihren verließ, war, als ich auf ihr Dekolleté sah. Keine Frau trug einen solchen BH, ohne angeschaut werden zu wollen. Meine Hand glitt tiefer auf ihren Rücken, direkt über ihren Hintern, als etwas meine Aufmerksamkeit erregte.

Eher jemand. Er stand mit verschränkten Armen und einem stinksauren Gesichtsausdruck nah der Eingangstür. Morgan, mit City neben sich.

„Fuck", brummte ich und schloss die Augen, aber ich ließ Fran nicht los.

„Was ist?", fragte sie und strich mir sanft über den Rücken, weil sie die beiden noch nicht gesehen hatte.

Ganz langsam ließ ich meine Hand auf ihren Rücken gleiten und drehte mich um, damit sie sie auch sehen konnte.

„Oh Scheiße", stöhnte sie, als sie endlich einen Blick auf die beiden erhaschen konnte.

„Jetzt gibt es Theater."

Genau mein Gedanke.

Ich hatte gehofft, den Abend für uns haben zu können, um mich nicht mit Morgan auseinandersetzen zu müssen, aber jetzt musste ich ihm gegenübertreten und hoffen, dass er nicht ausflippte. „Bringen wir es hinter uns."

City beugte sich vor und flüsterte in Morgans Ohr, als wir uns näherten. Morgans Gesicht war unleserlich, aber seine Körpersprache war deutlich.

Fran sprach als Erste und beugte sich vor, um ihn zu küssen. „Hi, Baby."

„Ma." Er starrte mich an, als sie ihn küsste.

„Was macht ihr denn hier?", fragte sie unschuldig.

Morgan ließ mich nicht aus den Augen. „Die wichtigere Frage ist, was ihr zwei hier macht."

Fran stellte sich neben mich, aber ich wagte nicht, meinen Arm um sie zu legen. Nicht, weil ich Angst vor Morgan hatte, sondern weil ich mich nicht mit ihm streiten wollte. Er war Frans Sohn. Wenn ich ihm ins Gesicht schlagen würde, wäre das das Ende von Fran und mir, bevor wir überhaupt etwas angefangen hatten.

„Ich habe mit Franny über den Fall gesprochen, und sie wollte etwas trinken gehen. Wie könnte ich da Nein sagen?" Ich zuckte mit den Schultern und hoffte, dass ihn das beruhigen würde.

„Auf ein Wort?", fragte mich City und deutete mit dem Kopf in Richtung Bar.

„Sicher", antwortete ich, bevor ich zu Fran hinunterblickte.

Sie nickte zustimmend. „Morgan, gib mir einen Drink aus und setz dich zu mir."

„Ich denke, wir sollten lieber gehen."

Sie trat näher an ihn heran und lächelte. „Baby, ich bin erwachsen. Ich will einen Drink mit meinem Sohn. Jetzt halt die Klappe und gib mir einen aus."

Ich biss mir auf die Lippe und versuchte, mein Lachen zu unterdrücken. Es war weder der richtige Zeitpunkt noch der richtige Ort, um mich über Frans Umgang mit ihm kaputt zu lachen. Morgan war nicht der Typ, mit dem sich viele Leute anlegten, aber wie jeder starke Mann wurde er so klein mit Hut, wenn seine Mama in der Nähe war.

„Aber nur einen Drink", antwortete Morgan, als ich zu dem bereits wartenden City hinüber ging.

„Was zum Teufel ist los mit dir?", fragte er, bevor ich etwas sagen konnte.

„Was meinst du?"

„Warum zum Teufel hast du sie hierhergebracht?"

City war seit Jahren mein Freund. Wir würden füreinander durchs Feuer gehen, aber seine Frage schockierte mich. „Wohin sollte ich sie denn sonst bringen? Das hier ist unsere Stamm-Bar."

„Du wusstest, dass ich davon erfahren würde."

„Keiner kennt sie hier."

„Aber sicher doch."

„Was?"

„Sie war auf all meinen Partys. Die Jungs hier kennen sie alle, du dummer Hund."

„Na und? Wir trinken nur etwas. Es ist ja nicht so, dass ich sie auf dem Tisch bumse, sodass es jeder sehen kann."

Er schüttelte den Kopf. „Diese Vorstellung werde ich jetzt nie mehr los."

Er wandte sich an den Barkeeper. „Tequila, bitte."

„Mach zwei draus", fügte ich hinzu und wandte mich wieder an City. „Wie sauer ist er?"

„Wir können froh sein, dass du noch lebst." City gluckste leise und griff nach den beiden Schnapsgläsern, als der Barkeeper sie vor uns abstellte. Er reichte mir eins und sagte: „Ich brauche vielleicht mehr als einen, wenn ich diesen Abend überstehen will."

„Du weißt, dass ich mich nicht wehren werde, wenn er mich schlägt."

„Ja. Nach ein paar von denen wirst du den Schmerz nicht mehr spüren, wenn er dir das Licht ausknipst."

Als ich das Schnapsglas an die Lippen hob, beobachtete ich Fran und Morgan bei ihrem Gespräch am Tisch. Sie gestikulierte wild, während sie sprach, und ich wusste, dass das Gespräch hitzig war, aber es sah so aus, als hätte Fran alles unter Kontrolle.

„Habt ihr wirklich nur über den Fall gesprochen?", fragte City und knallte sein Schnapsglas auf die Theke. „Weil deine Hand auf ihrem Arsch eher den Anschein erweckt hat …"

Ich unterbrach ihn mit einer Handbewegung. „Sie ist erwachsen, City."

„Ich weiß, du würdest Fran nie absichtlich wehtun, Bear, aber sie ist meine Tante. Du bist mein bester Freund auf der Welt, aber sie gehört zur Familie."

„Du denkst, ich werde sie vögeln und sie wie Scheiße

behandeln?"

„Tja, normalerweise ist das deine Art."

Wie konnte ich ihm erklären, dass es diesmal anders war? Fran war keine Clubhure oder Kneipentussi. Sie war eine gute Frau und erinnerte mich an Jackie. Jahrelang hatte ich mir die billigsten Frauen ausgesucht, von denen ich wusste, dass ich nichts für sie empfand, und mich mit ihnen amüsiert. Bis sie zu anhänglich wurden und ich sie vor die Tür gesetzt habe. „Bei ihr ist es anders."

Er hob skeptisch eine Augenbraue.

„Doch, wirklich."

„Aha."

„Hör zu. Ich kann es nicht erklären, aber ich mag Fran wirklich. Sie ist wie ein frischer Wind in meinem beschissenen Leben."

Schmale Arme legten sich um meine Taille. „Hey, Baby."

Citys Augen weiteten sich, genau wie meine, sobald ich die Stimme hörte. Verdammte Molly. Ich löste ihre Hände von meinem Körper, drehte mich langsam um und schob sie von mir weg. „Molly."

„Willst du dich amüsieren, großer Junge?", fragte sie lallend, wobei sie das Wort Junge etwas zu lange in den Mund nahm, um als nüchtern durchgehen zu können.

„Nein. Ich habe dir gesagt, dass ich dich nicht wiedersehen will, und ich habe es ernst gemeint." Als sie mich berühren wollte, packte ich sie am Handgelenk und stoppte ihren Versuch.

„Komm schon. Ich kann dich verwöhnen." Ihr Blick wanderte zu meinem Schoß und sie grinste. „Ich weiß genau, wie du es magst."

„Molly", sagte ich leiser. „Ich werde das nicht noch einmal sagen, also hör gut zu. Wir beide haben nichts mehr miteinander zu tun. Nada. Null. Also zieh Leine und such dir ein anderes Opfer."

Sie schmollte, bevor sich ein kleines Lächeln auf ihrem

Gesicht ausbreitete. „Ich liebe es, wenn du so bist. Es ist so heiß. Ich weiß, du magst es hart, Baby. Lass deinen ganzen Stress an mir aus."

Ich blickte hoch und sah, wie Morgan mich beobachtete. Schnell ließ ich Mollys Handgelenk los und schaffte etwas Abstand zwischen uns. „Vergiss lieber, dass ich existiere", sagte ich, weil ich nicht wusste, was ich sonst sagen sollte. Diese Frau verstand ein Nein einfach nicht.

„City kann sich uns anschließen, wenn du willst." Sie lächelte ihn strahlend an.

City war über ein Jahrzehnt jünger als ich. Sein gutes Aussehen machte es ihm leicht, Frauen abzuschleppen. Zumindest, bevor er die Liebe seines Lebens fand. Suzy.

„Lasst mich da raus", sagte er. „Bring deinen Scheiß in Ordnung und komm dann zu uns an den Tisch", sagte er zu mir.

„Lass mich hier nicht allein, verdammt", sagte ich und griff nach seinem Arm.

Er drehte sich zu mir um. „Wimmele sie ab", sagte er.

Als ob dieser Abend nicht noch schlimmer werden könnte. Molly musste auftauchen, sturzbetrunken, und etwas wollen, was ich nicht bereit war, ihr noch einmal zu geben. Dann noch Morgan und Fran. Das war mehr als beschissen.

Kapitel 8

Fran

„Deine Freundin?", fragte Morgan, als Bear neben mir Platz nahm und einen neuen Krug mit eiskaltem Bier auf den Tisch stellte.

Ich trat ihn unter dem Tisch, weil es ihn verdammt noch mal nichts anging.

„Nein", antwortete Bear, aber es war nicht gerade überzeugend.

„Abgefuckt", murmelte Tank so leise, dass ich ihn kaum hörte.

„Was?", fragte Morgan.

Mein gut aussehender Sohn passte prima in diese Gruppe. Tank fuhr sich mit der Hand durch sein tiefschwarzes Haar, das einen militärischen Kurzhaarschnitt hatte.

„Nichts, Mann." Seine ungewöhnlich breiten Schultern beugten sich nach vorn und ließen seinen Hals verschwinden.

In der düsteren Beleuchtung des Sitzbereichs sah Bear männlicher aus als der Mann, der mir vorhin beim Essen gegenüber gesessen hatte. Es war eine Dunkelheit in seinen Augen, die ich vorher nicht gesehen hatte.

„Alles in Ordnung?", fragte ich, beugte mich vor und sprach leise, sodass nur Bear es hören konnte.

Er blickte zu mir herunter, nickte mir kurz zu, griff unter dem Tisch nach meiner Hand und drückte sie. Ich lächelte zu ihm hoch, aber ich war nicht überzeugt.

„Nun, es ist schon spät. Ich bringe dich besser nach Hause, Ma", sagte Morgan und unterbrach den kleinen Moment, den Bear und ich hatten.

„Nein." Ich schaute nicht einmal in seine Richtung. Es war an der Zeit, dass ich meinen Jungen in seine Schranken verwies. Ich mochte seine Mutter sein, aber das gab

ihm nicht das Recht, mein Leben zu diktieren.
„Hier ist es zu gefährlich für dich."
Ich drehte mich zu ihm um und verengte die Augen. „Ich bin von vier strammen Männern umgeben. Ich bezweifle sehr, dass sich jemand mit mir anlegen wird, Morgan. Also sei still und trink noch ein Bier. Entspann dich ein bisschen und genieße deine Freunde so wie ich es tue." Bears Hand legte sich unter dem Tisch um meine.

Die letzte Aussage brachte mir kein Lächeln ein, aber das hatte ich auch nicht erwartet. Der Junge hatte ernsthafte Kontrollprobleme. Vor heute Abend war mir das nie so richtig bewusst geworden, aber ich war ja auch nie mit seinen Leuten zusammen gewesen.

Er nahm den Krug und begann, sich ein Glas einzuschenken. „Gut, aber ich fahre dich nach Hause."

Meine Augen verließen ihn nicht, und ich wartete einen Moment mit meiner Antwort. Dann ließ ich die Bombe platzen. „Ich fahre mit Bear nach Hause."

Er knallte den Krug auf den Tisch, und Bier schwappte heraus. „Einen Scheiß wirst du!"

„Morgan, beruhige dich, verdammt noch mal", sagte Bear. „Deine Mutter ist eine erwachsene Frau und wir sind Freunde. Wäre es dir lieber, sie wäre zu Hause und würde sich vor dem Fernseher langweilen?"

Morgans Gesicht färbte sich knallrot. „Bear, du weißt, dass ich dich mag, aber du lässt besser die Finger von meiner Ma. Sie ist tabu, und sie braucht deine Art von Freundschaft nicht."

Bear stand schnell auf und kippte dabei seinen Stuhl um. Morgan tat dasselbe. Ich sah, dass das Gespräch hitzig wurde und dass ich die einzige Person war, die die Situation beruhigen konnte.

„Jungs!", rief ich, stand auf trat zwischen die beiden. „Setzt euch beide auf euren Hintern. Sofort!"

Sie bewegten sich zunächst nicht, sondern starrten sich wie wütende Stiere an. Morgan bewegte sich zuerst und knurrte, als er sich langsam hinsetzte. Bear brummte etwas und ließ sich auf seinen Stuhl sinken, während seine Augen immer noch auf Morgan gerichtet waren.

„Ihr benehmt euch absolut lächerlich", schimpfte ich sie aus wie Kinder. „Morgan." Ich hielt inne und wartete darauf, dass mein lieber Sohn mir seine volle Aufmerksamkeit schenkte. Als er das tat, fuhr ich fort. „Bear war freundlich und respektvoll zu mir. Er ist ein Gentleman. Ich habe ihn gebeten, mich herzubringen, weil ich heute Abend nicht allein zu Hause sitzen wollte. Wäre es dir lieber, wenn ich diese Tender-App auf meinem Handy benutzen würde?" Ich tippte mit dem Fuß auf.

Morgans Gesicht verzog sich. „Meinst du Tinder?"

Ich zuckte mit den Schultern und rollte mit den Augen. „Wie auch immer das heißt. Wäre es dir lieber, ich würde das benutzen, um etwas trinken zu gehen? Mir wurde gesagt, dass ich nur wischen muss, und voilà, ich habe ein Date."

Er stützte die Ellbogen auf den Tisch und bedeckte sein Gesicht mit den Händen. „Tinder ist keine Dating-App, Ma."

„Doch", sagte ich und stemmte meine Hände auf die Hüften.

„Nein, Fran, ist es nicht", sagte Bear und schenkte mir ein Lächeln.

„Was zum Teufel ist es dann?" Als ich mich am Tisch umsah, sah ich, dass Morgan entsetzt war und sich die anderen Jungs am Tisch kaputtlachten. Ich setzte mich schließlich verärgert hin.

„Es ist eine Fick-App." Bear lächelte nachsichtig.

„Eine was?"

„Oh, Gott", stöhnte Morgan und ließ seine Hand auf den Tisch fallen. „So finden die Leute One-Night-Stands. Es geht nicht darum, eine langfristige Beziehung zu suchen."

„Das kann doch nicht wahr sein."

„Tut mir leid, Tante Fran, das ist es", sagte City und räusperte sich, um seine Belustigung zu verbergen.

„Tja, verdammt. Ich bin froh, dass ich letzte Woche nicht mit Fred rumgemacht habe", sagte ich und setzte Anführungszeichen in die Luft. „Ich dachte, er meinte damit, dass wir zusammen etwas trinken gehen. Ich wusste nicht, dass er Sex mit mir haben wollte."

„Wann zum Teufel hast du Tinder heruntergeladen?", fragte Morgan mit einem misstrauischen Blick, der mich dazu brachte, ihm den Hintern versohlen zu wollen, als wäre er ein kleiner Junge.

„Newsflash, Kleiner: Ich bin eine erwachsene Frau und Single. Ich will nicht den Rest meines Lebens allein zu Hause sitzen."

„Aber du hattest Johnny", erwiderte Morgan.

„Johnny war nur ein …" Ich brach ab.

„Ein was?" Morgans Augen weiteten sich.

„Wir waren nie ein Paar."

„Oh Gott." Er winkte ab, um sich zu ergeben. „Lass uns einfach unser Bier trinken und über etwas anderes reden."

Ich lächelte. Endlich hatte ich ihn zermürbt. Vielleicht würde er jetzt lernen, den Mund zu halten. „Ich würde gern den Tanz beenden, den du so unhöflich unterbrochen hast."

„Gut, Ma. Ich werde mit dir tanzen", brummte er.

„Ich habe nicht von dir gesprochen. Bear", sagte ich und drehte mich zu dem heißen Typen neben mir um.

„Was immer du willst, Franny."

Er streckte seine Hand aus, und ich ließ meine in seine gleiten.

Morgan saß da wie ein bockiges Kind und starrte uns an, als wir aufstanden und uns auf denselben Platz begaben, auf dem wir standen, bevor er durch die Tür gekommen war.

„Du weißt, dass das nicht gut enden wird", sagte Bear,

während er seine Arme um mich schlang, aber er wagte es nicht, seine Hand in die Nähe meines Hinterns zu legen.
„Ich kümmere mich um ihn."
„Babe, du bist seine Mutter und hast einen gewissen Einfluss, aber es gibt einen Männerkodex, mit dem ich umgehen muss."
„Murray, mein Lieber, er wird sich beruhigen. Ignoriere ihn einfach."
Ich befolgte meinen eigenen Rat, lehnte meinen Kopf an seine Brust und folgte seinem Beispiel. Der Schlag seines Herzens passte zum langsamen, gleichmäßigen Rhythmus der Musik, während wir uns bewegten. Ich konnte mir das dumme Grinsen nicht verkneifen. Er roch zu gut und fühlte sich an mich gepresst noch besser an. Bear hatte diese animalische Anziehungskraft, die ich schon immer sexy gefunden hatte. Es gab nichts Sanftes an ihm, außer der Art, wie er mit mir sprach. Ich konnte den Mann dahinter sehen und manchmal auch eine Andeutung des Mannes, der leidenschaftlich geliebt und getrauert hatte. Seit ich ihn kannte, hatte ich mir nie wirklich die Zeit genommen, ihn kennenzulernen. Ich wusste nur, dass er mit Morgan zusammenarbeitete und dass er der beste Freund von City war. Er war immer mitten im Gefecht und bereit, sich für seine Freunde in Gefahr zu begeben. Das mochte ich an ihm. Er war kein Weichei und kannte die Bedeutung von Loyalität.
Als das Lied endete, sagte ich: „Das war schön."
Seine Hand legte sich um meine Taille, und er vergrub sein Gesicht in meinem Haar. „Ich habe seit Jahren nicht mehr so einen inneren Frieden gefühlt, Babe."
„Starrt man uns an?", fragte ich an seinem T-Shirt.
„Nein, nicht mehr."
Ich blickte zu ihm auf und lächelte. „Ich habe mich heute Abend sehr gut amüsiert."
Sein Blick wurde noch weicher und ich kämpfte dagegen an, mich nicht auf Zehenspitzen zu stellen und ihn zu

küssen.
„Ich auch. Willst du es noch einmal wiederholen?"
„Ja, bitte."
„Magst du jetzt gehen?", fragte er und zog mit einem schelmischen Lächeln eine Augenbraue hoch.
„Ich dachte schon, du würdest nie fragen."
Als wir zum Tisch zurückkehrten, räusperte ich mich, bis City, Tank und Morgan zu uns aufsahen. „Wir gehen jetzt. Ich bin erschöpft." Ich täuschte ein Gähnen vor. „Bear wird mich absetzen."
„Ich bringe dich nach Hause, Ma", sagte Morgan erneut, obwohl wird das schon geklärt hatten.
„Nein, Morgan. Bear wird mich nach Hause fahren. Du fährst nach Hause zu deiner Frau."
„Nacht, Tante Fran", sagte City.
„Nacht." Tank legte den Kopf schief und warf Bear einen seltsamen Blick zu.
„Fertig?", fragte Bear hinter mir, aber nicht nah genug, um seine Körperwärme zu spüren.
„Ja."
Kaum waren wir draußen, kam eine Frau, die eher wie eine abgewrackte Nutte aussah, mit einem wilden Blick auf uns zu. Dieselbe Frau, mit der Bear an der Bar mit City gesprochen hatte.
„Du nimmst diese alte Schlampe mit nach Hause?", zischte sie, während ihr Blick über mich glitt. „Was soll das, Bear?"
Bear stellte sich zwischen uns. „Halt die Klappe, Molly. Geh zurück in das Loch, aus dem du gekrochen bist."
Ihre Hand glitt über seine Schulter. „Du weißt, dass ich dich verwöhnen kann. Sie ist schon ausgetrocknet."
Bear schlang seine Hand um ihren Arm und schob sie weg. „Pass auf, was du sagst. Ich bin heute Abend nicht in der Stimmung für deinen Scheiß."
Sie blickte um ihn herum und starrte mich an. „Ich habe ihn gerade gefickt. Wenn du die Reste haben willst,

gehört er ganz dir."

„Ich glaube, der Mann hat dich gebeten zu gehen." Irgendwie versuchte ich, diplomatisch zu bleiben, obwohl die Frau eigentlich einen Schlag ins Gesicht gebraucht hätte.

„Er wird zurückkommen. Das tun sie immer." Bear warf mir einen Blick über die Schulter zu und schaute kurz gen Himmel. „Molly, wenn ich dir noch einmal sagen muss, dass wir kein Paar sind, wirst du es bereuen."

„Was willst du tun, Bear, mir den Hintern versohlen?" Sie lachte laut und leckte sich über ihre Lippen, wobei sie versuchte, sexy zu wirken.

Bear nahm meine Hand. „Schaff dir ein Leben an und lass uns in Ruhe", sagte er zu ihr, während er mich zu seinem Bike führte.

„Du wirst es noch bereuen, Bear!" Ihr krauses Haar flatterte herum, als sie von uns wegstapfte und wie eine Verrückte mit sich selbst sprach.

„Ich kann nicht glauben, dass du deinen Schwanz da reingesteckt hast."

Er drehte sich um und verzog das Gesicht. „Würde es helfen, wenn ich dem Alkohol die Schuld gebe?"

„Nur so kann ich überhaupt glauben, dass du es getan hast."

„Es war nur ein Mal." Er zog mich an sich. „Ich schwöre."

Ich sah ihm in die Augen und wusste, dass er die Wahrheit sagte. „Sie scheint sich wirklich in dich verguckt zu haben."

„Sie ist eine Verrückte. Vergiss sie einfach."

Ich legte meine Hand auf seinen Arm und strich mit dem Daumen über seine Haut. „Schon geschehen."

Er lächelte, während seine Fingerspitzen meine Wange berührten. Alles, was ich denken konnte, war: Küss mich, küss mich, küss mich. Aber es passierte nicht.

Als ich auf sein Bike kletterte und meine Arme um ihn schlang, spürte ich einen Anflug von Eifersucht. Molly hatte etwas von Bear bekommen, das ich nie hatte. Ich war mir auch nicht sicher, ob ich es jemals bekommen würde.

Kapitel 9

Bear

Sobald ich den Motor abgestellt hatte, fragte Fran: „Willst du noch auf einen Schlummertrunk reinkommen?"

An dieser Stelle hätte ich ablehnen und mich auf den Weg machen sollen, aber das war noch nie meine Art gewesen. „Klar." Ich wusste, dass es eine blöde Idee war, aber ich mochte Fran. Mehr als ich sollte, um ehrlich zu sein. Ich hatte nie Arbeit, Freundschaft und Sex miteinander vermischt. Diese Kombination war ein Rezept für eine totale Katastrophe. Aber ich hatte einen Punkt erreicht, an dem mir scheißegal war, was andere dachten.

Ich folgte ihr den Weg entlang und beobachtete, wie ihr süßer kleiner Hintern hin und her wippte und ihr glattes schwarzes Haar im selben Rhythmus schwang. Sie warf einen Blick über ihre Schulter und lächelte, als sie den Schlüssel ins Türschloss steckte. Für eine Frau ihres Alters hatte sie nur wenige Fältchen, und ihre Haut strahlte geradezu mit ihrem leicht dunklen italienischen Teint. Sie hatte nur ein paar Fältchen in den Augenwinkeln, die sie noch geheimnisvoller erscheinen ließen, ihr mehr Charakter verliehen und mich noch mehr faszinierten.

„Was möchtest du trinken?"

„Was immer du hast." Es war mir egal, ob sie mir ein Glas Wasser gab. Ich wusste nur, dass ich noch nicht bereit war, nach Hause in meine einsame Wohnung zu gehen. Während ich in ihrem Wohnzimmer saß, beobachtete ich, wie sie die Flaschen in ihrem Schrank durchsuchte, gebückt mit dem Hintern in der Luft, und ich stellte sie mir in der gleichen Position ohne Jeans vor.

„Gin?", fragte sie, ohne in meine Richtung zu schauen.

„Gern", antwortete ich und konnte den Blick nicht von ihr abwenden.

Sie richtete sich auf und warf schließlich einen Blick

über ihre Schulter. „Eis?"

Ich nickte, ohne zu sprechen, denn mir fehlten die Worte. Um ehrlich zu sein, war ich immer noch in den Fantasien versunken.

„Sex?", fragte sie, während sie die beiden Gläser in meine Richtung trug.

Schockiert sah ich sie an. „Was?"

„Du siehst mich an, als wolltest du mich fressen, Bärchen." Sie lachte leise.

Ich rieb mir den Nacken und versuchte, die Verspannung zu lösen, aber es war nicht der richtige Teil meines Körpers, der Erleichterung brauchte. „Um ehrlich zu sein, Fran, was ich gern mit dir machen würde, ist in etwa fünfundvierzig Staaten dieses Landes verboten."

Sie reichte mir das Getränk, setzte sich neben mich und strich sich über die Haare. „Echt? Nur in fünfundvierzig?", fragte sie grinsend.

„Fran." Ich stellte das Getränk auf dem Couchtisch ab und drehte mich zu ihr um. „Ich versuche gerade, ein anständiger Kerl zu sein, obwohl alles in mir ungezogen sein will. Du machst es mir nicht leichter, wenn du in sexy Klamotten ins Büro schlenderst und obendrein noch verführerisch daherredest. Meine Beherrschung hängt an einem seidenen Faden."

Sie schluckte schwer und legte das kalte Glas an ihren Hals. „Aber warum willst du unbedingt brav sein?"

„Dafür gibt ein Dutzend Gründe."

„Sag jetzt nicht, es ist wegen Morgan."

„Er ist der erste gute Grund." Meine Handflächen fingen an zu schwitzen, und ich wusste, dass es umso schwieriger werden würde, Ausreden zu finden, je weiter dieses Gespräch ging.

„Würdest du dir von deinem Kind sagen lassen, wen du vögeln darfst?", schoss sie mit einem süffisanten Blick zurück, weil sie wusste, dass sie mich damit kriegen konnte.

„Auf keinen Fall."

„Nun, ich auch nicht."

„Ich bin aber nicht gut für dich", gab ich zu. Und es stimmte. Mein polizeiliches Führungszeugnis las sich eher wie ein Polizeibericht, angefüllt mit dummen kriminellen Aktionen, von denen ich gewusst hatte, dass sie verboten waren, die ich aber trotzdem durchgezogen hatte.

„Da ist es wieder, das Wort: gut. Ich habe die letzten zwanzig Jahre damit verbracht, gut zu sein, Ich habe es satt."

Die Fran, die neben mir saß, sah nicht so aus, als hätte sie auch nur einen Funken Engelhaftigkeit in sich. Sie war ein Sexkätzchen mit dem Mundwerk eines LKW-Fahrers. Der schwarze Eyeliner um ihre schokoladenbraunen Augen ließ sie noch verruchter wirken. Die Trainingsanzug-Outfits waren verschwunden und wurden durch einen Stil ersetzt, der verriet, dass sie auf Beutezug war.

Hatte sie das extra für mich geändert?

Nur ein Mal hatte ich mit dieser Frau zu Abend gegessen, und am nächsten Tag hatte sie einen großen Auftritt im Büro hingelegt. Sie trug ein Outfit, bei dem den meisten Männern das Wasser im Mund zusammenlief.

Sie ließ mir keine Gelegenheit zu einer Antwort, bevor sie sich breitbeinig auf meinen Schoß setzte. „Bear", flüsterte sie, während sie mich mit einem Blick ansah, den man nur als lüstern bezeichnen konnte. „Küss mich."

Ich dachte insgesamt volle zwei Sekunden darüber nach, bevor ich ihr Gesicht umfasste. Die Hitze ihrer Mitte ließ meinen Schwanz hart werden. Ich konnte mir nicht länger verwehren, was ich unbedingt haben wollte. Denn sie wollte es auch. Ich strich mit dem Daumen über ihre prallen Lippen. „Bist du sicher, Franny?"

Sie nickte mit einem Lächeln.

Ich holte tief Luft und mir war schon ganz schwindelig bei dem Gedanken, sie zu schmecken. Anstatt mich nach vorn zu beugen, um sie zu küssen, legte ich meine Finger um ihren Nacken und zog sie zu mir herunter. Ohne zu zögern, trafen meine Lippen auf die ihren. Ein leises Stöhnen entkam ihrer Kehle und vibrierte an meinem Mund, als sich ihr Körper entspannte und ihre Pussy gegen meinen schmerzenden Schwanz drückte.

Sie zu schmecken war, als würde ich zum ersten Mal in die süßeste Frucht beißen. Das Gefühl von ihr an meinem Körper zu beschreiben, war unmöglich.

Sie bewegte sich erotisch an mir und öffnete sich, als ich versuchte, den Kuss zu vertiefen. Ich konnte nicht sanft mit ihr umgehen. Das Bedürfnis, sie zu berühren, war intensiver, als ich innerlich darauf vorbereitet war. Ich hielt sie still, indem ich ihre Hüften festhielt und das Trockenvögeln stoppte.

Ich schob eine Hand in ihre Haare. Unsere Zungen tanzten in perfekter Harmonie miteinander, unser Stöhnen war wie der Refrain des schönsten Kusses, den ich seit langer Zeit bekommen hatte. Er war nicht sanft. Er war auch nicht überstürzt. Zwischen uns herrschte nur Verlangen und Lust, und ich konnte unseren Elan nicht abbremsen, selbst wenn ich es gewollt hätte.

Ich zerrte an ihren Haaren und versuchte, sie nach hinten zu ziehen, und das goss nur noch mehr Öl ins Feuer.

„Hör nicht auf", stöhnte sie an meinen Lippen, bevor ihre Zunge wieder in meinen wartenden, gierigen Mund eintauchte.

Meine Hand glitt von ihrer Hüfte zur Mitte ihres Rückens, während ich Fran an mich drückte und keinen Raum zwischen uns ließ. Sie roch nach einer Mischung aus Bier und Blumen, aber als ich mir mit dem Mund schließlich einen Weg zu ihrem Hals bahnte, nahm ich einen Hauch ihres Parfüms wahr. Der süße, moschusartige Duft ließ meinen Schwanz zucken, ein Geruch, den ich schon einmal gerochen hatte, aber ich konnte mich nicht erinnern, wo. Als ich meine Zähne in ihrem Hals versenkte, hart genug, um sie zum Zittern zu bringen, aber nicht genug, um die Haut zu verletzen, neigte sie ihren Kopf zurück und präsentierte mir ihren Hals noch mehr. In dieser Position drückte ihre Mitte noch fester gegen meinen Schwanz, sodass mir der Atem stockte.

Ihre seidigen Fingerspitzen glitten unter mein Hemd und strichen langsam über meine Seiten, bevor sie mein Brusthaar streichelte. Als ihre Nägel meinen Rücken kratzten, stöhnte ich und wollte mehr.

Wie geile Teenager entledigten wir uns schnell unserer Oberteile, bevor mein Mund wieder den Weg zu ihrer nackten Haut fand und sich ihre Finger in meine Seiten gruben. Als unsere Lippen wieder zueinander fanden, begannen unsere Hände zu wandern und wir erforschten und streichelten einander immer leidenschaftlicher.

Meine Hand umfasste ihre Brust und knetete die Fülle durch ihren BH hindurch. Alles an Fran war weich, außer ihrem Mund. Der war frech und machte mich verdammt wild.

Ich kratzte mit meinem Bart über ihre Haut und küsste mich zu ihrer Brust vor, verweilte dort, wo sich ihre Titten trafen, und verlor mich in ihrer Fülle. Meine Lippen trafen auf den Samt ihrer Haut und ich stöhnte auf.

Ihre Augen waren geschlossen, als ich den BH wegschob und die schönsten erigierten Brustwarzen entblößte, die ich je gesehen hatte. Ich schloss die Lippen um ihren Nippel, streichelte die steife Spitze mit meiner Zunge und stöhnte. Sie zitterte in meinen Armen und schmiegte sich an mich. Ich ließ mir Zeit, wollte es nicht überstürzen, mein Gesicht an ihre Brust zu pressen, mich in ihrem Dekolleté zu vergraben, und betete, dass ich so sterben könnte.

Als ihre Hände begannen, am Knopf meiner Jeans zu zerren, hielt ich inne. „Fran, ich habe keine Kondome dabei."

Ihre Augenbrauen schossen hoch, schockiert über mein Geständnis. „Nicht?"

„Nein. Ich hatte nicht vor, dich heute Abend zu vögeln."

„Oh." Sie kaute auf ihrer Unterlippe und räusperte sich.

„Also ich bin gesund. Und du?"

„Ich auch. Ich lasse mich regelmäßig testen und war mit niemandem mehr ohne Schutz zusammen, seit ..."

Sie runzelte die Stirn, wahrscheinlich wusste sie, dass ich seit Jackie sagen wollte. Ich war immer vorbereitet, aber heute Abend hatte ich nicht einmal darüber nachgedacht. Ich hatte ein Abendessen und einen Kuss geplant. Mehr nicht.

Gott, ich klang wie ein Weichei. Und ich dachte auch wie eins. Fran hatte das aus mir gemacht.

„Da hast du aber Glück, mein Großer, dass ich nicht geschwängert werden kann." Sie kicherte leise, während ihre Hände über meine nackte Brust wanderten und mit meinen Brustwarzen spielten.

„Nicht?"

Sie schüttelte den Kopf und lächelte. „Wechseljahre. Die haben auch Vorteile."

„Oh, Scheiße. Daran habe ich gar nicht gedacht." Fran schien zu jung, um in den Wechseljahren zu sein. Ich wusste nicht, warum mir das nicht schon früher eingefallen war. Die meisten Frauen, mit denen ich zusammen war, waren jünger, und es war kein Thema. Normalerweise nahm ich mir, was ich wollte, trug einen Schutz und das war's dann.

„Ich vertraue dir", flüsterte sie und drückte ihre Brust an mich. Ihre Lippen verweilten knapp vor meinen, während sie mir in die Augen blickte. „Vertraust du mir?"

Ich würde nicht sagen, dass ich ein vertrauenswürdiger Kerl war, wenn es um Pussys ging. Ich war unverschämt und gierig, aber bei Fran hatte ich das Gefühl, dass ich alles in meiner Macht Stehende tun würde, um sie niemals zu verletzen, einschließlich, sie niemals anzulügen.

„Ich vertraue dir", flüsterte ich, bevor ich meine Lippen

auf ihre presste.

Es war, als hätte ich mit diesen Worten die Schleusen geöffnet. Ich hob sie von mir herunter, stellte sie auf dem Boden ab und stand ebenfalls auf. Obwohl ich sie ganz ausziehen wollte, fehlte mir die Zeit und die Geduld, das zu verwirklichen. Wir betrachteten uns gegenseitig, knöpften unsere Hosen auf und warfen sie auf den Boden. Ich nahm ihre ganze Schönheit in mich auf, während Fran auf meinen steifen Schwanz starrte, der wie bei einem Boxkampf hin und her wippte.

Der Zahn der Zeit und die Geburt eines Kindes hatten Frans Körper nicht viel anhaben können. Ihre von Natur aus gebräunte Haut schimmerte im schummrigen Licht des Wohnzimmers. Es juckte mich in den Fingern, sie zu berühren, und mein Schwanz brannte darauf, in ihr zu sein, aber mein Verstand erinnerte mich immer wieder daran, dass ich im Begriff war, ein Fass zu öffnen, das ich nie wieder schließen konnte.

Aber ich hatte noch nie auf die Stimme der Vernunft gehört. So hatte ich mir die Hälfte der Suppe in meinem Leben selbst eingebrockt. So war ich im Gefängnis gelandet und hatte mein Leben aus dem Ruder laufen lassen. Fran war nur eine weitere Kerbe an diesem Pfosten der Unvernunft.

„Komm her", forderte ich sie auf.

Sie machte winzige Schritte und kam auf Zehenspitzen auf mich zu. „Ja, Sir", sagte sie mit einem erotischen Lächeln.

Mein Schwanz zuckte, weil ich ihre Reaktion liebte. Gott, war sie schön. Wie ihre Augen funkelten, wenn sie lachte, und wie sich die Fältchen in den Augenwinkeln vertieften. Ich hätte mich in ihr verlieren können.

Der kleine Teufel auf meiner Schulter stach mit seinem Dreizack auf mich ein. „Weichei", flüsterte er mir ins Ohr, aber ich sagte ihm innerlich, er soll sich verpissen und beschloss, ihm zu zeigen, was für ein Mann ich war.

Als sie nackt vor mir stand, schlang ich eine Hand um ihren Nacken und zog sie zu mir. Bevor sie etwas sagen konnte, presste ich meine Lippen auf ihre und verschlang sie, als ob mein Leben davon abhängen würde.

Ich griff zwischen uns und ließ meine Finger durch ihre Nässe gleiten. Fran war bereit für mich und genauso gierig wie ich. Sie wollte es. Ich wusste es. Die Küsse und Berührungen auf der Couch machten es deutlich, und ihre Nässe bestätigte es.

Ich schnappte nach Luft. „Ich kann nicht langsamer vorgehen."

„Dann nimm mich endlich", sagte sie.

Wenn meine Eier nicht kurz davor gewesen wären, blau zu werden, hätte ich gelacht. Normalerweise spielte ich mit einer Frau, brachte sie vor Lust um den Verstand, sodass sie bereit war, mich alles tun zu lassen, was ich wollte. Aber Fran war anders. Ich hatte keine Lust auf Spielchen, und ich hatte das Gefühl, dass sie ohnehin im Bett genauso offen war wie ich. Oder ich würde sie dafür öffnen.

Ich drehte sie mit dem Gesicht zur Lehne des bequemen Sessels und beugte sie darüber. An ihrem Hals beginnend, küsste ich sie bis zum Hintern und umfasste ihn grob.

„Schon mal Analverkehr gehabt?", fragte ich, während ich mit dem Finger über ihren Hintereingang fuhr.

Sie keuchte. „Nein", sagte sie und krampfte ihren Hintern zusammen. „Habe ich nicht."

„Gut", murmelte ich. „Keine Sorge, das ist kein Spiel für heute Abend. Das muss ich mir erst verdienen."

Mit einer Hand spreizte ich ihre Hinterbacken, mit der anderen hielt ich meinen Schwanz davor. Fran wackelte mit dem Hintern an meiner Spitze. „Vorsicht, Süße."

Ich wollte so verdammt gern in ihren Hintern dringen, dass ich aus der Haut fahren wollte, aber das hier war unser erstes Mal und hoffentlich nicht unser letztes.

Noch bevor ich die Spitze in ihrer Pussy hatte, zuckte Fran zurück und spießte sich sozusagen selbst auf. Ich lachte leise, aber als sie sich zu bewegen begann, bevor ich es konnte, verging mir das Lachen.

Fran und ich bewegten uns im gleichen Rhythmus wie die perfekten Wellen in einem heftigen Sturm. Als wir aneinander klatschten, versuchte ich, mich zusammenzureißen. Ich wollte kein Trottel sein, der nach zwei Stößen schon kam. Aber so wie sie auf mich reagierte und sich an mich presste, wusste ich nicht, wie lange ich durchhalten würde.

Ich legte meine Hand auf ihre Schulter, um die Zügel zu übernehmen und das Tempo zu kontrollieren. „Du hast eine gierige kleine Pussy, nicht wahr?"

Sie antwortete mit einem Wackeln ihres Hinterns, und versuchte, wieder die Kontrolle zu übernehmen. Mein Griff um ihre Schulter wurde fester, um sie daran zu erinnern, wer das Sagen hatte. „Beuge dich weiter vor."

Ich bewegte mich ebenfalls und achtete darauf, die Verbindung nicht zu verlieren. Als sie sich kaum noch auf den Zehenspitzen halten konnte, stieß ich mit aller Kraft zu, sodass ihre Füße baumelten. Sie stöhnte aus Unzufriedenheit über diese Position, und ich antwortete mit einem Knurren, bevor ich in sie stieß.

Fran schrie auf, rief meinen Namen und ließ ein paar Schimpfwörter einfließen. Meine Hand wanderte zu ihrer Taille und hielt sie fest, während ich wiederholt in sie stieß. Und da war es wieder. Ihr zweites Loch. Es reizte mich. Neckte mich. Bettelte darum, genommen zu werden. Ich konnte es nicht mehr ertragen. Die Quälerei war zu viel. Sie keuchte, als ich meinen Schwanz aus ihr herauszog, aber ich füllte sie mit meinen Fingern, bevor sie die Chance hatte zu wimmern. Ich tauchte in sie ein, benetzte sie mit ihrer Nässe und rieb ihren G-Punkt.

„Oh Gott …", stöhnte sie und zog das Wort in die Länge.

Anstatt mich zurückzuziehen, machte ich weiter. Ich tauchte tiefer ein, spürte jeden Zentimeter ihrer Pussy und hielt den Druck auf ihren G-Punkt aufrecht, während sie sich gegen den Sessel stemmte. Als sie nach Luft schnappte und versuchte, mich herauszudrücken, wusste ich, dass ich sie genau da hatte, wo ich sie haben wollte.

Sie versteifte sich und ihre Beine spannten sich an, als meine Finger sie auf die lustvollste Weise malträtierten. Fran kam zum allerersten Mal für mich, und es war das Schönste auf der Welt. Wie sich ihr Körper anspannte und ihr Mund offen stand, atemlos und verloren.

Als sich ihr Körper zu beruhigen begann, zog ich meine Finger zurück und ersetzte sie durch meinen einsamen, immer noch knallharten Schwanz. Sie schmolz auf dem Sessel dahin, biegsam und bereit, genau wie ich sie haben wollte.

Langsam steckte ich die Spitze meines Fingers in ihren After, und sie stöhnte noch lauter und umklammerte meinen Finger wie ein Schraubstock. Frans Pussy schmiegte sich um mich, genauso wie ihr Hintern, und ich nahm es als Zeichen dafür, dass sie mehr wollte. Langsam fügte ich einen zweiten Finger hinzu, und konnte die Augen nicht mehr offen halten. Verdammter Himmel. Das Gefühl ihres Hinterns um meine Finger und ihre süße Pussy um meinem Schwanz … ich konnte mir nichts Schöneres vorstellen. Gleichzeitig fickte ich ihren Hintern mit den Fingern und stieß in ihre Pussy, bis ihr Körper vor Schweiß glänzte und ich es nicht mehr aushalten konnte. Meine Eier schmerzten und zogen sich in meinen Körper zurück, als wüssten sie, dass sie zu Hause angekommen waren. Die Erlösung überschwemmte mich, saugte die Luft aus meinen Lungen und ließ meine Beine zittern. Fran folgte mir über die Klippe.

„Fuck", stöhnte ich und sackte an ihr zusammen.

Unsere Körper klebten aneinander, während wir beide versuchten, unsere Lungen mit Luft zu füllen. Mein

Schwanz war immer noch in ihr vergraben, aber er zog sich langsam zurück.

„Verdammt", flüsterte sie und vergrub ihr Gesicht noch immer im grünen Stoff des Sessels.

„Alles okay?", fragte ich, obwohl ich die Antwort schon kannte.

„Ja", murmelte sie und versuchte, sich aufzurichten, aber sie konnte nicht.

Ich zog sie an der Taille hoch, half ihr auf die Beine und vermisste sofort die Hitze ihrer Haut und das Paradies, das ihre Pussy war.

„Ich wusste nicht …" Ihre Stimme versagte, als sie ins Schwanken geriet, aber sie fing sich und hielt sich an der Sessellehne fest. „Ich wusste nicht, dass Sex so gut sein kann." Mit gerötetem Gesicht und Schweißtropfen auf der Stirn drehte sie sich um.

Ich zog eine Augenbraue hoch und schmunzelte. „Nur gut?"

„Okay." Sie lachte. „Ich wollte nicht, dass du dir zu viel einbildest."

„Süße, es ist nur eingebildet, wenn man es nicht beweisen kann. So wie du gekommen bist, weiß ich, dass ich alles richtig gemacht habe."

„Es war umwerfend."

Mein Grinsen wurde breiter. „Der beste Sex, den du je hattest?"

Sie schürzte die Lippen, neigte den Kopf zur Seite und studierte mich. „Ich sehe, du hast ein Problem mit deinem Selbstbewusstsein."

„Willst du ausprobieren, ob ich eine Wiederholung schaffe? Vielleicht hatte ich einfach nur Glück." Ich zuckte mit den Schultern, aber ich wusste, dass ich gut war. Ich hatte zu viele Jahre mit viel zu vielen Frauen verbracht, um darin schlecht zu sein. Außerdem hatte ich im Namen der Bildung Tausende von Stunden Pornos gesehen.

„Das kann ich nicht. Ich bin zu alt, um es zweimal zu tun."

„Franny." Ich legte meine Hand an ihren Hals und streichelte ihre Wange mit dem Daumen. „Was war die längste Zeit, in der ein Mann deine Pussy geleckt hat?"

Ihre Augen weiteten sich. „Keine Ahnung."

„Ich verlasse dieses Haus erst, wenn du vor Erschöpfung ohnmächtig wirst, von all den Orgasmen und dem Sauerstoffmangel."

„Ach du Scheiße", flüsterte sie erstaunt und starrte mich an.

Als die Sonne aufging, war Fran völlig weggetreten. Ein Arm hing aus dem Bett, der andere lag auf meiner Brust.

Ich hatte sie um den Verstand gevögelt und meinen gleich mit entsorgt. Hoffentlich hatte ich noch genug Energie, um mit Morgan fertig zu werden, denn er würde nicht glücklich darüber sein, wenn er es herausfand. Und er würde es herausfinden. Ich wusste, dass in dieser Familie nichts lange geheim blieb.

Kapitel 10

Fran

„Ich will Details wissen", verlangte Maria am Telefon, bevor ich überhaupt aus dem Bett gekommen war.
„Da gibt es nichts zu erzählen." Ich log aus gutem Grund. Morgan würde verdammt noch mal ausflippen, und ich hatte keine Lust, mich gleich morgens mit seinen Befindlichkeiten zu beschäftigen.
„Ich kann ein Geheimnis bewahren."
Ich brach in Lachen aus, denn niemand in meiner Familie konnte ein Geheimnis bewahren. „Lüg mich nicht an. Ich bin schon viel zu lange deine Schwägerin."
„Hattet ihr Sex?"
„Ja."
„Hast du ihn geblasen?"
„Ein- oder zweimal."
Sie schnappte nach Luft. „Zweimal?"
„Ich habe nicht mitgezählt." Ich streckte mich und spürte die Auswirkungen von mindestens einem Orgasmus zu viel in meinen Muskeln. Bei den letzten paar musste ich mich anstrengen, aber ich wollte mir nichts entgehen lassen.
„Hattest du wenigstens einen Orgasmus?"
„Mehrere."
„Wow", sagte sie und pfiff leise.
„Ich habe nicht mitgezählt, aber ich spüre es heute. Meine Muskeln schmerzen wie nach einem Marathon."
„Wann bist du jemals einen Marathon gelaufen?"
„Nie." Ich lachte. „Aber ich bin sicher, dass es sich so anfühlen würde."
„Erzähl weiter."
„Soll ich dir ein Bild malen? Wir haben gevögelt, bis ich buchstäblich bewusstlos wurde."
„Mein Gott", sagte sie leise. „Bear ist ein Tier."

„Ja. Sein Spitzname passt zu ihm."
„Du bist wirklich ohnmächtig geworden?"
„Nun ja, sozusagen. Ich habe geschlafen wie eine Bewusstlose", antwortete ich und dachte an all die Unzüchtigkeiten der letzten Nacht, die mir fast wie ein Traum vorkam.
„Das ist mir auch schon mal passiert. Es war die schönste Nacht meines Lebens", sagte Maria.
„Das will ich gar nicht hören!" Manchmal wünschte ich, Maria wäre mit jemand anderem verheiratet. Ich wollte so gern mit ihr über Sex sprechen, aber Sal war mein Bruder, und ihn mir beim Sex vorzustellen fand ich irgendwie krank.
„Warum nicht?"
„Weil dein Mann mein Bruder ist und mir dann übel wird."
„Okay. Bist du noch im Bett?"
„Ja."
„Zieh dich an und wir treffen uns zum Mittagessen. Ich glaube, wir müssen wieder einkaufen gehen."
„Warum?", fragte ich und setzte mich mühsam aufrecht. „Ich glaube nicht, dass ich durch das Einkaufszentrum marschieren kann."
„Ach was, beweg deinen Hintern. Du brauchst dringend mehr Reizwäsche und Klamotten. Es ist an der Zeit, alle Trainingsanzüge wegzuwerfen und den Mann zu ermuntern, sich Nachschlag zu holen."
Ich schlug die Decke weg und stellte mich auf die schwammigen Beine. „Ich glaube nicht, dass er sich für meine Kleidung interessiert, Maria."
„Er ist ein knallharter Biker. Er will kein Mütterchen mit Lesebrille an einer Kette um den Hals neben sich."
„Ach, hör schon auf", sagte ich, und sah einen Zettel auf dem Boden liegen.
„Du weißt, dass ich recht habe. Um ein Uhr im Kaufhaus Macy's", sagte sie und legte auf.

Ich rieb mir die Augen und versuchte, mich auf die verschwommenen Worte auf dem Zettel zu konzentrieren.

Ich wollte dich nicht wecken. Ich ruf dich später an. Ruh dich aus, mein Schatz, ich bin noch nicht fertig mit dir.
Bear

Als ich aufgewacht war, war mein Herz der einzige Teil von mir gewesen, der sich nicht total erschöpft angefühlt hatte. Aber nachdem ich seine Worte gelesen und an all die zukünftigen Möglichkeiten dachte, begann es wie wild zu schlagen. Ich sackte rückwärts auf das Bett und drückte seinen Zettel an meine Brust. Sein Duft haftete an dem Papier.

Verdammte Maria. Sie hatte recht. Ich musste ein bisschen mehr aus meinem Schneckenhaus kommen. Ich musste meine gewohnte Haut abstreifen, also meine Trainingsanzüge, und mich wieder in die Flirt-Welt begeben. Um einen Mann wie Bear einzufangen, musste ich mich wie eine Frau kleiden und nicht wie eine Oma.

Als ich über den Parkplatz ging, musste ich mehr als ein paarmal anhalten, um die Schmerzen in meinen Waden zu lindern. Jeder Krampf war eine Erinnerung an die köstliche Nacht, die ich mit Bear verbracht hatte.

„Mein Gott", beschwerte sich Maria, bevor ich überhaupt auf den Bürgersteig treten konnte. „Ich schmelze hier draußen."

„Niemand hat gesagt, dass du draußen warten musst." Ich ging an ihr vorbei und öffnete die Tür. Ich genoss das Gefühl der Klimaanlagenluft, die mich umwehte.

„Ich brauche etwas Kaltes zu trinken, bevor wir einkaufen gehen."

Das war ihr Code dafür, dass sie sich mit mir hinsetzen und mich verhören wollte. „Ich werde nicht in die schlüpfrigen Details gehen."

„Du bist eine grausame Frau, Fran. Grausam", beschwerte sie sich und folgte mir dicht auf den Fersen, während ihre Absätze auf dem Boden des Kaufhauses klackerten.

Ich blieb stehen, drehte mich um und verengte die Augen. „Woher wusstest du überhaupt, dass ich gestern Abend mit ihm zusammen war?"

„Joe hat es mir gesagt."

„Aha." Ich zeigte mit dem Finger auf sie. „Das ist genau der Punkt. Nichts bleibt vertraulich."

„Wieso denn?" Sie zuckte verharmlosend mit den Schultern und lächelte. „Er rief an, um mir zu sagen, dass alles meine Schuld ist. Weil ich mit dir Shoppen war. Er behauptet, ich hätte euch verkuppelt."

Ich wandte mich von ihr ab und ging in Richtung des Eingangs zum Einkaufszentrum, der dem Restaurantbereich am nächsten lag. „Sag ihm, er soll sich um seinen eigenen Scheiß kümmern."

„Das habe ich bereits gesagt."

Ich rieb mir den Nacken und versuchte, den Stress der ganzen Situation loszuwerden. „Diese Kinder! Sie sind so verdammt neugierig."

„Wem sagst du das."

„Ich schwöre, dass sie versuchen, es uns heimzuzahlen, weil wir gute, fürsorgliche Mütter sind."

Als wir auf die Speisekarte des Cafés blickten, sagte sie: „Du hast aber echt ein bisschen übertrieben."

„Sei still, Maria. Ich hatte nur ein Kind, auf das ich aufpassen musste, und das geriet etwas außer Kontrolle. Ich habe mich hinreißen lassen. Ich kann ja nichts dafür, dass du eine kleine Armee gezeugt hast."

„Ich kreise viel um meine Kinder und mir ist bewusst, dass ich mich in ihre Leben einmische, aber manchmal scheinen sie zu vergessen, dass ich der Elternteil bin."

„Ich nehme einen koffeinfreien, fettfreien Mokka", sagte ich zu dem pickeligen Teenager hinter der Kasse.

Das Mädchen drehte sich um und starrte auf die Speisekarte an der Wand. „Ich bin mir nicht sicher, was das sein soll, Ma'am."

Ich sah Maria an und rollte mit den Augen. „Bestell mir etwas Süßes, bitte. Ich weiß nicht, warum Kaffee so verdammt kompliziert sein muss."

Maria deutete in Richtung des belebten Restaurantbereichs. „Geh und such uns einen Tisch, ich hole den Kaffee."

„Gut", grummelte ich, während ich wegging und mir einen Platz in der Nähe suchte.

Ich schaute mich um und hatte das Gefühl, zum ersten Mal seit Langem wieder dazuzugehören. Keine Hosen mit Gummizug und keine Jacken mit Reißverschluss mehr. Die waren verschwunden und wurden durch Röhrenjeans und figurbetonte Oberteile ersetzt.

„Hier", sagte Maria und erschreckte mich, als sie mir etwas Kaltes in einem durchsichtigen Becher hinstellte.

„Was ist das?" Ich starrte es an, als ob es giftig wäre.

„Irgendwas. Ich weiß es nicht." Sie schob das Getränk näher an mich heran. „Es schmeckt gut. Trink es einfach."

Ich nahm einen Schluck durch den grünen Strohhalm. Zu meiner Überraschung schmeckte es fantastisch und war genau das Richtige an einem so heißen, schwülen Tag in Florida. „Danke", sagte ich.

„Also lass uns unanständig werden." Sie rieb sich die Hände und lächelte. „Erzähl mir jedes schmutzige Detail."

„Was willst du denn wissen?"

„Ist er groß?"

„Ähm, immerhin ist sein Spitzname Bear."

„Ich weiß, aber ich rede von seiner Männlichkeit."

„Die ist recht hübsch." Ich kicherte und spürte, wie meine Wangen rot wurden. „Und größer, als ich erwartet hatte."

„Wow." Sie tippte mit dem Fingernagel an ihren Becher. „Erzähl mir mehr. Wenn du irgendetwas auslässt, werde ich es Morgan petzen."

Ich weitete die Augen vor Schreck. „Das würdest du nicht tun."

„Probiere es aus." Ich bin bekannt dafür, dass ich den einen oder anderen erpresse. Wenn ich ein Druckmittel habe, setze ich es auch ein."

Ich seufzte und wusste, dass es sinnlos war, mich mit ihr anzulegen. Sie würde es schließlich aus mir herausbekommen. Und eigentlich war ich auch aufgeregt und wollte alles mit jemandem teilen. Maria war die Einzige, die mich nicht verurteilen würde.

Als ich ihr mehr erzählt hatte, bis hin zum Sex, hielt sie sich den kalten Becher zur Kühlung an die Wange.

„Das ist echt heiß."

„Ja", sagte ich und leerte den Rest meines Getränks, aber ich fühlte mich immer noch wie ausgedörrt.

„Wirst du ihn wiedersehen?"

„Ja. Er will mich wiedersehen, und ich kann nicht Nein sagen. Besonders nicht nach letzter Nacht."

Sie beugte sich vor und wurde ernst. „Und wie willst du das Morgan erklären?"

„Was gibt es da zu erklären? Ich bin erwachsen, er ist erwachsen, und es geht ihn verdammt noch mal nichts an."

Sie lachte und biss sich auf die Lippe. „Jetzt wird es richtig interessant."

Ich verschränkte meine Arme auf dem Tisch. „Er braucht es ja nicht zu wissen."

„Träum weiter."

„Sag es einfach niemandem."

Sie tat so, als würde sie ihren Mund abschließen. „Meine Lippen sind versiegelt."

Wenigstens hatte ich noch ein wenig Zeit, bis die Kacke am Dampfen war. Morgan war mir letzte Nacht nicht einmal in den Sinn gekommen, als ich auf Bears Schoß gekrochen war. Er roch zu gut und sprach zu sanft mit mir, als dass mein Körper nicht darauf reagiert hätte. Ich hatte nicht erwartet, dass es so umwerfend sein würde.

Ich hatte nicht damit gerechnet, dass er ein Gentleman mit einem unstillbaren sexuellen Appetit war, der eher zu einem Zwanzigjährigen passte. Aber ich wusste eins. Dass ich noch nicht bereit war, ihn zu verlassen.

„Gehen wir jetzt einkaufen oder sitzen wir den ganzen Tag hier rum?", fragte ich Maria.

„Ja, kaufen wir dir ein paar Klamotten, die *nimm mich* schreien."

„Na toll." Ich verdrehte die Augen.

Als wir das Einkaufszentrum verließen, war die Sonne bereits untergegangen, und die Straße gab die Hitze ab.

„Ich bin erschöpft", sagte ich, während ich zehn Tüten mit Kleidung, Unterwäsche, Schuhen und BHs auf den Rücksitz meines Geländewagens warf.

„Geh nach Hause und schlaf dich aus. Kraft tanken für Runde zwei." Maria kicherte.

„Ich könnte wirklich Schlaf gebrauchen."

Sie küsste mich auf die Wange. „Ich muss nach Hause und Abendessen kochen. Sal wird bald vom Golfplatz zurück sein."

„Bring ihn dazu, lieber mit dir auswärts essen zu gehen", sagte ich.

„Auf keinen Fall. Ich koche und er isst." Sie wackelte mit den Augenbrauen und ich tat so, als müsste ich mich übergeben. „Ich muss los."

„Tschüss", sagte sie lachend und ging zu ihrem Auto in der nächsten Reihe.

„Wir reden später", rief ich und winkte ihr.

„Nur wenn Sal mich losbindet!"

Ich blickte gen Himmel und seufzte. Sie musste mich immer mit verstörenden Vorstellungen im Kopf zurücklassen. Ich musste dieses Bild aus meinem Gedächtnis

streichen, wenn ich jemals wieder Sex haben wollte.
„Verdammte Maria", murmelte ich, als ich in mein Auto stieg, das sich eher wie ein Backofen anfühlte.
Selbst nachdem mir die Klimaanlage den ganzen Heimweg über ins Gesicht geblasen hatte und ich aussah wie ein altes, hageres Supermodel in einem Rockband-Video aus den Achtzigern, war mir immer noch heiß. Aber die Hitze kam nicht von der Sonne. Es waren die Erinnerungen an die letzte Nacht, die in meinem Kopf abliefen wie ein Pornovideo.
Als ich mit den Händen voller Tüten durch die Haustür trat, klingelte das Telefon unaufhörlich. Bevor ich abheben konnte, schaltete es auf meinen altmodischen Anrufbeantworter um.
„Fran?", sagte ein Mann. Der Tonfall des Mannes war eindringlich. „Ich bin's, Johnny. Ich muss mit dir reden."
Ich ließ die Taschen fallen und rannte zum Telefon. „Hallo?" Ich holte tief Luft und versuchte, mich von dem Sprint durch das Wohnzimmer zu erholen. „Hallo?", wiederholte ich, als ich nichts hörte. „Scheiße!" Ich starrte auf den Hörer und wusste, dass er bereits aufgelegt hatte.
Ich beeilte mich und wählte die Person an, die das sofort wissen wollte. „Bear", sagte ich, sobald er abnahm. „Johnny hat gerade angerufen."
„Ich heiße Morgan, Ma."
Ich nahm den Hörer vom Ohr und blickte verwirrt darauf hinunter. Hatte ich die falsche Nummer gewählt? „Morgan?" Ich legte das Telefon auf meine Schulter, um die auf dem Teppich verstreuten Klamotten aufheben zu können.
„Ja. Ich bin's. Was hat er gesagt?"
„Nichts. Nur, dass er mit mir reden muss. Bis ich am Anrufbeantworter war, hatte er schon aufgelegt."
„Ich wünschte wirklich, du hättest eine Anruferkennung, Ma. Ich werde meinen Kumpel bei der Telefonge-

sellschaft anrufen und die Nummer zurückverfolgen lassen. Wenn er zurückruft, spielst du mit und versuchst, seinen Standort von ihm zu erfahren. Okay?"

„Das werde ich. Versprochen."

„Und, Ma?"

„Ja, Schatz?"

„Wir werden später darüber reden, warum du Bear anrufen wolltest und nicht mich."

„Tschüss, Morgan", stöhnte ich und beendete den Anruf, bevor er noch etwas sagen konnte. Ich schaute mich im Wohnzimmer um und ließ mich auf den Hintern sinken. „Scheiße."

Ich hatte eine Menge zu erklären.

Kapitel 11

Bear

Ich blätterte in einer Akte, die Sam über Johnny zusammengestellt hatte, als ich in mein Büro kam und Morgan am Telefon vorfand. „Warum sitzt du an meinem Schreibtisch?"

Er hob den Finger, aber er sah nicht auf. Ich setzte mich ihm gegenüber, legte meine Füße auf den Schreibtisch und blätterte die Informationen durch.

„Er hat sie gerade angerufen." Dann rasselte er Frans Telefonnummer herunter, und ich schaute zu ihm auf. „Verfolge den Anruf zurück und gib mir den Standort durch", sagte er zu der Person in der Leitung, bevor er auflegte.

„Wer hat deine Ma angerufen?"

Er funkelte mich an und lehnte sich auf meinem Stuhl zurück. „Du kennst ihre Nummer schon auswendig?"

„Ich habe sie so oft wegen des Falles angerufen, dass ich sie auswendig kann." Ich log wie gedruckt, weil ich nicht bereit für dieses Gespräch war.

„Wir reden später darüber. Johnny hat sie gerade angerufen."

Ich warf den Ordner auf den Schreibtisch und beugte mich vor. „Was genau hat er gesagt?" Dieses Arschloch. Ich konnte nicht glauben, dass er die Eier hatte, sie einfach anzurufen, nachdem er mit fünfzigtausend Dollar von Race abgehauen war.

„Nur, dass er mit ihr reden will."

„Was zum Teufel gibt es da zu reden? Er hat Geld geklaut, gelogen und ist abgehauen." Meine Hand begann zu zittern und ich ballte sie zur Faust, dann ließ ich sie wieder locker, weil ich Johnny nicht ins Gesicht schlagen konnte.

„Ich weiß es nicht. Es ist komisch, dass sie dein Bürotelefon angerufen hat und nicht meins."

„Was?"

„Ich war hier drin, um eine Akte abzugeben, als ihre Nummer aufleuchtete. Auf der Anruferkennung."

Ich rieb mir den Nacken und versuchte, mir eine schwachsinnige Ausrede einfallen zu lassen. „Ich habe mit ihr mehr als mit jedem anderen über den Fall gesprochen, also ist es nur natürlich, dass sie mich zuerst angerufen hat."

„Hör zu, Bear. Du bist seit Jahren ein guter Freund, aber was hast du dir dabei gedacht, meine Mutter ins Neon Cowboy mitzubringen?"

Ich verschränkte die Arme vor der Brust. „Was ist daran falsch?"

Er wischte sich mit der Hand über die Stirn und atmete tief aus. „Es ist gefährlich. Das ist kein Ort für eine Frau ihres Alters."

Ich streckte meine Hand aus und hielt ihn davon ab, weiterzureden. „Warte mal. Was ist das für eine beschissene Aussage?"

„Nun, es ist wahr. Es ist eine Biker-Bar. Meine Mutter gehört nicht gerade zum typischen Klientel."

„Du gehst doch auch hin."

„Aber ich bin ein Mann."

Und ich hatte gedacht, die jüngere Generation sei kein Haufen sexistischer Schweine mehr. Irrtum. „Es ist nichts falsch an dieser Bar. Deine Mutter wollte dorthin, und ich hatte kein Problem damit, sie mitzunehmen." Ich beäugte ihn misstrauisch. Ich nahm an, dass es mehr damit zu tun hatte, dass sie mit mir dort war. „Wohin sollte sie sonst gehen?"

Er zuckte mit den Schultern. „Viellicht in die Kirche."

Ich konnte mir das Lachen nicht verkneifen und schlug mir auf den Schenkel. „Du willst mich wohl verarschen, Mann."

„Bring sie einfach nicht mehr dorthin. Und ..." Er

räusperte sich und ich wusste, was jetzt kommen würde. „Ich würde es begrüßen, wenn ihr eure Beziehung streng geschäftlich haltet. Ich will nicht, dass meine Mutter zu einer weiteren Kerbe an deinem Bettpfosten wird. Wenn du verstehst, was ich meine."

„Junge." Ich schüttelte den Kopf, denn ich hatte nicht vor, ihm meine Liebe zu gestehen oder ihm zu sagen, wie oft ich Fran schon gevögelt hatte. „Deine Mutter ist eine erwachsene Frau. Sie kann ihre eigenen Entscheidungen treffen. Ich habe deine Mutter immer mit Respekt behandelt und werde das auch weiterhin tun, aber du hast nicht zu entscheiden, welche Art von Freundschaft zwischen deiner Mutter und mir besteht."

Er kniff sich den Nasenrücken, und ich bereitete mich darauf vor, dass er über den Schreibtisch gehechtet kam, um mich zu erwürgen. „Ich habe dich mit genug Frauen gesehen, um zu wissen, was du tust, Bear. Ich versuche, nett zu sein und mit dir von Mann zu Mann zu reden, aber ich werde nicht lange so herzlich bleiben. Auch Freundschaft hat ihre Grenzen, mein Freund."

Das Telefon klingelte, aber gerade als ich abnehmen wollte, griff Morgan zuerst danach. „Hast du es?", fragte er den Anrufer und griff nach dem Stift, der auf meinem Schreibtischkalender lag.

Scheiße, schau nicht auf das, was da steht, Junge.

Ich hatte den Morgen damit verbracht, Frans Namen an den Rand zu kritzeln, während ich verschiedene Anrufe tätigte.

Er achtete nicht weiter darauf, sondern notierte eine Nummer auf einem freien Feld. „Danke, Tim." Er tippte mit dem Stift auf den Kalender und sah mich an, während er noch ein paar Sekunden weiter plauderte. „Nun", sagte er, als er den Hörer auflegte. „Sieht so aus, als wäre er in einer kleinen Stadt in Georgia."

„Ich kann das übernehmen", sagte ich, denn das war zum Teil auch mein Fall.

„Nein, ich werde fahren. Du bleibst hier, falls er schon wieder weg ist."

„Okay." Ich lächelte. „Ich werde Fran ablenken." Ich wusste, das würde ihn verärgern und ihn dazu bringen, ein anderes Lied zu singen.

Sein Gesicht rötete sich. „Kommt gar nicht infrage, Mann. Nimm deinen Scheiß und lass uns von hier verschwinden."

Ich stand schnell auf, schnappte mir mein Handy vom Schreibtisch und steckte es ein. „Ich bin bereit."

„Willst du keine Klamotten mitnehmen? Wir werden wahrscheinlich mindestens eine Nacht weg sein."

„Ich habe immer eine Tasche für Notfälle gepackt."

„Natürlich", brummte er und warf mir einen Seitenblick zu.

Obwohl ich Autoreisen schon immer geliebt hatte, vor allem, wenn sie zu irgendwelchen Schwierigkeiten führen konnten, war ich nicht gerade begeistert, mit Morgan im Auto gefangen zu sein. „Ich hole mein Auto."

„Nein, ich fahre", korrigierte er. „Du darfst nur mitkommen, damit ich dich im Auge behalten kann."

„Ich bin keine zwölf mehr."

„Nein, aber du machst meine Mutter an, und ich will mir keine Sorgen machen, die mich nur von der Arbeit ablenken."

Ich hatte nicht vor, ihm zu sagen, dass es bereits zu spät war. Er würde mich wahrscheinlich erschießen, bevor ich mich verteidigen könnte. „Was immer du sagst, Kleiner."

Wir erreichten die kleine Stadt außerhalb von Valdosta noch vor Sonnenuntergang. Die meiste Zeit der Fahrt hatte ich geschlafen, da Morgan keine Lust hatte, mit mir zu reden.

„Was für ein Dreckloch", sagte ich, als wir die Bar auskundschafteten, aus der der Anruf gekommen war.

„Ich habe schon Schlimmeres gesehen."

„Entschuldigen Sie mich." Ich winkte die Barkeeperin herüber. „Hey", sagte ich mit einem Lächeln zu der hübschen Frau hinter der Bar. „Wir suchen jemanden und hoffen, Sie können uns helfen."

Sie schaute mich von oben bis unten an, ihr emotionsloser Blick ging zu Morgan. „Wollen Sie etwas bestellen?"

„Ja, wir nehmen zwei Bier." Ich schob einen Zwanziger über den Tresen. „Behalten Sie den Rest." Ich zwinkerte.

Sie lächelte, bevor sie das Geld schnappte und es in ihre Schürzentasche steckte. „Hier gehen viele Leute ein und aus." Sie kramte in dem Kühlschrank unter der Theke, aber sie ließ uns nicht aus den Augen. „Ich weiß nicht, ob ich helfen kann."

„Dieser Mann war hier." Morgan griff in seine Tasche und holte ein Foto hervor, das letztes Jahr auf der Rennbahn von Johnny aufgenommen worden war. „Er hat von eurem Münztelefon aus angerufen."

Ihr Lächeln verschwand, als sie die Biere vor uns abstellte. „Seid ihr Cops?"

„Sehe ich aus wie ein Polizist?" Ich lachte.

Sie hob ihr Kinn in Morgans Richtung. „Er schon."

„Ist er aber nicht. Polizisten sind normalerweise sowieso nicht meine Freunde. Er sucht seinen Vater, das ist alles."

Sie beäugte uns misstrauisch. „Ich habe ihn vielleicht gesehen." Sie warf einen Blick zum Ende der Bar zu einer Gruppe rüpelhafter Jungs und runzelte die Stirn. „Ich bin gleich wieder da."

„Was soll das?", meckerte Morgan mich an. „Er ist nicht mein Vater, Blödmann."

Ich zuckte mit den Schultern. „Jedenfalls wird sie helfen, wenn sie denkt, dass er zur Familie gehört. Dies ist nicht die Art von Bar, in der man Außenseiter willkommen heißt. Halt einfach die Klappe, damit wir die Informationen bekommen und nach Hause fahren können."

Die Frau kam zurück und wischte sich die Hände an einem Lappen ab. „Er ist also dein Vater." Sie zeigte auf das Foto.

„Yep."

Sie hob es näher an ihre Augen und blinzelte, bevor sie Morgan anschaute. „Er sieht gar nicht aus wie du."

„Ich wurde adoptiert", sagte er schnell. „Er ist letzte Woche verschwunden, und meine Mutter ist in Panik."

Sie schob das Foto über die Theke. „Wenn Leute verschwinden, wollen sie normalerweise nicht gefunden werden."

„Wie viel wollen Sie, um Ihr Gewissen zu beruhigen?", fragte ich, da ich wusste, wie das Spiel gespielt wurde.

Sie stützte die Ellbogen auf die Theke. „Ein Hunderter sollte reichen."

Ich griff in meine Tasche und holte meinen Geldclip heraus. „Wohnt er hier in der Nähe?", fragte ich, während ich einen Hundertdollarschein zwischen den Fingern hielt.

Sie schnappte ihn sich schnell und steckte ihn in ihren Ausschnitt. „Er wohnt seit ein paar Tagen im Hotel nebenan. Er kommt jeden Abend auf einen Drink, aber ich habe ihn seit ein paar Stunden nicht mehr gesehen."

„Danke für die Information."

„Gern. Wollt ihr sonst noch etwas wissen?", fragte sie.

„Vielleicht könnte ich Sie beide für etwas anderes interessieren. Sieht so aus, als hättet ihr noch mehr Geld zu verbrennen." Ihr Blick wanderte zu meiner Geldklammer, die ich immer noch in der Hand hielt.

„Nein, danke", sagte Morgan und zerrte an meinem T-Shirt, nachdem er aufgestanden war.

„Ich habe um zwei Uhr Feierabend", rief sie uns hinterher, als ich Morgan durch die Gästemenge folgte.

„Werfen sich dir die Frauen immer so an den Hals?", fragte Morgan, bevor wir die Tür erreichten.

„Ich glaube, sie hat uns beide gemeint."

„Pft, als ob das je passieren würde."

Ich lachte hinter seinem Rücken, weil er so verdammt angespannt war. Er brummte Unverständliches und führte Selbstgespräche, als wir uns auf den Weg zum Motel nebenan machten. Die Frau nannte es ein Hotel, doch es war eindeutig eine dieser dreckigen Absteigen, in denen ich schon oft im ganzen Land gewesen war.

„Hallo!", rief Morgan, nachdem die Glocke an der Tür nicht mehr läutete.

Ein Mann mit einem wilden Vogelnest an Frisur kam nach vorn, wahrscheinlich aus einem Büro.

„Was kann ich für Sie tun?", fragte er, sah zuerst Morgan und grinste, als er mich sah. „Tut mir leid, Leute, ich kann kein Zimmer an zwei Männer vermieten. Das ist nicht bibelkonform."

Das konnte doch nicht sein Ernst sein. Das hier war nicht das Ritz, sondern eindeutig eine billige Absteige.

„Ich bezweifle sehr, dass irgendetwas, was hier passiert, biblisch ist."

Er glättete seine Haare, aber das half nichts. „Womit kann ich Ihnen dann helfen?", fragte er, während er sich seine braune Polyesterhose höher zog.

„Wir suchen jemanden, der hier abgestiegen ist", antwortete Morgan, zog das Foto aus seiner Gesäßtasche und legte es vor dem Mann auf den Tresen.

Er schaute nicht auf das Foto, als er sich setzte. „Ich mache es mir nicht zur Aufgabe, mir Gesichter zu merken."

Morgan nahm eine Handvoll Scheine in die Hand. „Wie viel, damit Sie es sich noch mal überlegen?"

Der Mann blickte nach unten und betrachtete das Bündel Geldscheine. „Zweihundert."

„Hier", sagte er und zählte zwei Scheine ab. „Was wissen Sie über ihn?"

„Er hat vor drei Stunden ausgecheckt."

Morgan warf mir einen Blick zu. Diese Art von Information war den Betrag, den er bezahlt hatte, nicht wirk-

lich wert. „Hat er bar bezahlt?", fragte ich.
„Ja."
„Welchen Namen hat er benutzt?"
„Ich frage nicht nach Namen. Tut mir leid, dass ich Ihnen nicht weiterhelfen kann."

„Na klar", spottete Morgan, aber ich legte ihm die Hand auf die Schulter, um ihn daran zu hindern, noch etwas zu sagen.

„Danke, dass Sie sich die Zeit genommen haben", sagte ich zu dem Mann und ging zurück, in der Hoffnung, Morgan würde mir folgen.

„Was für ein Schwanzlutscher", sagte er, als wir draußen in der schwülen Nachtluft waren.

„Ich habe nicht erwartet, dass ich viel aus ihm herausbekomme. Fahren wir wieder?"

„Hast du etwa ein heißes Date?", fragte er und zog eine Augenbraue in die Höhe. „Warte, sag nichts. Ich will es nicht wissen."

„Nein, Mann. Ich bin nur müde." Ich winkte ab und versuchte, cool zu wirken, während wir über den Parkplatz gingen.

„Richtige Antwort. Was zum Teufel?" Morgan rannte zu seinem Auto und bückte sich neben einem der Reifen.

„Was ist los?"

„Ein Platten."

„Scheiße", stöhnte ich, denn das bedeutete, dass wir noch länger in diesem Drecksloch bleiben mussten. „Lass uns den Ersatzreifen aufziehen und von hier verschwinden."

Er zeigte auf den Reifen und knurrte. „Das ist der Ersatzreifen."

„Oh nein, du hast ihn nicht ersetzt?"

Er schüttelte den Kopf.

„Ich kann den Wagen zu einer Werkstatt schieben." Ich würde das Auto sogar tragen, nur um nach Hause zu kommen.

„Ich weiß nicht einmal, wo eine ist. Ich habe eine vor etwa fünf Meilen gesehen."

Ich schloss die Augen und fluchte. „Ich rufe einen Abschleppdienst an."

Während ich auf dem Parkplatz herumlief, hörte ich die schlimmste Fahrstuhlmusik, die ich je gehört hatte, und wartete in der Warteschleife auf den Pannendienst. Als endlich jemand abnahm, war die Antwort, dass jemand so schnell wie möglich kommen würde, aber die erwartete Wartezeit sei fast acht Stunden.

„Kommen sie?", fragte Morgan, als ich auflegte und fast das Telefon in meiner Hand zerdrückte.

„Erst morgen früh."

„Ernsthaft?"

„Ich lüge nicht bei so etwas Traurigem."

Er wischte sich mit der Hand über das Gesicht und stöhnte. „Ich könnte ein Bier gebrauchen. Das wird eine verdammt lange Nacht."

„Freust du dich nicht, dass ich hier bin, um dir Gesellschaft zu leisten?"

„Ich könnte nicht glücklicher sein", brummte er und ging vor mir in Richtung der Spelunke.

Obwohl es schon spät war, schickte ich Fran eine Nachricht, weil ich sie wissen lassen wollte, dass ich so bald nicht zurück sein würde und dass ich mit Morgan zusammen war. Sie hatte mir schon eine Nachricht geschickt, weil sie sich Sorgen um meine Sicherheit machte, weil ich allein mit ihm war. Ich versicherte ihr, dass ich mit ihm zurechtkäme und dass er keine Ahnung zu haben schien, was in der Nacht zuvor passiert war.

„Zwei Bier", sagte er, als wir uns nebeneinander an die Bar setzten.

Die Frau von vorhin fischte zwei Biere heraus, aber sie behielt ihre Augen auf uns gerichtet. „Hast du gefunden, wen du gesucht hast?"

Ich schüttelte den Kopf.

„Und ihr wollt noch nicht abreisen?", fragte sie lächelnd und schob unsere Biere über den Tresen.

„Wir trinken nur noch was, bevor wir uns auf den Weg machen."

„Lasst euch Zeit." Sie legte ihre Hand auf die von Morgan und spielte mit seinem Ehering. „Du kannst dich genauso gut amüsieren, wenn du schon mal da bist."

Und schon waren wir beim vertraulichen Du.

Morgan zog seine Hand zurück, als ob ihre Hand ihn verbrannt hätte. „Nein, danke. Ich wollte nur ein Bier."

„Komm schon. Wir sehen hier nicht oft neue Gesichter."

„Wir wollen nichts weiter als ein Bier. Wir sind beide vergeben und haben nicht vor, fremdzugehen." Damit wollte ich sie verscheuchen.

Sie schürzte die Lippen. „Du weißt nicht, was dir entgeht, Hübscher", sagte sie, schlenderte von uns weg und schwang ihre Hüften.

Morgan wollte etwas sagen, überlegte es sich anders und trank stattdessen einen Schluck Bier.

„Ja", murmelte ich, denn ich wusste, was er hatte sagen wollen.

„Na, wen haben wir denn da", sagte ein Mann hinter uns mit dem schrägsten Südstaatenakzent. „Chase, ich glaube, wir haben ein paar Stadtmenschen hier."

Ich schloss die Augen, denn ich wusste, wohin das führen würde. Ein paar Macho-Scheißer vom Lande hatten das Bedürfnis, ihr Revier zu markieren und uns Ärger zu machen.

„Zieh Leine", sagte ich.

„Der große Boss hier will, dass wir abziehen." Er wiederholte meine Worte wie ein Schwachkopf. „Sollen wir das tun, Chase?"

„Nee, Mann. Die sehen aus wie ein paar hochnäsige Arschlöcher, die nicht wissen, dass das hier nicht ihre Bar ist."

Gott, ich hatte gedacht, ich hätte es schon im Neon Cowboy mit ein paar dummen Wichsern zu tun, aber diese hinterwäldlerischen, inzestuösen Scheißer übertrafen alles.

„Die sind es nicht wert", sagte Morgan neben mir. Ich hob die Flasche an die Lippen und tat so, als ob sie nicht hinter mir stünden. Das Letzte, was wir brauchten, war eine Schlägerei mitten am Arsch der Welt und spät in der Nacht. Wir waren Eindringlinge in deren Revier, und das würde nicht gut ausgehen.

„Ich rede mit dir, Junge", sagte der Typ, der nicht Chase war, und schlug mir auf die Schulter.

War das sein verdammter Ernst? Ich war fünfzig und wohl kaum noch ein Junge, aber ich wusste, dass er es als abfällige Bemerkung meinte und versuchte, mein Blut zum Kochen zu bringen. Er hatte sein Ziel erreicht.

Ich drehte mich auf dem Barhocker um und sah mich einem typischen Hinterwäldler gegenüber. Nicht irgendein Landei, sondern einen echten Scheiße schaufelnden, Cousinen fickenden Landjungen.

„Was ist dein verdammtes Problem?", fragte ich. Meine Hand war zur Faust geballt und jeden Moment zum Schlag bereit.

Er zog sein rotes Käppi auf, das mit einer Konföderierten-Flagge verziert und verdreckt war. „Das bist du. Du gehörst nicht hierher." Er drückte mir seinen Finger auf die Brust.

Ich blickte nach unten und lachte. „Ich sehe deinen Namen nicht an der Bar stehen. Das ist ein freies Land, soweit ich weiß." Ich versuchte, cool zu bleiben, denn ich hatte keine Lust, heute Abend im Knast zu landen. Selbst das schäbige Motel nebenan war mir lieber als eine Metallbank in einer Zelle.

„Das hier ist meine Stadt", verkündete er, breitete die Arme aus und hob das Kinn, als sei er der König der Welt.

Ich brauchte mich nicht umzusehen, um zu wissen, dass uns alle in der Bar anstarrten. Er sprach so laut, dass jeder ihn hören konnte, und man hatte sogar die Musik leiser gestellt, damit jeder der Show lauschen konnte.

Der Typ konnte nicht größer als einssiebzig sein, kaum größer als ich im Sitzen. Wahrscheinlich hatte er mal Muskeln gehabt, aber seine schlaffen Arme ragten aus einem ärmellosen, karierten Hemd heraus.

„Ich trinke nur ein Bier, Mann. Warum belästigst du nicht jemanden von deiner Größe?" Ich sah ihn von oben bis unten an.

Morgan lachte neben mir und drehte sich schließlich zu den beiden um. „Chase, warum nimmst du nicht deinen Kumpel und verschwindest von hier, bevor du von einem alten Mann und einem Stadtjungen verprügelt wirst?"

„Wen nennst du verdammt noch mal alt, Junge? Ich werde mit dir fertig, mit einer Hand auf dem Rücken", antwortete ich, ließ aber meinen Blick auf Chase und das Arschloch gerichtet.

„Komm, Travis, lassen wir sie in Ruhe", sagte Chase zu Travis, dem inzestuösen Wichser, und wandte den Blick ab. „Sie tun niemandem etwas."

„Hör auf deinen Freund", fügte ich hinzu.

„Ich glaube, du hast hier genug getrunken, Stadtmensch. Das ist meine Bar, und du bist hier nicht willkommen." Travis knurrte und knackte mit den Fingerknöcheln.

Und schon fing es an.

Es gab einen Punkt in jedem feindseligen Gespräch, an dem man wusste, was passieren würde. Egal, was ich sagte oder tat, er würde auf mich losgehen. Er suchte Streit und dachte, er könnte sich den Fremden vornehmen. Ich weiß nicht, warum ich wie ein gutes Ziel aussah. Ich war gut einen halben Meter größer als er, meine Muskeln waren immer noch kräftig, und ich sah nicht gerade zutraulich aus. Mein ergrauter Bart und meine dunklen Augen vermittelten keine Sanftheit. Vielleicht hielt er mein Grau für ein Zeichen von Schwäche. Ich hatte es aber schon mit größeren Männern als ihm aufgenommen und gewonnen. Es ging nicht nur um Kraft, sondern auch um Köpfchen. Travis hatte eindeutig nicht viel von beidem.

„Bringen wir es hinter uns", sagte ich, stieg vom Hocker und überragte ihn.

„Endlich kommt mal etwas Kluges aus deinem Mund", erwiderte er und stieß Chase mit dem Ellbogen an.

„Ich warte immer noch darauf, dass du etwas Kluges sagst. Wo ist deine Mama? Oder ist sie deine Cousine?" Ich provozierte ihn, weil ich es satthatte, herumzualbern. Ich wollte, dass er sich auf mich stürzte. Es war eine Ewigkeit her, dass ich einem Landei in den Hintern getreten hatte, und Travis war ein leichtes Ziel.

„Niemand spricht über meine Mama."

Ich beobachtete seine Hände. Wenige Augenblicke später schlug er nach mir, und ich wich nach hinten aus. Er sah aus wie ein Kind, das versucht, eine Piñata zu treffen, die viel zu hoch für ihn hing.

Er grunzte, aber das hielt ihn nicht davon ab, es erneut zu versuchen. Diesmal ließ ich ihn mein Gesicht berühren, nur so zum Spaß. Mein Kopf ruckte zur Seite, natürlich nur zur Show, denn ich musste ihn verarschen und ihn denken lassen, dass er einen Treffer gelandet hatte.

„Mehr hast du nicht drauf, Travis?" Ich grinste.

Er schlug wieder zu, aber diesmal packte ich seine Hand und zerquetschte sie in meinem Griff. „Schlag mich wie ein Mann oder lass es bleiben, du Pussy."

Er schüttelte seine Hand aus. Vor seinen Freunden sah er jetzt nicht mehr wie ein harter Kerl aus. Ein alter Stadtmensch führte ihn vor.

„Soll ich dir helfen?", fragte Morgan, bevor er einen weiteren Schluck von seinem Bier nahm.

„Ich mach das schon", sagte ich und winkte ab, bevor ich meine volle Aufmerksamkeit dem wütenden Travis zuwandte. „Ich gebe dir fünf Schläge, um mich umzuhauen, bevor ich dich umlege."

Er strich sich mit dem Daumen über die Nase und fing an zu tänzeln. Mit ausgefallener Beinarbeit wie in den Boxerfilmen. Ich konnte mich nicht zurückhalten und begann zu lachen. „Du machst wohl Witze. Meint der Kerl das ernst, Morgan?"

„Es sieht so aus, als würde er alles geben, was er hat, Bear. Wenn er dich schwer verhaut, werde ich eingreifen und ihn von seinem Elend erlösen."

„Halt die Klappe", sagte Travis, der Trottel, zu Morgan und bewegte sich weiter, als wäre er Rocky.

„Ich werde es dir leichter machen. Ich nehme die Arme hinter meinen Rücken, lasse dich fünfmal zuschlagen. Und wenn ich dann immer noch atme, nehme ich dich an den Füßen und schlage dich blutig. Klingt das nach einem Deal?"

Wieder strich er sich mit dem Daumen über die Nase, und ich fragte mich, ob er auf Koks war oder nur versuchte, hart zu wirken. Ich verschränkte die Hände hinter dem Rücken und streckte mein Kinn vor, um es ihm einfacher zu machen. Alle Augen waren auf uns gerichtet, und eine Menschenmenge hatte sich um uns versammelt.

Er schlug einmal zu, aber mein Kopf bewegte sich kaum. Ich hatte schon Kinder, die mich härter geschlagen hatten. „Eins." Ich zählte jeden Schlag, wenn ich ihn überhaupt so nennen konnte, und verspottete den Typen.

„Das ist lächerlich", sagte Morgan, nachdem wir bei vier waren.

„Ich bin ein Mann, der zu seinem Wort steht." Nur noch ein weiterer Versuch, und ich würde den Boden mit Travis aufwischen und ihm eine Lektion in Sachen Südstaaten-Charme und Gastfreundschaft erteilen.

„Du bist der Nächste", sagte Travis zu Morgan, während er schwer atmete.

Wir lachten, aber ich hielt still und wartete auf Nummer

fünf und meine Chance, ihm den Arsch aufzureißen. Er schlug mir zweimal ins Gesicht, einmal in die Rippen und einmal in den Magen, aber das war egal. Ich spürte es gar nicht. Der fünfte und letzte Schlag landete auf meinem Kinn. Ich grunzte und verpasste ihm einen Aufwärtshaken auf die Kante des Kiefers. Ich wollte ihn nicht k.o. schlagen. Noch nicht. Ich hatte ein Versprechen zu halten und eine Lektion zu erteilen. Travis stolperte rückwärts, verlor den Halt und fiel auf den Boden. Wie versprochen packte ich sein Bein und begann, ihn zur Tür zu zerren. Die Menge teilte sich, sodass ich einen schreienden, fluchenden Travis zum Parkplatz schleifen konnte. „Es wird Zeit, dass du ein paar Manieren lernst, Landei." Ein älterer Herr hielt mir lächelnd die Tür auf. Ich zog Travis auf den Bürgersteig und ließ ihn schließlich los. „Steh auf und nimm es wie ein Mann", sagte ich und ließ ihn aufstehen.

Sein Körper schwankte hin und her, und er versuchte, die Hände vor sein Gesicht zu halten, um den Schlag abzuwehren, von dem er wusste, dass er kommen würde. Dabei ließ er seine Rippen ungeschützt. Ich versetzte ihm einen schnellen Schlag, der seine Hände auf seine Rippen zwang.

„Scheiße!", brüllte er.

Die Zuschauer johlten begeistert. Ich nutzte seine Position zu meinem Vorteil und schlug mit der Faust auf seinen Kiefer. Härter als in der Bar. Er wippte auf seinen Fersen, die Cowboystiefel waren unnachgiebig und steif. Bevor er nach hinten fallen konnte, packte ich ihn am Arm und richtete ihn wieder auf, denn ich wollte fünf Schläge, bevor ich ihn liegen ließ. Er schüttelte den Kopf, sah wahrscheinlich Sternchen und versuchte, sich an mir festzuhalten.

„Du musst Manieren lernen, Junge."

Ich schüttelte ihn ab und brachte ihn dazu, auf seinen eigenen zwei erbärmlichen Füßen zu stehen, bevor ich ihn wieder schlug. Aber ich hatte einen Fehler gemacht und ihn härter getroffen als geplant. Er schlug auf dem Boden auf und bewegte sich nicht mehr.

„Vielleicht hast du ihn umgebracht", sagte Morgan von hinten.

„Das würde dem Arsch recht geschehen."

„Na, was haben wir denn hier?", sagte eine Stimme aus dem hinteren Teil der Menge.

Sie teilte sich wie das Rote Meer, und gerade als ich dachte, dass wir hier ohne Probleme herauskommen würden, trat ein örtlicher Sheriff in einer perfekt gebügelten braunen Uniform vor.

„Ich habe einen Anruf wegen einer Schlägerei erhalten, aber das hier scheint eher ein Überfall zu sein", sagte er, bevor er pfiff. „Drehen Sie sich um und legen Sie die Hände auf den Rücken, Sir." Seine Hand war bereits an seiner Waffe und ich wusste, dass dies nicht gut ausgehen würde.

„Verdammt", murmelte ich, während ich mich langsam umdrehte und meine Handflächen flach in den Nacken legte.

„Ich hole dich raus", sagte Morgan, bevor mir der Sheriff Handschellen anlegte und mich ins Gefängnis brachte.

„Sie haben ja ein kilometerlanges Vorstrafenregister", sagte der Sheriff, der nur wenige Meter von meiner Zelle entfernt an einem Schreibtisch saß.

„Stimmt", antwortete ich und streckte mich auf der kalten Metallbank in meiner einsamen Zelle aus. Die Bude sah aus wie aus einem alten Western. Holzwände, drei Zellen und ein Schreibtisch waren alles, was die Polizeistation ausmachte. Wahrscheinlich war in Podunk, Georgia, nicht viel los.

„Einbruch, schwerer Diebstahl, Körperverletzung."

Er ratterte meine Anklagen und Verurteilungen herunter, während ich dasaß, an die Decke starrte und mich fragte, wo zum Teufel Morgan blieb. Es waren drei Stunden vergangen. Ich konnte kaum die Augen offen halten, während er weitersprach.

„Ich glaube nicht, dass der Richter Sie auf Kaution freilassen wird. Sie sind eine Bedrohung, Mr. North."

Ich wollte mich mit ihm streiten, denn ich war nicht mehr derselbe Dummkopf wie vor zehn Jahren, aber ich machte mir nicht die Mühe. Es spielte keine Rolle, was ich sagte, er würde mich sowieso nicht gehen lassen.

„Die Leute hier mögen es nicht, wenn Kerle wie Sie herkommen und Ärger machen."

„Ich habe nicht angefangen. Travis hat mich sechs Mal geschlagen, bevor ich ihn überhaupt angefasst habe."

„Sie waren nicht derjenige, der am Boden lag, North. Sie haben nicht mal eine Schramme abbekommen."

„Ich kann nichts dafür, dass der Typ nicht schlagen kann." Ich war mürrisch, müde und nicht in der Stimmung für noch mehr von dem Schwachsinn. Gerade als ich den Mund aufmachte, um etwas zu sagen, kam Morgan durch die Tür gestürmt.

„Kann ich Ihnen helfen?", fragte der Sheriff, ohne aufzustehen und ihn zu begrüßen.

Morgan nickte mir kurz zu. „Ich bin wegen Mr. North hier."

„Tut mir leid, Sir. Er sitzt hier fest, bis der Richter eintrifft."

„Da kommt ein Anruf für Sie wegen Mr. North."

Der Sheriff schaute mich mit einem äußerst unbeeindruckten Blick an. „Regeln sind Regeln, Mister. Er muss bleiben, bis ..." Das Telefon klingelte. „Lowndes County Sheriff Department." Er lehnte sich auf seinem Stuhl zurück, wippte hin und her, sprach aber nicht.

Morgan kam zu meiner Zelle und seufzte. „Tut mir leid, dass es so lange gedauert hat, Mann. Es ist nicht einfach, um diese Zeit mit allen in Kontakt zu kommen."

Ich wies auf den Mistkerl. „Wer ist am Telefon?"

„Ich habe Thomas angerufen, und er hat sich mit einem alten Kumpel bei der DEA in Verbindung gesetzt. Er hat einen Gefallen eingefordert und sorgt für deine Freilassung."

Ich grinste. „Das wird dem Sheriff gar nicht gefallen."

„Ja, Sir", sagte der Sheriff, drehte sich auf seinem Stuhl um und starrte uns an.

„Ich schätze, er hat die Botschaft erhalten."

„Scheiß auf ihn. Das Arschloch hatte es verdient, fertiggemacht zu werden."

„Also habe ich es ausnahmsweise mal nicht versaut?"

Morgan seufzte und schüttelte den Kopf. „Das kann ich nicht behaupten."

„Sieht aus, als wärst du aus dem Schneider", sagte der Sheriff, als er den Hörer auflegte. „Es schmerzt mich, dich freizulassen, aber wenn die US-Regierung anruft, habe ich nicht viel zu diskutieren." Er schlenderte auf die Zelle zu und nahm die Schlüssel vom Gürtel.

„Danke", sagte ich zu Morgan, aber der Sheriff dachte, ich würde mit ihm reden.

„Danken Sie mir nicht." Er deutete auf Morgan, bevor er endlich meinen Käfig öffnete. „Bedanken Sie sich bei Ihrem Kumpel."

Ich erhob mich und streckte mich, bevor ich aus der letzten Gefängniszelle trat, die ich jemals belegen wollte. Wenn ich nie wieder in diese Scheißstadt zurückkommen würde, wäre es noch zu früh.

„An Ihrer Stelle würde ich mich nicht länger in der Stadt aufhalten", warnte mich der Sheriff.

Ich nickte knapp. „Ich hatte nicht vor, zu bleiben."

„Wir sind schon auf dem Weg nach draußen", sagte Morgan.

„Gute Idee." Der Sheriff setzte sich an den Schreibtisch und zog einen Umschlag mit meinen persönlichen Gegenständen heraus.

Ich schnappte sie mir ohne ein Dankeschön und folgte

Morgan auf den Parkplatz. „Ist Elvira startklar?"

„Ja. Ich habe mich mit jemandem in der Bar unterhalten, nachdem du weg warst. Er hat den Reifen gewechselt, aber es hat mich das Dreifache des normalen Betrags gekostet. Das war mir scheißegal. Ich will nur raus aus diesem Drecksloch."

„Perfekt. Bring uns verdammt noch mal weg von hier. Halte nicht an, bis wir in Florida sind."

„Schon dabei", sagte er und schloss die Türen von Elvira auf, seines schlanken schwarzen Challengers.

Der Wagen schnurrte wie ein Kätzchen, als er den Motor anließ, und er fuhr mit quietschenden Reifen vom Parkplatz.

„So ärgerst du den Sheriff nur noch mehr."

„Er kann uns nicht einholen. Mach dir keine Sorgen. Ich kann das." Sein Lächeln war im trüben blauen Licht des Armaturenbretts sichtbar.

„Da wird mir ganz warm ums Herz."

„Mach einfach die Augen zu und sei still. Wir sind im Handumdrehen zu Hause."

„Angeber. Ich würde mich ja mit dir streiten, Kleiner, aber Schlaf hört sich im Moment zu gut an", sagte ich, während ich meine Augen schloss und an Fran dachte, bis ich einschlief.

Kapitel 12

Fran

Kurz nach Mittag klingelte es und ich rannte zur Tür, weil ich mich freute, endlich Bear zu sehen. Aber als ich sie öffnete, stand nicht er, sondern Morgan vor der Tür.

„Wir müssen reden", knurrte er und drängte sich an mir vorbei, ging in den Flur und zog seine Schuhe aus.

Ich schlug die Haustür zu und drehte mich mit den Händen an den Hüften zu ihm um. „Ich freue mich auch, dich zu sehen."

Er schien heute nicht fröhlich drauf sein. „Hör auf, Ma." Er schlenderte in die Küche, und ich folgte ihm dicht auf den Fersen.

„Was ist das Problem?"

„Bear."

„Was ist mit ihm?", fragte ich und spielte mit der Kreuzkette um meinem Hals.

Er holte eine Kaffeetasse aus dem Schrank und bediente sich an der frischen Kanne, die ich für Bear gebrüht hatte. „Ich möchte, dass du dich von ihm fernhältst."

Ich schaute zur Tür und hoffte, dass Bear nicht anklopfen würde. Ich hoffte, sobald er Morgans Auto in der Einfahrt sah, würde er warten, bis die Luft rein war. „Warum?"

„Weil er nur Probleme bedeutet." Er trug die Tasse zum Tisch und machte es sich gemütlich.

Ich setzte mich ihm gegenüber und stützte mein Kinn auf die Handfläche. „Ich bin erwachsen, Morgan."

Er lehnte sich zurück und starrte aus dem Fenster. „Ich kann nicht zulassen, dass meine Mutter mit einem Kollegen rummacht. Ich muss ihn jeden Tag sehen und sollte ihm nicht das Licht ausknipsen wollen. Das ist für uns beide nicht fair."

„Du weißt, dass ich dich liebe, oder?" Ich versuchte,

diplomatisch zu sein, aber mein Sohn sollte auf keinen Fall mein Leben bestimmen.

„Ja. Aber was hat das damit zu tun?"

„Du musst lernen, dich um deine eigenen Angelegenheiten zu kümmern."

„Es geht um meinen Job. Ich arbeite mit Bear zusammen und kann nicht zulassen, dass du mit ihm wie ein liebeskranker Teenager flirtest."

Ich riss die Augen auf. „Flirten? Tue ich das wirklich?"

„Wie nennst du es denn, wenn du mit ihm im Neon Cowboy abhängst, Ma? Im Ernst, du solltest dich deinem Alter entsprechend verhalten."

Ich legte meine Hände flach auf den Tisch, um mich daran zu hindern, sein hübsches Gesicht zu ohrfeigen.

„Soll ich etwa ins Pflegeheim ziehen?", fragte ich sarkastisch.

„Nein, aber geh nicht in Bars und tanz nicht mit Männern. Zumindest mit keinen, die ich kenne."

Oh nein, das hatte er jetzt nicht gesagt. „Du willst also, dass ich lieber auf Tender gehen soll und nach Sexpartnern suche?"

„Du meinst Tinder?"

„Ja. Soll ich da einfach hingehen und mir einen Mann suchen? Ich meine, da gibt es Millionen, die sich gern mit mir einlassen würden." Ich deutete auf meinen Körper und kicherte.

Der arme Morgan sah aus, als würde er gleich ohnmächtig werden. „Ma, du musst mit diesem Scheiß aufhören. Du kannst nicht auf Tinder gehen. Das ist zu gefährlich."

„Bear ist gefährlich. Tender ist gefährlich." Ich sprach es extra falsch aus, um ihn zu ärgern, und fuchtelte mit den Händen herum. „Soll ich einfach zu Hause sitzen und häkeln, bis ich sterbe?"

Er drehte die Kaffeetasse in seiner Hand und verzog das Gesicht. „Warum bist du nur so dickköpfig?"

„Hör zu, mein Sohn. Ich habe schon vor langer Zeit aufgehört, mich um dein Leben zu kümmern. Ich weiß, dass du dir Sorgen machst, aber du musst damit aufhören. Ich bin erwachsen. Bear ist erwachsen. Ich bin noch nicht bereit, die alte Dame zu spielen."

Er starrte mich an, während er die Tasse an seine Lippen hob. „Ich will meine Mutter zurück", brummte er in seinen Kaffee.

„Ich bin immer noch da, Kind. Zum ersten Mal seit Langem genieße ich es, Zeit mit jemandem zu verbringen, und du willst mir in die Parade fahren."

„Du hast doch Zeit mit Johnny verbracht", sagte er.

„Und er war ein Dieb und ein Lügner. Bear ist nichts von alledem. Du hattest kein Problem, als ich mit Johnny zusammen war, also musst du deinen Stolz herunterschlucken und es verfickt noch mal akzeptieren, Baby." Ich fügte den kindlichen Kosenamen hinzu, um meine unflätige Ausdrucksweise zu mildern.

„Na gut, Ma."

„Ich habe dich bekommen, als ich kaum volljährig war, und bin gleich mit deinem Vater verheiratet worden. Jetzt will ich noch etwas Spaß haben, bevor es zu spät ist."

„Okay, okay." Er hob kapitulierend die Hände. „Ich habe verstanden. Sei einfach vorsichtig und sag Bear, dass er in der Öffentlichkeit seine Finger von dir lassen soll. Ich könnte es nicht ertragen, wenn er dich betatscht."

Ich stand auf und stellte mich hinter ihn. „Okay", log ich und küsste ihn auf sein seidiges schwarzes Haar. „Ich möchte nicht, dass du dich unwohl fühlst."

„Danke." Er lächelte zu mir hoch, als ich ihm auf die Schulter klopfte.

„Solltest du nicht wieder an die Arbeit gehen?" Ich warf wieder einen Blick zur Tür.

Er schaute auf seine Uhr und gähnte. „Ja, es war eine lange Nacht, aber ich sollte mich wenigstens mal blicken lassen."

„Okay, Baby", sagte ich und ging bereits zur Tür, damit er ging, bevor Bear eintreffen würde.

Morgan beugte sich vor und gab mir einen Kuss, als ich ihm die Tür öffnete. „Ich rufe später an."

Ich gab ihm spielerisch einen Klaps auf die Brust. „Mir geht es gut. Verbring deine Zeit lieber mit deiner Frau und mach dir keine Sorgen um mich. Ich spiele nachher sowieso Bridge mit den Damen. Ich werde nicht zu Hause sein."

„Viel Spaß." Er joggte die Treppe hinunter zu seinem Auto.

„Ja, das wird eine wilde Nacht." Ich lachte nervös und suchte auf der Straße nach einem Zeichen von Bear, aber er war nirgends zu sehen.

Als Morgans Motor aufheulte, winkte er mir noch einmal zu, bevor er wie ein Verrückter rückwärts von meiner Einfahrt fuhr. Der Junge hatte nie gelernt, langsam zu fahren. Wahrscheinlich war es auch nicht die beste Wahl für ihn, ein Auto mit über 400 PS zu kaufen.

Ich wartete, bis er fort war, bevor ich die Tür schloss. Ich eilte in die Küche, stellte seine Kaffeetasse in den Geschirrspüler und überprüfte mein Make-up, bevor Bear kam.

Gerade als ich mein Telefon in die Hand nahm, um ihn anzurufen, klopfte es an der Tür. „Ich komme!" Ich hüpfte zur Tür wie ein Kind. Zumindest fühlte ich mich wie eins, denn die Schmetterlinge in meinem Bauch flatterten auf Hochtouren. Ich riss die Tür auf und wurde mit einem breiten Schatten konfrontiert. Der Mann war so groß, dass sein Körper den Rahmen ausfüllte und kein Licht hereinließ. Ich lächelte vergnügt und blinzelte zu ihm hoch. „Hi, mein Hübscher."

„Hi, Süße. Welch schöner Anblick für meine gestressten Augen."

Ich könnte mich in ihm verlieren. Die Jahre waren gut zu ihm gewesen. Die winzigen Fältchen um seine Augen verliehen ihm noch mehr Charme.

„Willst du nicht reinkommen?" Eine idiotische, überflüssige Frage, aber ich war nervös, auch wenn es nicht unser erstes Mal war.

Er beugte sich vor und senkte seine Stimme. „Ich würde dich hier draußen vögeln, aber ich glaube nicht, dass die Nachbarn das gut finden würden."

Mein Körper begann bei seinen Worten zu schwanken, aber er legte seine großen Hände um meine Schultern und hielt mich fest.

„Geht es dir gut?"

Ich lachte und meine Wangen brannten, aber zum Glück behielt er seine Hände auf mir. „Du machst mich einfach so …" Ich verstummte.

Er küsste mich auf die Wange, was mir einen Schauer über den Rücken jagte. Seine Lippen streiften mein Ohr und er flüsterte: „Erregt?"

Die Vibration seiner Stimme kribbelte überall. „Ich kann kaum laufen, Bear."

„Dann ist es ja gut, dass du nicht stehen musst bei dem, was ich vorhabe."

„Bear", sagte ich und räusperte mich, um mich aus meinem lüsternen Nebel zu befreien. „Wir sollten lieber reingehen, bevor …" Ich schaute mich um, um zu sehen, ob einer der neugierigen Nachbarn uns beobachtete.

„Soll ich mein Bike lieber in die Garage stellen?"

„Tolle Idee. Ich will nicht, dass Morgan noch einmal vorbeikommt und es in der Einfahrt sieht."

„Du gehst rein und ziehst dich aus, und ich erledige das schnell."

„Warte", sagte ich und stellte einen Fuß in die Tür. „Du erwartest, dass ich mich jetzt einfach ausziehe?"

„Fran, Schätzchen, hinterfrage mich nicht. Ich sage immer, was ich denke, und jetzt will ich deinen hübschen Körper nackt und wartend sehen. Beeil dich, sonst muss ich dir den Hintern versohlen, weil du nicht gehorcht hast."

„Äh ..." Nervös spielte ich mit dem Kreuz an meiner Kette. Würde ich nicht sowieso schon in die Hölle kommen, würde Bear mir ein One-Way-Ticket besorgen.

Ich rannte in die Küche, um ihm die Garage zu öffnen, und ging dann ins Schlafzimmer. Ich konnte mich gar nicht schnell genug ausziehen, während ich mich verrenkte, um mich aus den super eng anliegenden Sachen zu befreien, von denen Maria behauptete, dass ich sie unbedingt haben musste. Lieber Gott. Wenn Bear mich ausziehen müsste, würde es ein peinlicher Albtraum werden.

Ich stand vor meinem Bett und fragte mich, ob ich mich hinlegen oder stehenbleiben sollte. Als ich das Garagentor zugehen hörte, hüpfte ich auf das Bett und versuchte, sexy auszusehen, indem ich mich seitlich ausstreckte und den Kopf auf die Hand stützte. Die Mädchen im Playboy machten immer den Eindruck, als sei das eine sexy Position.

„Um Himmels willen", murmelte ich, als ich nach unten blickte und meinen Bauch sah, der wie ein halb geschmolzenes Eis auf die Matratze floss.

Als Bear den Flur vor meinem Schlafzimmer betrat, ließ ich mich auf den Rücken fallen, um den Bauch einziehen zu können. Ich holte tief Luft, als die Tür aufschwang.

„Ich liebe eine Frau, die Befehle befolgen kann."

Er zog seine Stiefel aus und ich sah ihm beim vollständigen Entkleiden zu. Ich war so aufgeregt, dass es schwer war, still zu liegen. Die Vorfreude brachte mich fast um. Mein Herz hämmerte so stark, dass ich mich fragte, ob das alte Organ nicht einfach aufgeben würde. Gott, ich hoffte, er würde mich wenigstens anziehen, bevor er den Bestatter rief, um meine Leiche zu entfernen. Meine größte Angst war immer, so aufgefunden zu werden. Nackt wie am Tag der Geburt.

In der letzten Nacht hatte ich nicht wirklich die Gelegenheit gehabt, Bears Anblick zu genießen. Wir waren zu sehr damit beschäftigt gewesen, uns auszuziehen und zur Sache zu kommen. Ein Mann mit Brusthaar hatte für mich schon immer etwas Männliches. Ich wollte mit meinen Fingern durch sie fahren.

Ich war so in den Moment vertieft, nahm alles von ihm auf, einschließlich seines hübschen Schwanzes, dass ich zusammenzuckte, als er auf mich zukam. Er packte mich an den Knöcheln und zog mich so schnell zu sich, dass ich nicht einmal Zeit hatte, meine Überraschung zu äußern. Kurz darauf waren meine Füße in der Luft und die Beine über seinen Schultern. Als sein Mund meine Pussy berührte, blieb mir die Luft weg.

„Ich habe diese schöne Pussy vermisst", murmelte er, bevor er meine Klit mit den Lippen umschloss.

Ich bäumte mich auf, weil er mich wie ein ausgehungerter Mann verschlang. Vor zwei Nächten hatte er so viel Zeit mit mir verbracht, dass mir schwindelig geworden war. Ich hatte bereits Oralsex mit Männern gehabt, die sich Zeit nahmen. Aber Bear verschlang mich, als wäre ich das Beste, was er je im Mund hatte. Es war nicht so, dass er es überstürzte. Nein, er verbrachte über eine Stunde damit, jeden Zentimeter zwischen meinen Beinen zu lecken und zu saugen.

„Das ist so verdammt gut", stöhnte ich und stemmte meine Fersen in seinen Rücken.

„Gieriges Mädchen", murmelte er mit einem leisen Lachen, das an meiner Klit vibrierte und mich unkontrolliert zucken ließ.

Ich drückte mich an ihn und grub meine Finger in sein Haar. Ich war immer sanftmütig und mild im Schlafzimmer, aber es gab etwas an Bear, das eine andere Seite von mir zum Vorschein brachte. Eine, die sich einen Dreck darum scherte, was er dachte, obwohl ich wusste, dass Bear mich nicht verurteilen würde. Zum ersten Mal dachte ich auch mal an mich selbst. Gierig nannte er mich. Und das war ich auch. Unverblümt, gierig nach allem, was ich wollte. Er beobachtete mich, während er mich mit seinem Mund verwöhnte. Ich war eigentlich die Sorte Frau, die das Licht ausmachte, bevor es zur Sache ging, aber Bear wollte mich sehen. Es stand ihm ins Gesicht geschrieben. Seine Sehnsucht nach mir. Seine Begierde. Das Verlangen, das er für mich empfand. Es sprühte fast Funken. Warum hatte ich das nicht schon früher gesehen?

„Ich bin so nah dran", sagte ich.

Der Mann hatte eine magische Zunge. Sie zog wunderbare Kreise. Meine Füße bewegten sich hin und her, meine Muskeln spannten sich an, als ich spürte, wie sich der Orgasmus aufbaute. Er war so gut mit dem Mund, dass er es den ganzen Tag tun sollte, aber ich wollte auch das Gefühl der Euphorie spüren. Als zwei Finger in mich eintauchten und die Stelle streichelten, die mir den Atem raubte, konnte ich es nicht länger zurückhalten. Alles in mir krampfte sich zusammen. Ich starrte ihn mit verschwommenen Augen an, während er meinen Höhepunkt und meine Unfähigkeit zu atmen in die Länge zog. Als die Wellen über mich hereinbrachen, seine Finger immer noch in mir waren, ließ ich mich vom Vergessen davontragen.

„Franny ..." Bears Stimme war leise, fast distanziert. „Franny." Diesmal klang seine Stimme eindringlicher. „Franny!"

„Was?", fragte ich, öffnete die Augen und kam zurück in die Realität.

„Scheiße", zischte er über mir. „Ich dachte, du stirbst."

Ich lachte und umfasste sein Gesicht, obwohl sich meine Arme anfühlten, als würden sie tausend Pfund wiegen. „Das wäre die perfekte Art, zu gehen."

„Mach diesen Scheiß nicht mit mir, Frau. Ich dachte schon, ich müsste das Morgan erklären. Ich mag das Leben irgendwie."

Mein Lachen wurde lauter und ich grub meine Finger in

seinen Bart. „Ich war genau am perfekten Ort, bis du mich zurückgeholt hast."

„Welcher Ort?"

Ich küsste sanft seine Lippen und schmeckte mich selbst an ihm. „Wo Dunkelheit und Wärme sind, wo man lebendig ist, aber am Rand des Nichts."

„Du bist verrückt, Fran. Einfach verrückt." Er presste seinen Mund auf meinen und drückte mich in das Kissen. Ich schlang die Arme um seinen Hals und unsere Zungen verschmolzen in einem wunderbaren Tanz miteinander. Ich spürte seine Leidenschaft und sein Verlangen an der Art, wie seine Lippen meine bedeckten, und an seinen raschen Atemzügen.

Als er sich auf den Rücken fallen ließ und mich mitnahm, war ich überrascht, als er sagte: „Bleib einfach ein bisschen liegen und schließ die Augen. Der Tag ist noch jung."

Meine Finger glitten durch sein Brusthaar. „Willst du nicht, dass ich mich um dich kümmere?", fragte ich leise, während meine Lippen seine Haut berührten und meine Hand seine massive Erektion umschloss.

Er küsste mich auf die Stirn. „Ich hatte gestern eine lange Nacht. Leg dich einfach zu mir."

Kuscheln? Bear wollte mit mir kuscheln? Ich hatte ihn nie für einen Mann gehalten, der mit einer Frau schmusen wollte. Ich selbst war auch nie ein Fan davon gewesen. Aber der Sog des Nichts, den ich zuvor gespürt hatte, begann hinter meinen Augenlidern stärker zu werden, und das Letzte, woran ich dachte, war: Es hatte Spaß gemacht, gierig zu sein.

Kapitel 13

Bear

City lachte. „Du siehst echt scheiße aus."
„Danke", grummelte ich und zupfte am Etikett meiner Bierflasche herum.
Ich saß schon seit einer Stunde da, trank und dachte an Fran. Wir hatten uns die vergangenen zwei Wochen bei ihr oder bei mir verkrochen, um nicht von ihrem Sohn erwischt zu werden, und das reichte mir jetzt. Ich wollte mich nicht mehr verstecken müssen. Zum ersten Mal seit Jackie mochte ich jemanden wirklich und wollte, dass der Rest der Welt es erfuhr.
„Triffst du dich noch mit meiner Tante?"
Seine Worte trafen mich unvorbereitet. Ich überlegte, was ich sagen sollte, und strich mir über den Bart. „Ja", antwortete ich schließlich, denn ich wollte, dass er es wusste.
„Dachte ich mir. Siehst du ihretwegen halbtot aus?"
„Willst du das wirklich wissen?"
„Wahrscheinlich nicht. Aber du bist mein Freund, also tue ich so, als ob wir über jemanden reden, mit dem ich nicht verwandt bin."
„Sie liegt jede Nacht in meinem Bett oder ich in ihrem. Aber das ist nicht der anstrengendste Teil. Sondern das Verstecken."
„Das kann ich mir vorstellen. Es ist, als hättest du eine heimliche Affäre, wobei in dem Fall Morgan deine Frau darstellt und du seine Mutter vögelst."
„Sehr nett ausgedrückt", murmelte ich mit einem Grinsen.
„Was wirst du also tun? Hast du mal mit Morgan darüber gesprochen?"
„Bro." Ich lehnte mich auf dem Stuhl zurück. „Er hat ziemlich deutlich gemacht, dass ich mich von seiner Mut-

ter fernhalten soll."

„Ich kann es ihm nicht verübeln, dass er seinen Mann steht. Egal, mit wem sie zusammen ist, es wird nicht leicht für ihn sein." Er deutete auf die Kellnerin und bat um zwei weitere Biere.

„Aber das ist dumm."

„Männer sind nicht immer vernünftig, besonders wenn es um unsere Mütter geht." Er musterte mich einen Moment. „Du magst Fran also wirklich?"

Als unsere Biere auf dem Tisch standen, zog ich eine Flasche zu mir. „Ja." Ich seufzte und kratzte mich am Bart, wobei ich einen Hauch ihres Parfüms wahrnahm, das von ihren Küssen übriggeblieben war. „Sie hat Janice für morgen zum Essen eingeladen."

Er verschluckte sich an seinem Bier. „Was? Hast du gerade gesagt …"

„Ja." Ich nickte und trank die Hälfte meines Bieres in einem großen Schluck aus.

Er wischte sich mit dem Handrücken über den Mund. „Und was hältst du davon?"

„Ich weiß nicht so recht. Janice hat meinen Lebensstil nie gutgeheißen, aber wenn sie Fran kennenlernt, wird sie mich vielleicht ein bisschen besser verstehen."

Als ich sie bei meinen Schwestern gelassen hatte, hatte sie geweint. Ihr Wehklagen rang noch immer in meinen Ohren, und ich würde nie den Ausdruck auf ihrem Gesicht vergessen, als ich sie zum Abschied geküsst hatte. Auch die Zeit hatte die Wunde nicht geheilt. Wir waren freundlich zueinander, aber sie liebte mich nicht mehr so wie früher. Als sie ein Baby gewesen war, hatte sie stundenlang auf meiner Brust geschlafen. Ich war nirgendwo hingegangen, ohne dass sie in irgendeiner Form an mir gehangen hatte. Ihr als Erster das Herz gebrochen zu haben, würde ich mir nie verzeihen, und sie mir wohl auch nicht.

„Sie ist hart im Nehmen", sagte City, nippte an seinem

Bier und starrte ins Leere. „Vielleicht solltest du Morgan auch zum Essen einladen."

„Bist du verrückt? Er wird das Feuer nur weiter anfachen. Sie braucht nicht noch mehr Gründe, um mich zu hassen."

„Stimmt."

Wie die vier Reiter der Apokalypse stürmten James, Morgan, Thomas und Frisco durch die Eingangstür des Neon Cowboy. Vielleicht hatten sie Wind von meinem Rendezvous mit Fran bekommen und waren gekommen, um mir in den Arsch zu treten. Frisco blieb an der Bar stehen, aber die anderen marschierten direkt zu unserem Tisch und setzten sich zu uns.

Thomas sprach zuerst: „Wir haben ihn gefunden."

James fuhr fort. „Wir haben ein Auge auf ihn, bis wir dort sind."

„Wo zum Teufel ist er?", fragte ich.

„Wieder in Lowndes County." Morgan schüttelte den Kopf. „Ich schätze, nachdem wir weg waren, ist er wieder aufgetaucht. Wahrscheinlich dachte er, wir würden ihn dort nicht zweimal suchen."

„Wann fahren wir?", fragte ich, bereit, sofort zu gehen. Die Männer wichen meinem Blick aus.

„Du kommst nicht mit", sagte Morgan und warf einen Blick auf City.

„Doch, natürlich komme ich mit."

„Nein, Bro, du bleibst hier und machst Telefondienst", sagte Thomas mit ernstem Ausdruck.

„Ist Angel nicht dafür da?" Ich schüttelte ungläubig den Kopf.

„Sie wird auch da sein, aber du musst mit den Klienten in Kontakt bleiben. Du und Sam werdet zurückbleiben, während wir nach Georgia fahren und uns um Johnny kümmern."

„Aber ..." Ich wollte gerade etwas sagen, um meinen Standpunkt darzulegen, als Morgan mich unterbrach.

„Der Sheriff von Lowndes County würde sich freuen, dich wieder in die Finger zu bekommen. Ich bin sicher, dass er dich wieder in den Knast stecken würde, nur weil du jemanden komisch anguckst. Wir haben keine Zeit, uns mit den Hinterwäldlern herumzuschlagen. Bleib einfach hier, kümmere dich um das Geschäft, behalte die Ladys im Auge und überlass uns Johnny."

„Okay", brummte ich. „Ich bleibe hier bei Sam."

„Gut." Thomas lehnte sich auf seinem Stuhl zurück. „Gleich morgen früh sind wir hier weg. Ich sage der Technik Bescheid, dass alle Nachrichten an dich oder Sam weitergeleitet werden sollen. Wenn wir morgen Abend nicht zurück sind, musst du früh im Büro sein."

Ich lächelte, auch wenn ich alles andere als glücklich war. „Aber sicher doch, Chef." Der Sarkasmus in meiner Stimme war niemandem entgangen.

„Würdest du lieber im Knast sitzen?", fragte Morgan.

„Nicht wirklich, obwohl es dort unterhaltsam war." Ich grinste.

„Du hast Glück, dass ich dich rausgeholt habe. Das war nicht leicht bei deinen Vorstrafen." Thomas versuchte, sein Lachen zu unterdrücken. „Die Leute scheinen nicht zu verstehen, wie ich einen verurteilten Kriminellen einstellen konnte, aber ich weiß, dass du ein aufrechter Kerl bist."

„Ich wünschte, alle würden so denken", murmelte ich.

Morgan starrte mich von der anderen Seite des Tisches an. „Damit meinst du mich?"

Ich schüttelte den Kopf und blickte zurück. „Niemals."

„Was ist das Problem?", fragte Frisco, denn er wusste nichts von der Sache zwischen Fran und mir.

„Bear und Fran", sagte James beiläufig, als wäre es keine verdammt große Sache.

Frisco spuckte sein Bier aus. „Wie bitte?"

„Ja, du hast mich richtig verstanden. Bear und Fran haben was am Laufen." James malte Anführungszeichen in die Luft.

Morgan sah mir immer noch in die Augen und warf mir einen Mörderblick zu.

„Wir haben nur etwas zusammen getrunken", log ich.

Thomas zog eine Augenbraue hoch und schmunzelte. „Ist das alles?"

„Ja."

Mit einem finsteren Gesichtsausdruck blickte Morgan in die Runde. „Gibt es etwas, das ich nicht weiß?"

„Nein, Mann. Wir verarschen nur Bear und dich." City versuchte, den heranrasenden Zug der Katastrophe zu stoppen, aber wenn er sich einmal in Bewegung gesetzt hatte, war es schwer, ihn aufzuhalten.

Morgan blickte zwischen City und mir hin und her. „Warst du mit meiner Ma zusammen?"

Bevor ich antworten konnte, setzte sich City für mich ein. „Was ist so schlimm daran, dass Bear sich mit Tante Fran trifft?" Er verschränkte die Arme und starrte Morgan an. „Er ist der beste Freund, den man sich nur wünschen kann. Er steht zu seinem Wort und hat einen kühlen Kopf."

„Wie würde es dir gefallen, wenn er deine Mutter ficken würde?", knurrte Morgan und richtete seinen Blick auf mich. „Mir gefällt das jedenfalls nicht. Guter Freund hin oder her, er ist nicht der richtige Mann für sie."

„Seit wann bist du so ein Hosenscheißer?" James lachte und versuchte, die Spannung zu lockern, aber es gelang ihm nicht.

Morgan warf ihm einen finsteren Blick zu. „Schnauze, Mann."

„Ich war auch nicht gerade glücklich darüber, dass mein bester Freund mit meiner Schwester zusammen ist", sagte Thomas und warf James einen kurzen Blick zu. „Aber irgendwann muss man einfach loslassen."

„Das werden wir noch sehen", antwortete Morgan, bevor er einen Schluck von seinem Bier trank.

„Sie ist deine Mutter. Du kannst sie nicht herumkommandieren", meldete sich City, unsere Stimme der Vernunft, zu Wort.

„Mit Fran ist außerdem nicht zu spaßen", sagte Thomas lachend. „Sie kann hart austeilen. Das solltest du besser wissen als jeder andere."

„Wenn du dir Sorgen machst, dass Bear aus der Reihe tanzt, bin ich mir sicher, dass Fran ihn in die Schranken weisen wird, genauso wie sie dich in die Schranken gewiesen hat", sagte City, und seine Worte stimmten.

Fran war kein schüchternes Mauerblümchen. Sie hatte eine böse Zunge und ein entsprechendes Benehmen. Vielleicht mochte ich sie deshalb so sehr. Sie ließ sich nichts gefallen. Auch nicht von Morgan.

Morgan beäugte mich misstrauisch. „Sie mischt sich schon seit Wochen nicht mehr in meine Angelegenheiten ein. Es ist geradezu ..." Er brach ab.

„Himmlisch?" City stupste ihn an.

„Ja." Morgan lachte.

„Wenn ihre Aufmerksamkeit woanders liegt, lässt sie dich in Ruhe", sagte Frisco, der aus erster Hand wusste, wie es war, ein Elternteil zu haben, das ständig an einem hing.

„Aber mir gefällt nicht, dass es sich um ihn handelt." Morgan zeigte mit seinem dünnen kleinen Finger in meine Richtung.

„Seit wann bin ich der Bösewicht? Schön, dass ihr alle über mich redet, als wäre ich gar nicht hier. Wichser."

Morgan lehnte sich zurück und breitete die Arme aus. „Schaut euch doch mal um. Welche Frau hier hat Bear noch nicht gefickt?"

Er hatte recht, es gab nur wenige, mit denen ich nicht zusammen gewesen war. Verdammt, ich war seit dreißig Jahren Single, und ich war kein Priester. Frauen boten sich an, ich nahm sie – Ende der Diskussion.

„Was soll das heißen?", fragte ich jedoch aus Gründen

der Selbstverteidigung.

„Dass du eine männliche Hure bist", sagte Morgan.

„Ich bin schon fast länger Single, als du lebst, Junge."

„Da hat er recht", sagte City mit einem Nicken.

„Ich habe auch noch nie eine Frau angelogen, mit der ich geschlafen habe. Ich verspreche nie mehr als das, was ich zu geben bereit bin." Manchmal waren sie wahnhaft und dachten, dass ich nach einer einzigen Kostprobe ihrer Pussy auf die Knie sank und sie zu meiner Frau erklärte, aber das war meine Schuld. Ich sollte mich nicht mit den verrückten Schlampen einlassen. Sie waren die Kopfschmerzen nicht wert.

Morgan beugte sich vor, seine Miene immer noch ernst. „Und was versprichst du meiner Ma?"

Mist. Das war etwas, das Fran beantworten sollte, nicht ich. Aber ich musste die Botschaft überbringen, weil ich diese beschissene Spannung zwischen uns nicht ertragen konnte.

„Wir sind zusammen", antwortete ich schlicht.

Morgan weitete die Augen. „Wann bist du das letzte Mal mit jemandem ausgegangen?", fragte er.

„Ein Mal seit 1985."

Morgan sah mich kritisch an. „Nur ein Mal?"

„Ja, Dumpfbacke. Ich verabrede mich nur, wenn ich ernsthaft in jemanden verliebt bin."

„Du bist also in meine Ma verknallt?", fragte er mit den größten Augen, die ich je gesehen hatte.

Ich zuckte mit den Schultern, als wäre es nichts Besonderes. „Ja."

Morgan rieb sich das Gesicht und murmelte etwas vor sich hin. Ich konnte nicht verstehen, was er sagte, aber es war mir auch egal. Nichts würde die Tatsache ändern, dass ich Fran mochte und mit ihr ausgehen wollte.

„Wir freuen uns für dich, Bear." Thomas lächelte und nickte mir zu.

Morgan sprang von seinem Stuhl auf und starrte

Thomas an. „Einen Scheiß tun wir!"

James packte ihn am Arm und hielt ihn davon ab, sich auf mich zu stürzen. „Setz dich auf deinen Arsch und hör auf, eine Szene zu machen."

Morgan setzte sich wieder. „Wir reden hier über meine Mutter, Mann."

„Und über Bear. Er wird deine Mutter nicht verarschen." James schaute in meine Richtung. „Er weiß, dass wir ihm alle in den Arsch treten würden."

„Yep." Ich wagte nicht, zu lächeln. Es war weder der richtige Zeitpunkt noch der richtige Ort. Dies war ein ernstes Gespräch über eine wichtige Person. „Ich würde nichts anderes von euch erwarten."

Morgan ballte die Fäuste auf der Tischplatte, sein ganzer Körper war angespannt. „Wenn ich auch nur den Eindruck habe, dass du meiner Ma unrecht tust, werde ich dich verdammt noch mal umbringen."

Ich konnte nur nicken. Es spielte keine Rolle, was ich sagte. Ich würde es durch meine Taten und mit der Zeit beweisen müssen. Viel Zeit. Vielleicht sogar länger, als ich noch zu leben hatte. Morgan sah mich in einem anderen Licht, und ich war mir nicht sicher, ob ich das jemals ändern konnte.

Kapitel 14

Fran

Bear hatte letzte Nacht nicht bei mir übernachtet und ich hatte ihn tatsächlich vermisst, aber ich hatte heute Morgen zu viel zu tun, um mich damit zu beschäftigen. Janice würde zu einem frühen Abendessen kommen, worüber Bear nicht so begeistert war, aber ich scherte mich einen Dreck um seinen Mangel an Begeisterung.

Er hatte mir erklärt, dass sie sich zwar gut verstanden, aber es ihm nie gelungen war, sich in ihre Gunst zurückzuarbeiten. Er hatte es versaut, als sie noch ein Kind war, und dafür musste er büßen und Wiedergutmachung leisten.

Wir alle machten als Eltern Fehler. Die meisten waren nicht so groß wie seine, aber es lag in unserer Verantwortung, die Dinge richtigzustellen. Als ich Janice angerufen hatte, um sie einzuladen, hatte ich gedacht, sie würde ablehnen, aber sie hatte die Chance ergriffen. Vielleicht war sie bereit, ihm zu verzeihen. Oder vielleicht wollte sie ihm eine Standpauke halten. Das war eigentlich egal. Mein Ziel war es, sie in einen Raum zu bringen und sie ihre Probleme klären zu lassen.

„Janice", sagte ich, als ich die Tür öffnete und die schönste schwangere Frau sah, die ich je gesehen hatte.

Sie lächelte strahlend und legte ihre Hände auf ihren Bauch. „Fran."

„Komm rein, Süße." Ich trat zur Seite, damit sie genug Platz für ihren Bauch hatte. „Du bist wirklich ein wunderschönes Geschöpf."

„Danke." Sie schaute sich im Wohnzimmer um und runzelte die Stirn. „Kommt er nicht?"

„Doch. Er ist schon ganz aufgeregt." Das war gelogen, aber ich wollte nicht, dass sie etwas anderes dachte.

Ihre Augen wurden groß. „Echt?"

Ich nickte. „Er hat dich vermisst. Weiß er, dass du schwanger bist?"

Sie schüttelte den Kopf und blickte zu Boden. „Nein, ich habe es ihm noch nicht gesagt."

„Er wird Großvater." Ich konnte meine Aufregung bei dem Gedanken an kleine Kinder, die im Haus herumlaufen würden, nicht unterdrücken.

„Ja. Zumindest auf dem Papier."

Autsch.

Eins wusste ich. Bear liebte seine Kinder, auch wenn er sich nicht um sie hatte kümmern können.

„Möchtest du dich hinsetzen und etwas trinken?"

„Das wäre toll. Meine Füße bringen mich um", sagte sie.

Ich ging in die Küche, um eine Flasche Wasser zu holen. Als ich ins Zimmer zurückkam, saß sie auf der Couch und hielt sich den Bauch.

„Wie weit bist du?"

„Achter Monat, aber ich fühle mich jetzt schon wie ein Wal."

Ich reichte ihr ein Glas Wasser und setzte mich neben sie. „Ich erinnere mich, als ich war schwanger. Ich war die ganzen neun Monate über unglücklich." Ich lachte leise. „Aber das hatte wahrscheinlich mehr mit meinem Mann zu tun als mit meinem Sohn."

Der Timer des Backofens piepte und es klopfte an der Tür. „Herein!", rief ich und ging in die Küche. Ich durfte das Essen nicht vermasseln. Jeder wusste, dass ich eine schlechte Köchin war. Maria hatte mir das Rezept für eine Soße für Lasagne gegeben. Das war das Einzige, was ich fehlerfrei kochen konnte, aber normalerweise benutzte ich irgendeinen Scheiß aus der Dose. Sie hatte darauf bestanden, dass nur das Familienrezept für einen besonderen Anlass geeignet war.

Nachdem ich die Lasagne herausgenommen und zum Abkühlen auf den Herd gestellt hatte, schlich ich auf Zehenspitzen ins Wohnzimmer und beobachtete Bear und Janice, wie sie in der Mitte des Raumes standen. Sie lächelte ihn an, wobei ein Hauch eines kleinen Mädchens, das von ihrem Vater fasziniert war, durchkam. Er legte seine Hand auf ihren Bauch.

„Janice", sagte er mit trauriger, weicher Stimme. „Es tut mir so, so …"

„Ich weiß, Dad."

„Nein, Baby, das tust du nicht." Seine Hand wanderte von ihrem Bauch zu ihrem Gesicht. Er umfasste ihre Wange und streichelte sie mit dem Daumen.

Ihre Augenbrauen zogen sich zusammen, aber sie tat nichts, um ihm auszuweichen. Ich wagte nicht, mich zu bewegen und ihren Moment zu stören. Sie brauchten diese Zeit. Ihre Beziehung war zerrüttet, und die Worte mussten ohne mich in ihrer Gegenwart gesprochen werden.

„Setzen wir uns." Er führte sie zur Couch, seine Hand hielt ihren Ellbogen, falls sie stolpern sollte. „Wir müssen über etwas reden, das ich zu viele Jahre vor mir hergeschoben habe."

Ich schaute wieder auf die Lasagne und zuckte mit den Schultern. Das konnte warten. Das war das Beste an dieser Art von Essen. Es wurde mit der Zeit immer besser. Obwohl ich wusste, dass es nicht richtig war, sie zu belauschen, tat ich es trotzdem. Ich konnte meinen Blick nicht von ihnen abwenden. Sie sah aus wie er, mit Augen, die die Farbe von grauen Wolken an einem regnerischen Tag hatten. Ihr dunkles Haar schimmerte im Sonnenlicht, das durch das Fenster hinter ihr strömte. Er hatte immer noch einen Hauch des gleichen Farbtons, aber das Weiß hatte begonnen, das Dunkle zu verdrängen. Sogar die Rundungen ihrer Wangen stimmten überein. Obwohl sie so viele Ähnlichkeiten hatten, war sie feminin und zierlich, während Bear groß, stämmig und knallhart aussah.

Sie setzte sich hin und strich ihr Kleid mit den Handflächen glatt. „Was ist los, Papa?"

„Wir haben nie darüber gesprochen, was passiert ist, und ich muss jetzt mit dir reden, bevor es zu spät ist."

Ihre Augen weiteten sich vor Entsetzen. „Stirbst du, oder was?"

Er schüttelte den Kopf. „Noch nicht, aber ich werde älter. Ich weiß gar nicht, wo ich anfangen soll."

„Du musst nichts sagen."

„Doch. Das muss gesagt werden." Er holte zittrig Luft und begann zu sprechen. „Deine Mutter und ich haben dich bekommen, als wir jung waren, wahrscheinlich zu jung, um Eltern zu sein, aber wir haben das Beste daraus gemacht. Wir haben dich so sehr geliebt und dich nie von unserer Seite gelassen. Gott." Er holte noch einmal tief Luft. „Ich habe Jackie so sehr geliebt. Ich konnte mir mein Leben mit niemand anderem vorstellen. Wir waren verrückt nacheinander. So sehr, dass Ret weniger als ein Jahr nach deiner Geburt kam."

Janice legte ihre Hände auf seine. „Das weiß ich von Tante Caroline. Sie sagte, dass ihr beide eure Hände nicht bei euch behalten konntet. Sie nannte es würdelos."

„Ja, das klingt nach ihr", brummte er. „Wir haben dich sehr geliebt, dass wir nicht auf ein weiteres Baby warten konnten. Meine Welt drehte sich um meine Familie. Ich kann nicht beschreiben, wie sehr ich deine Mutter geliebt habe, denn ich habe noch nie in meinem Leben so für eine Frau empfunden."

Meine Augen füllten sich mit Tränen. Ich sollte nicht eifersüchtig sein auf Jackie und die Art, wie Bear sie liebte, aber ein kleiner Teil von mir war es und würde es wahrscheinlich immer sein. Es war schwer, mit der Erinnerung an jemanden zu konkurrieren, der zu früh von uns gegangen war, auch wenn es schon fast dreißig Jahre her war.

„Deine Mutter und ich hatten große Pläne. Wir wollten mindestens vier Kinder haben. Je mehr, desto besser, weil du so ein tolles Baby warst. Wir wollten ein ganzes Haus voll haben. Wir wollten ein Haus auf dem Land bauen und unser eigenes Stück vom Himmel haben, mit niemandem außer uns."

„Das klingt …" Ihre Stimme verstummte.

„Ja", sagte er mit der sanftesten Stimme, und ich konnte seine Sehnsucht und seinen Herzschmerz spüren. „Als die Wehen einsetzten, kam es mir nicht einmal in den Sinn, dass sie sterben könnte."

Seine Stimme bebte. Ihn so zu sehen, war nicht der Mann, den ich immer gesehen hatte. Er war stets so voller Leben und Humor, dass niemand den Schmerz sah, der sich unter der Oberfläche verbarg. Nur in flüchtigen Momenten, wenn wir im Bett lagen, vertraute er mir sein Bedauern und den Kummer über seine Vergangenheit an. Er vermisste Jackie und liebte sie bis heute, aber am meisten bedauerte er die verlorene Zeit mit seinen Kindern Ret und Janice. Er hatte nie die Chance gehabt, ein Vater zu sein, ihnen beizubringen, wie man Dinge tat, und bei vielen ihrer wichtigsten Lebenserfahrungen dabei zu sein.

Er umklammerte ihre Hände und seine Schultern sackten nach unten. „Als es passierte, stand ich unter Schock. Ich weigerte mich zu glauben, dass sie wirklich weg war. Ich erinnere mich kaum an die folgenden Tage. Sie vergingen wie im Flug, weil mein Verstand es nicht begreifen konnte."

„Ich wünschte, ich könnte mich an Mom erinnern", sagte Janice.

„Ich habe eine Schachtel für dich aufgehoben."

„Wirklich?" Tränen liefen über ihre Wangen.

„Ja, mein Schatz. Ich habe ein paar Sachen von deiner Mutter aufgehoben, damit du eines Tages ein Stück von ihr bei dir hast."

„Dad", flüsterte Janice.

„Ich war ein beschissener Vater. Das weiß ich. Ich will mich nicht für mein Verhalten entschuldigen, aber ich möchte, dass du das Ausmaß meiner Verzweiflung verstehst. Dich jetzt zu sehen, mit dem Baby in deinem Bauch ... das sollte eine glückliche Zeit für mich sein. Aber das ist es nicht. Ich habe Angst um dich. Ich habe Angst, dass es dir wie deiner Mutter ergeht und ich dich auch verliere."

Sie lächelte sanft und wischte sich eine Träne weg. „Es geht mir gut. Der Arzt hat gesagt, dass alles in Ordnung ist, also mach dir keine Sorgen."

„Tante Caroline hat auf euch aufgepasst, gleich nachdem es passiert ist. Sie wusste, dass ich mich nicht um euch beide kümmern konnte, weil ich mich kaum um mich selbst kümmern konnte. Ich dachte, ich würde heilen und weitermachen können, aber ich konnte es nicht. Ich war nicht stark genug", gab er zu. „Ich war wütend auf die Welt. Ich hasste Gott und konnte nicht begreifen, warum er uns Jackie weggenommen hat."

„Dinge passieren. Wir können sie nicht kontrollieren. Aber warum bist du nicht zu uns zurückgekommen?" Sie sah ihm in die Augen, und der Schmerz in ihnen war herzzerreißend.

„Ich wünschte, ich hätte einen Grund, der sich logisch anhört, aber ich weiß es nicht. Nichts kann rechtfertigen, was ich getan habe. Ich bin aus dem Ruder gelaufen, als sich der Staub gelegt hatte. Man hat sich um euch Kinder gekümmert, und ich wurde in eine üble Sache verwickelt. Ich hatte einen Todeswunsch, nachdem ich eure Mutter verloren hatte. Ich wollte so sehr bei ihr sein, dass es mir egal war, ob ich dafür sterben musste."

„Dad", keuchte sie. „Das ist ja furchtbar."

„Aber euch Kindern ging es gut. Zumindest habe ich mir das eingeredet. Kurze Zeit später landete ich für eine Weile im Gefängnis, und als ich rauskam, sah ich keinen Sinn darin, mich wieder in euer Leben einzumischen. Caroline hat mir erzählt, wie gut es euch beiden geht, und wir haben beide beschlossen, dass es besser ist, wenn ich wegbleibe. Ich konnte ihr schlecht widersprechen."

Die Tränen in meinen Augen liefen mir über die Wangen, während ich mich mit dem Rücken an die Wand lehnte. Ich konnte mir nicht vorstellen, Morgan zu verlassen, aber ich konnte mir auch nicht den Schmerz vorstellen, den Bear durchlebt hatte, als er die Liebe seines Lebens verloren hatte.

„Ich bereue am meisten, dass ich nicht für euch Kinder da war. Ich hätte ein stärkerer Mann sein sollen. Ich hätte ein besserer Mann sein sollen. Ich weiß nicht, wie ich wiedergutmachen kann, dass ich ein schlechter Vater war."

Sie legte ihre Hand auf seinen Arm. „Du kannst jetzt für uns da sein, Dad. Wir werden immer deine Kinder bleiben. Nur weil wir erwachsen sind, heißt das nicht, dass wir dich nicht mehr brauchen."

„Mein Schatz. Wofür brauchst du mich?"

„Jeff hat mich verlassen. Ich bin ganz allein mit dem Baby, das unterwegs ist. Ich bin so verloren und habe niemanden, an den ich mich wenden kann. Tante Caroline ist großartig, aber du weißt ja, wie sie ist."

„Ich werde ihm in den Arsch treten", sagte Bear.

„Nein, spar dir die Mühe. Er ist die Gefängnisstrafe nicht wert. Ich brauche dich mehr als Rache an ihm."

„Was immer du willst, Janice. Ich tue alles, was du willst und brauchst, solange du mir die Chance gibst, unsere verlorenen Jahre wieder aufzuholen."

Ich lächelte, immer noch hinter der Wand versteckt, als sie sich umarmten. Als ich sie eingeladen hatte, hatte ich gehofft, dass sie sich versöhnen würden, aber ich hätte nie gedacht, dass es so großartig werden würde.

Ich war damit beschäftigt, den Tisch zu decken, bis sie fertig waren. Zum Glück war die Lasagne noch warm, mit Alufolie abgedeckt und bereit, verzehrt zu werden. Als sie die Küche betraten, schmolz ich innerlich ein wenig dahin. Dieser große, harte Kerl hatte sich in jemand anderen verwandelt.

„Bereit zum Essen?", fragte ich, wie gebannt von dem Bild, das ich von ihnen hatte. Vereint.

„Ich bin am Verhungern, Fran." Danke, dass ich heute hier sein darf." Janice blickte zu Bear auf und lehnte sich an ihn. „Ich habe endlich das Gefühl, dass ich meinen Vater wiederhabe."

„Oh, Schatz. Er liebt dich so."

Ihr Lächeln wurde breiter. „Ich weiß."

„Setzt euch", sagte ich und griff nach dem Servierlöffel.

„Danke, mein Schatz", sagte Bear zu mir. „Ich werde dir später noch besonders danken." Er wackelte mit den Augenbrauen.

„Nicht vor dem Kind", flüsterte ich und schaute sie aus dem Augenwinkel an.

„Was glaubst du, wie sie so geworden ist?" Er grinste und fasste mir an den Hintern.

Ich schlug ihm mit dem Löffel gegen den Bauch. „Benimm dich, großer Junge."

„Fürs Erste ja, aber wenn das Kind geht, ist alles möglich."

„Salat?", fragte ich mit erstickter Stimme, unfähig, meine Aufregung zu verbergen.

„Nein, ich habe Lust auf Fleisch", antwortete Janice.

„Ich auch", murmelte ich, als ich Bears Blick bemerkte. Er lächelte, und sein ganzes Wesen fühlte sich anders an ... erleichterter. Normalerweise verursachte meine Einmischung bei den Leuten Kopfschmerzen, aber zum ersten Mal seit Langem hatte ich etwas Gutes eingefädelt.

Kapitel 15

Bear

„Hast du in letzter Zeit mit deinem Bruder gesprochen?", fragte ich, nachdem wir mit dem Abendessen fertig waren.

Janice hatte mir verziehen, aber mit Ret würde es nicht so einfach werden. Er war mir zu ähnlich.

„Ich habe gestern mit ihm gesprochen und ihm erzählt, dass ich zum Abendessen herkomme."

Ich konnte den Blick nicht von Janice abwenden. Sie sah Jackie so ähnlich, dass mir das Herz wehtat. Es war bittersüß. Wenigstens lebte ein Teil meiner Frau in unserem Mädchen weiter. „Was hat er gesagt?"

„Er hat mir Glück gewünscht."

„Witziges Kerlchen. Wo ist er jetzt?"

„In der Nähe von Miami, aber er ist bereit, umzuziehen, sobald er den Job seiner Träume findet."

„Was macht er denn jetzt?" Was für ein beschissener Vater ich doch war. Ich wusste nicht einmal, womit mein Kind seinen Lebensunterhalt verdiente. Nachdem er aus dem Militär ausgeschieden war, hatten wir den Kontakt verloren.

„Er ist Bounty Hunter. Du weißt schon, die Leute, die Straftäter, die auf Kaution frei sind und nicht vor Gericht erschienen sind, einfangen."

Das haute mich um. „Wirklich?"

„Ja. Er macht das schon seit ein paar Jahren. Er wird allerdings schnell unruhig und zieht viel um."

Mein Sohn, der Kopfgeldjäger. „Ist er verheiratet?"

„Also ... er lebt eine Art alternativen Lebensstil."

„Ist er schwul?"

Janice schnaubte. „Nein, er hat eine Freundin."

„Eine feste Beziehung?", fragte Fran und ersparte mir die Unannehmlichkeit.

Janice lachte auf. „Ja, ich denke, so kann man das nennen."

Ich sah Fran an, und sie zuckte mit den Schultern. „Nun, was sollte sie sonst sein?"

„Sie haben sich in einem Club kennengelernt."

Ich nahm eine Hand hoch. „Halt." Ich konnte das nicht mit meinem Kind besprechen, egal wie alt sie war.

„Wie Izzy und James?", fragte Fran prompt.

Ich nickte. „Sag mir nur, dass er der dominante Teil ist."

„Ja." Janice schnaubte. „Sie nennt ihn Sir. Das ist irgendwie krank."

„Das hört sich doch gut an." Ich sah Fran an.

„Vergiss es, Großer", antwortete Fran schnell und schlug mir auf den Arm.

„Man wird ja mal träumen dürfen." Ich grinste.

Janice legte ihre Hände auf ihren Bauch und sah uns an. „Es ist schön zu sehen, dass du inneren Frieden gefunden hast, Dad."

„Ja", sagte ich lächelnd und legte meine Hand auf die von Fran auf dem Tisch. „Zum ersten Mal seit dem Tod deiner Mutter habe ich das. Sie ist eine gute Frau." Ich umklammerte ihre Finger fester.

„Du bist eine tolle Köchin, Fran. Danke für das wunderbare Essen."

„Das ist sie, nicht wahr?"

„Ach, hört schon auf. Ich habe doch nur Lasagne gemacht. Das ist keine große Sache."

Fran wurde rot und beugte sich vor, um mich zu küssen. Wärme durchflutete mich. Fran und Janice bei mir zu haben, fühlte sich besser an, als ich es mir je hätte träumen lassen. Ich hatte mich endlich mit meiner Tochter versöhnt. Ich war so oft in ihrem Leben abwesend gewesen, aber das wollte ich nicht noch einmal zulassen. Ich hatte viel wiedergutzumachen, und hatte vor, der Vater zu sein, der ich nie gewesen war.

„Wann ist der Geburtstermin?", fragte Fran, als sie begann, den Tisch abzuräumen.

„In drei Wochen, aber ich hoffe, dass es früher kommt. Die Hitze in Florida bringt mich um."

„Drei Wochen?" Mir wurde schlecht. Ich wusste, dass es irrational war, sich zu sorgen, dass sie das gleiche Schicksal wie ihre Mutter erleiden könnte, aber ich konnte mich nicht davon abhalten, mir Sorgen zu machen.

„Mir geht's gut, Dad. Beruhige dich."

„Ich kann nicht ruhig bleiben. In drei Wochen werde ich Großvater. Oh Gott, Scheiße." Plötzlich wurde mir schwindlig.

Fran drehte sich vom Waschbecken weg und rollte mit den Augen. „Manchmal bist du so ein Baby."

„Du hast leicht reden." Ich hielt mir den Bauch und versuchte, diese Tatsache zu verarbeiten. Großvater. Ich würde ein verdammter Großvater werden. Ich war noch nicht so weit. Wenn ich in den Spiegel schaute, sah ich zwar eine ältere Version von mir, aber keinen Opa. Diese Männer waren gekrümmte, halb verkrüppelte Schatten ihres früheren Selbst. Ich war nicht so. Ich hatte noch Leben in mir. Ich hatte noch Kraft. Scheiße, mein Schwanz blieb auch ohne diese kleine blaue Pille hart.

„Bärchen, komm zu dir." Fran wedelte mit der Hand vor meinem Gesicht herum, während ich wie ein Zombie dasaß. „Verdammt noch mal", murmelte sie, bevor sie meine Wange tätschelte. „Du bist immer noch du, Babe. Du bist immer noch mein Bär."

„Opa Bär", flüsterte ich

„Vielleicht bringen wir das Kind dazu, dich Pops zu nennen", sagte Janice.

„Pops. Fuck." Ich ließ den Kopf hängen und dachte darüber nach. Das klang nicht so schlimm wie Opa und verdammt, vielleicht würden die Leute denken, das Kind sei meins. Ich seufzte schwer. „Schon okay. Solange es gesund ist und es dir gut geht, wird es mir auch gut gehen."

Janice blieb noch ein paar Stunden und fuhr kurz vor Einbruch der Dunkelheit ab. Ich hatte darauf bestanden, dass sie im Hellen fährt, weil ich nicht wollte, dass sie allein auf der Straße und in der Pampa herumkurvte, wenn es bereits dunkel war. Es war nicht sicher, und sie hatte eine wertvolle Fracht an Bord.

Sobald Fran die Tür geschlossen hatte, drückte ich sie gegen die Wand und benutzte meinen Körper als Rammbock. „Ich will dich", sagte ich an ihrem Hals und fuhr mit meinen Lippen an der Seite entlang.

„Was ist in dich gefahren?" Sie schlang ihre Arme um mich und neigte den Kopf zurück, um mir einen besseren Zugang zu ermöglichen. „Musst du dir etwas beweisen, alter Mann?" Sie lachte leise und stöhnte, als ich meine Zähne in ihrem Hals versenkte, wo er in die Schulter überging.

Ich sah in ihre dunkelbraunen Augen. „Dieser alte Sack hier kann immer noch ficken, bis du ohnmächtig wirst."

„Ich war nur müde ..."

Ich presste meine Lippen auf ihre, verschlang ihre Ausreden. Ihre Lippen öffneten sich und schenkten mir ihre süße Weichheit, während ich ihre Brüste in meinen Händen knetete. Als sie stöhnte, wusste ich, dass ich sie erobert hatte.

Sie keuchte. Ich wich zurück und nahm ihre Schönheit in mich auf. „Zieh dich aus, Franny. Ich muss in dir sein."

„Genau hier?"

Ich zeigte auf sie und deutete auf ihre Kleidung. „Genau hier. Zieh dich aus."

Sie schluckte schwer und nickte. Langsam zog sie ihr Oberteil über den Kopf, öffnete den roten BH und entblößte ihre schönen Titten.

Ich holte tief Luft, aber ich hielt meinen Blick auf sie gerichtet. „Die Hose auch."

Ohne zu zögern, zog sie ihre hautenge Hose aus und ließ sie fallen.

Ich drehte meine Finger im Kreis. „Dreh dich zur Wand."

„Bist du sicher, dass du nicht ins Schlafzimmer gehen willst?"

„Ich bin sicher, Schätzchen. Hör auf zu reden und leg deine Hände an die Wand."

Ich zog mich in Windeseile aus. Aufgeregt wie ein Kind an Weihnachten, musste ich meine Männlichkeit unter Beweis stellen. Ich war immer noch nicht über die Tatsache hinweg, dass ich bald Großvater werden würde.

Ich presste mich an ihren Rücken und flüsterte ihr ins Ohr. „Wer ist dein Daddy?"

„Tom", sagte Fran mit einem Kichern.

Aber ihr Lachen verstummte, als ich in ihre Haare griff und ihren Kopf zurückzog. „Klugscheißerin."

Meine Lippen trafen auf ihre, raubten ihr den Atem und die Worte. Ich umfasste sanft ihren Hintern, bevor ich zwischen ihre Hinterbacken glitt und ihre Bereitschaft für mich prüfte.

Sie stöhnte leise und presste sich gegen meine Hand. Ich rieb langsam in kreisenden Bewegungen ihre Klit.

Ich unterbrach unseren Kuss. „Willst du mich?"

„Ja."

„Beug dich vor und berühre deine Zehen."

Ihre Augenbrauen zogen sich zusammen. „Weißt du, wie alt ich bin? Vergiss es, Bear. Ich kann meine Zehen seit zwanzig Jahren nicht mehr berühren."

Ich versuchte, mein Lachen zu unterdrücken. Ich hatte gar nicht daran gedacht, dass ihr Alter eine Rolle spielte.

„Dann halte dich nur am Türgriff fest."

„Das kann ich machen."

Den Türgriff fest umklammernd, beugte sie sich in der Taille und drückte ihren Hintern gegen meinen Körper.

Ich schlang meine Hände um ihre Hüften und beugte

sie weiter, um mir einen besseren Zugang zu verschaffen. Bevor sie noch etwas sagen konnte, stieß ich meinen Schwanz in sie und erschauerte vor Ekstase. „Ich liebe deine gierige Pussy", knurrte ich und drang tiefer ein, bis ich nicht mehr anders konnte, als mich herauszuziehen und wieder in sie hineinzustoßen.

„Fick mich", stöhnte sie und begegnete meinem Stoß mit so viel Kraft, dass ich auf den Fersen nach hinten wippte.

Mit den Händen brachte ich ihre Bewegungen zum Stillstand. Ich stieß mit solcher Kraft in sie, dass sie mit dem Kopf an die Tür stieß. Keinem von uns war das wichtig. Wir waren zu vertieft in den Moment, um darüber zu lachen, und zu nahe an der Erlösung, um aufzuhören. Meine Fingerspitzen gruben sich in ihre Haut, je näher ich dem Höhepunkt kam. Sie beugte sich vor, stellte sich auf die Zehenspitzen und wölbte ihren Rücken höher, damit ich tiefer eintauchen und sie genau an der richtigen Stelle reizen konnte.

Als Fran zwischen ihre Beine griff und sich selbst berührte, verlor ich den Verstand. Mein Blick verschwamm, bevor ein unscharfes Feuerwerk meine Sicht erfüllte. Mein Körper zitterte bei dem Orgasmus, der mir die Luft aus den Lungen raubte. Sie folgte mir, stöhnte und drückte sich gegen mich, sodass mein Schwanz noch tiefer in sie drang.

„Oh Gott", sagte ich und hielt mich an ihr fest, weil ich Angst hatte, umzukippen.

„Das hast du gut gemacht, Opa", sagte Fran.

Ich wich zurück, wobei mein Schwanz mit mir kam, und gab ihr einen Klaps auf den Hintern. „Noch nicht."

„Das wäre auch egal", erwiderte sie. „Du fickst immer noch wie ein Champion."

Auch ich begann zu lachen und streichelte meinen halbharten Schwanz. „Ich mag alt sein, aber ich kann dich immer noch um den Verstand ficken."

Sie drehte sich mit dem frechsten Grinsen um, das ich je gesehen hatte. „Magst du das beweisen?"
Ich griff in ihre Haare. „Du und deine gierige Pussy werdet noch mein Tod sein, Weib."
„Das wäre ein schöner Tod."
Sie hatte recht. Ich hatte mein halbes Leben lang das Schicksal herausgefordert, und bei meiner Bilanz in den Abteilungen Gut und Böse war ich mir sicher, dass ich nicht die Gnade bekommen würde, beim Sex sterben zu dürfen. Bei meinem Glück würde ich von einem Sattelschlepper überfahren werden oder so etwas Irres. Irgendetwas Qualvolles als Rache dafür, dass ich mein ganzes Leben ein blöder Arsch gewesen war.

Kapitel 16

Fran

Als Bear mein Haus verließ, war ich total energetisch aufgeladen. Das Gefühl blieb mir bis zum nächsten Morgen erhalten.

Das Telefon klingelte und ich ging ran. „Hallo?"

„Ma?"

Morgan klang seltsam. Das war so eine Mutter-Sache. Ich konnte Hunderte von Kilometern von ihm entfernt sein und trotzdem wissen, wenn etwas nicht stimmte.

„Was ist los?"

„Wir haben Johnny gefunden."

„Gut. Dieser Mistkerl."

„Er ist tot."

„Was?"

„Er ist hinüber, Ma."

Unruhe überkam mich. Ich legte das Telefon mit dem Raumlautsprecher aktiviert ab, griff nach dem Schwamm an der Spüle und begann, die Ablagefläche abzuwischen.

„Was ist ihm passiert?"

„Er wurde erschossen und es sah nach Selbstmord aus."

Schuldgefühle, weil ich ihn einen Mistkerl genannt hatte, begannen an mir zu nagen. „Ich kann das gar nicht glauben."

„Er hat einen Zettel hinterlassen. Es sieht so aus, als ob er beim Diebstahl von Races Geld nicht allein gearbeitet hat."

Ich hörte auf, die Granitplatte zu schrubben. „Was hat er geschrieben?" Manchmal war es mehr wie Zähneziehen, als ein richtiges Gespräch, um Informationen aus Morgan herauszubekommen.

„Ich schicke ihn dir aufs Handy. Die Polizei nimmt ihn als Beweismittel auf."

„Okay", sagte ich und versuchte, Tränen zurückzuhalten.
„Wir werden heute wiederkommen. Ich komme vorbei, wenn ich Zeit habe."
„Fahr lieber nach Hause zu deiner Frau. Mir geht es gut", log ich.
„Ich muss aber mit dir über Johnny und seinen Freundeskreis sprechen."
„Ich habe Bear schon alles gesagt, was ich weiß."
„Ich will trotzdem mit dir reden. Ich muss los, Ma. Wir fahren gleich. Ich rufe dich später an."
„Fahr vorsichtig, Morgan. Ich liebe dich."
„Ich liebe dich auch", sagte er, bevor er die Verbindung unterbrach.
Johnny hatte sich umgebracht. Ich konnte es nicht fassen. Ich stand in der Küche, starrte aus dem Fenster und umklammerte das Handy. Als es piepte, blickte ich wie in Trance nach unten. Ich las seinen Zettel fünfmal und versuchte herauszufinden, wer Johnny wirklich gewesen war und warum er geglaubt hatte, dass dies sein einziger Ausweg war. Aber die Informationen waren zu spärlich und kryptisch, als dass ich wirklich etwas damit anfangen konnte.
Ich konnte nicht den ganzen Tag hier sitzen und alles in meinem Kopf kreisen lassen. Es gab nur einen Ort, an den ich gehen konnte, um etwas herauszufinden. Nur eine Person, die mit mir wie ein erwachsener Mensch reden würde.
Ich machte mich auf den Weg zu ALFA PI. Als ich durch die Eingangstür trat, hatte ich einen Druck im Magen und meine Schultern fühlten sich an wie mit Gewichten belegt.
„Hi", sagte ich zu Angel, als sie von der Rezeption aufstand und auf mich zukam.
„Hi, du." Sie wich zurück und musterte mein Gesicht. „Du siehst nicht so gut aus."

Ich winkte ab. „Hast du mit Morgan gesprochen?"

„Er hat gerade angerufen und gesagt, dass er auf dem Rückweg ist."

„Ist das alles, was er gesagt hat?"

„Nein. Er hat mir auch das mit Johnny erzählt." Ich schaute ihr über die Schulter, den Flur entlang, der zu den Büros führte.

„Ist Bear da?"

Sie nickte und trat einen Schritt zur Seite. „Er ist in seinem Büro."

„Danke, meine Liebe." Ich gab ihr einen Kuss auf die Wange, bevor ich mich auf den Weg zu dem Mann machte, von dem ich wusste, dass er mir helfen konnte, das Chaos in meinem Kopf zu verarbeiten.

Ich klopfte an. „Bear?"

Keine Antwort.

„Bear!", sprach ich etwas lauter.

Hinter mir ging eine Tür auf. „Hi, Fran. Wie geht es dir?"

„Gut, Sam. Und dir?" Ich nahm ihn in seiner ganzen Pracht wahr. Wäre ich zwanzig Jahre jünger, hätte ich mich auf ihn gestürzt.

„Mir geht es gut." Seine weißen Zähne strahlten in seinem gebräunten Gesicht. Sein weißes T-Shirt klebte an seinen Muskeln, als könne es ihm nicht nahe genug kommen. „Er ist da drin."

„Ich will nicht einfach so reingehen", sagte ich.

„Doch, geh ruhig hinein. Er schläft wahrscheinlich auf dem Sofa. Wir hatten eine lange Nacht."

Wenn er nur wüsste.

„Danke, mein Lieber", sagte ich und stellte mich auf die Zehenspitzen, um ihm einen Kuss auf die Wange zu geben. Als ich meine Lippen auf seine Haut drückte, atmete ich heimlich seinen Duft ein.

Als ich zu ALFA kam, waren die meisten der Männer meine Verwandten. Mir blieben nur Bear und Sam als

Augenweiden, aber sie waren mehr als genug, um meine Fantasie zu beschäftigen.

„Jederzeit, Fran." Während ich mich zurückzog, überlegte ich, was ich als Nächstes sagen sollte, bevor ich es schließlich ausspuckte. „Sag Morgan bitte nicht, dass ich hier war."

Sein Lächeln verschwand. „Warum?"

„Ich will nicht, dass er sich Sorgen macht. Ich muss mit Bear über den Fall sprechen, und will nicht Morgans Gemecker hören."

Er nickte. „Verstanden. Wie du meinst."

„Guter Junge."

Als Sam wieder in seinem Büro war, öffnete ich die Tür und sah Bear mit dem Rücken zu mir telefonieren.

„Ich arbeite daran. Beweg deinen Arsch wieder her und beruhige dich, verdammt noch mal", knurrte er und drehte sich mit seinem Stuhl um. Sein Blick glitt an mir entlang und er lächelte. „Ich passe auf sie auf. Ich muss jetzt Schluss machen. Ein Besucher wartet auf mich." Er beendete das Gespräch.

„Störe ich?"

„Komm her", sagte er und winkte mich heran.

Ich ging um den Schreibtisch herum und kam vor ihm zum Stehen. „Ich kann auch wieder gehen."

Seine großen Hände legten sich um meine Taille, und er zog mich auf seinen Schoß. „Geht es dir gut, Süße?"

„Ja", sagte ich, während ich mich an seine Brust schmiegte. „Viel besser, jetzt wo ich hier bin."

Seine Hand strich über meinen Rücken, um mich zu beruhigen. „Wie viel von dem Gespräch hast du gehört?"

Ich blickte in seine Augen. „Nicht viel. Ich nehme an, du hast von mir gesprochen."

Er verzog das Gesicht. „Ja. Ich soll ein Auge auf dich behalten. Sam fährt zur Rennbahn, um bei Race zu sein, bis Morgan zurückkommt."

Ich hätte dagegen angehen können, überwacht zu werden, aber ich war nicht in der Stimmung, und es war Bear, der die Beobachtung übernehmen würde. „Hast du den Zettel gelesen?"

„Ja." Seine Hand wanderte in meinen Nacken und umfasste ihn sanft. „Du weißt, dass es nicht deine Schuld ist, oder?"

„Ja", wisperte ich.

„Franny, sieh mich an. Worin Johnny auch immer verstrickt war, hat nichts mit dir zu tun. Du brauchst dich für seine Entscheidungen nicht schuldig zu fühlen."

„Aber ...", erwiderte ich, verlor aber den Faden.

„Mach dir keine Gedanken", sagte er mit beruhigender Stimme, zog meinen Kopf an seine Brust und streichelte meine Wange. „Das ist nicht deine Schuld."

„Aber wenn ich ans Telefon gegangen wäre, vielleicht ..." Ich schloss die Augen und mein Kinn bebte.

„Es hätte nichts geändert. Er steckte zu tief drin. Er hätte dich nur in den Schlamassel hineingezogen, in den er verwickelt war." Er strich mir Haare aus dem Gesicht. „Es ist schon schlimm genug, dass du so involviert bist. Ich mag mir nicht vorstellen, dass dir auch noch etwas zustößt."

Ich lauschte dem stetigen Pochen seines Herzens und ließ seine Worte auf mich wirken. Wahrscheinlich hätte ich nichts ändern können, aber das Wissen, dass ich nicht ans Telefon gegangen war, würde mich noch eine Weile beschäftigen.

Wir saßen schweigend da, während ich meine Gedanken sammelte. Schließlich richtete ich mich auf seinem Schoß auf und sah in seine Augen. „Nun, er ist jetzt weg. Daran kann ich nichts mehr ändern."

„Du wirst den Rest des Tages mit mir zu tun haben."

„Das ist keine Strafe." Ich lächelte, und die Tränen, die sich in meinen Augen gesammelt hatten, liefen mir über die Wangen.

Mit seinem Daumen wischte er sie weg. „Willst du zu

Race gehen? Wir könnten den Tag auf der Rennbahn verbringen, und ich kann mit einigen der Arbeiter sprechen."

„Gern. Es macht mir nichts aus, Zeit mit meiner Schwiegertochter zu verbringen."

„Sam!", rief Bear über meinen Kopf hinweg. Sein Blick fiel auf meinen. „Tut mir leid. Ich wollte dir nicht ins Ohr brüllen."

„Schon gut." Ich lachte.

„Yo", sagte Sam, als er die Tür öffnete und den ganzen Rahmen ausfüllte.

„Wir fahren zur Rennstrecke. Bleib hier, wenn du willst. Ich passe auf die beiden Damen auf."

Sam kaute auf seiner Lippe und dachte kurz darüber nach. „Okay."

„Wir sind dann mal weg." Bear hob mich von seinem Schoß und stellte mich ab. „Fertig?"

„Wir nehmen mein Auto und lassen dein Bike hier."

Bears Augenbrauen zogen sich zusammen. „Das klingt zwar nett, aber ich würde mich wohler fühlen, wenn du hinten auf meinem Motorrad sitzen würdest."

„Aber auch nur du", murmelte ich.

„Ich bringe ihr Auto zurück zu ihrem Haus", bot Sam an.

„Danke", antwortete Bear, bevor ich protestieren konnte.

„Ruf mich an, wenn du Hilfe brauchst", sagte Sam, bevor er wieder ging.

„Ich verstehe nicht, warum wir nicht mein Auto nehmen können."

„Ich habe nichts gegen deine Karre, Baby." Bear stand auf und packte mein Kinn, um mich zu zwingen, zu ihm aufzusehen. „Aber ich hätte dich lieber hinten auf dem Bike, mit deinen süßen Schenkeln, die mich wie ein Schraubstock umklammern, und deiner hungrigen Pussy, die sich gegen meinen Rücken presst."

„Okay", flüsterte ich, weil mir das auch gefiel.

„Fran!" Race rannte mit ausgebreiteten Armen auf mich zu.

„Hallo, Süße", sagte ich, als wir uns umarmten.

Die Arme noch immer um mich geschlungen, sagte sie: „Hallo, Bear. Es ist schön, dich zu sehen. Ich habe in letzter Zeit viel von dir gehört." Sie kicherte.

Ich sah sie ernst an. „Glaube Morgan kein Wort, hast du verstanden?"

Ihre tiefgrünen Augen glänzten. „Okay, Fran. Was immer du sagst."

„Es ist wahrscheinlich noch schlimmer, als was du gehört hast", sagte Bear.

„Ich weiß, dass du ein ganz Schlimmer bist." Race gab Bear einen Klaps auf den Arm. „Was führt euch zwei zu mir?"

„Ich wollte mich noch einmal in Johnnys Büro umsehen und euch beide zum Mittagessen einladen."

Sie drehte sich um und blickte auf die Strecke hinter uns. „Ich kann mich kurz wegstehlen. Ohne Johnny sind wir zwar unterbesetzt, aber wir kommen schon klar."

„Du bist immer am Arbeiten. Wir verbringen kaum noch Zeit miteinander." Ich hörte mich weinerlich an, aber ich vermisste sie wirklich. Sie hatte sich ganz der Rennbahn verschrieben, um sie zum Erfolg zu führen, und da Johnny nicht mehr da war, war ihre Arbeit nicht weniger geworden. „Ich gehe mit Race, und du siehst dir das Büro an", sagte ich zu Bear und hakte mich bei Race unter.

„Wir treffen uns in einer Stunde wieder hier, und dann fahren wir los", sagte Bear.

„Alles klar!", rief ich, bevor ich meine Schwiegertochter anblickte. „Wann schenkst du mir endlich ein Enkelkind?", fragte ich sie, denn daran hatte ich gedacht, seit Janice mit ihrem riesigen Bauch zu mir nach Hause gekommen war. Eigentlich hatte ich schon seit dem Tag ihrer Hochzeit daran gedacht, aber ich hatte geduldig gewartet.

„Wir arbeiten daran. Versprochen", sagte Race, und ich glaubte ihr.

In den letzten Jahren hatte ich erkannt, dass Race mich nie belog. Selbst wenn Morgan sich beklagte, sagte sie mir, wie es war und schonte meine Gefühle nicht.

Wir gingen auf das Wartungsgebäude zu. „Solange ihr es versucht, bin ich zufrieden."

Sie sah mich mit einer hochgezogenen Augenbraue an. „Was ist mit dir und Bear?"

Ich lächelte so breit, dass meine Wangen schmerzten. „Oh, das ist eine lange Geschichte."

„Dann ist es ja gut, dass wir eine Stunde Zeit haben."

Wir plauderten, hauptsächlich über Bear, aber auch über Morgan. Race erzählte mir, dass er sich die ganze Woche darüber beschwert hatte, dass wir uns nähergekommen waren. Er war besorgt, dass Bear mich nicht mit dem Respekt behandeln würde, den ich verdiente.

Ich bin sicher, dass seine Gefühle mehr mit seinem Vater zu tun hatten und damit, wie er mich behandelt und uns verlassen hatte. Aber ich wusste, dass Bear nicht wie er war. Ray war nur an einer Person interessiert – an sich selbst.

Bear würde alles tun, um seine Freunde und seine Familie vor Schmerz zu bewahren, selbst wenn er dafür etwas einstecken müsste.

Kapitel 17

Bear

Als wir mit dem Essen fertig waren, klingelten mir die Ohren. Race und Fran hörten nicht auf zu reden. Ich war zu sehr an die Jungs im Büro gewöhnt und daran, dass unsere begrenzte Konversation normalerweise aus ein paar Grunzlauten bestand. Die beiden redeten und redeten und wechselten so schnell die Themen, dass mir der Kopf schwirrte. Das einzige Mal, dass ich so etwas erlebt habe, war bei einer Familienfeier der Gallos gewesen.

Race und Fran könnten nicht gegensätzlicher aussehen. Die Farbe von Races Haaren erinnerte mich mit den gelben, glatten Strähnen an Sonnenschein und Frühlingstage. Frans Haar lag auf ihren Schultern, ein Strom aus schwarzer Seide, der im Licht glitzerte. Ihre Statur war ähnlich. Klein, aber nicht zerbrechlich. Zusammen waren sie ein perfektes Paar mit einem Mundwerk, das es mit jedem Biker aufnehmen konnte.

Doch ihre Gesprächigkeit gab mir Zeit, darüber nachzudenken, was ich gefunden hatte, als wir Johnnys Büro nach Hinweisen durchsucht hatten. Das hatten wir schon bei seinem Verschwinden getan, aber dieses Mal hatten wir einen handfesten Beweis dafür, dass er nicht allein gearbeitet hatte. Ich fand weggeworfene Post-its mit darauf gekritzelten Telefonnummern. Jeder von denen konnte sein Komplize sein. Unter dem Schreibtisch hatten eine Handvoll davon gelegen, die zu kleinen Kugeln zerknüllt worden waren. Überall in seinem Kalender waren Notizen gewesen, die ich fotografiert hatte, um sie später weiterzuverfolgen.

Es gab einen Hinweis, der mir Sorgen bereitete. Der Name Ray war geschrieben und mehrfach unterstrichen worden. Keine Telefonnummer, keine anderen Informationen, nur der Name. Ich dachte sofort an Frans Ex-Mann. Die Möglichkeit, dass dieser schleimige Bastard in irgendeiner Weise darin verwickelt war, ließ mir keine Ruhe.

Morgan musste davon erfahren, und zwar lieber früher als später. Ich nahm mein Handy und schickte ihm eine Nachricht.

Ich: *Ich muss mit dir reden. Habe etwas Interessantes gefunden.*

„Was machst du da?", fragte Fran, gleich nachdem ich auf Senden gedrückt hatte.

„Ich sehe nur nach, wie es den Jungs geht." Ich schaltete das Display aus. Sie könnte bei ALFA arbeiten, denn sie konnte Verdächtiges erschnüffeln wie ein Bluthund.

„Alles okay?" Ihre perfekt geformte Augenbraue hob sich.

„Yep, alles super." Ich lächelte und hoffte, dass sie mir den Schwachsinn abnahm. Ich legte meine Hand auf das Handy, während ich auf Morgans Antwort wartete.

Sie verengte bei dieser Geste die Augen. „Wir reden später weiter."

Race fing an zu lachen. „Ihr zwei seid so verdammt süß. Ich kann es nicht fassen. Als hätte euch der Himmel zusammengeführt. Morgan muss endlich drüber wegkommen, denn ihr gehört einfach zusammen."

„Sei nicht albern", sagte Fran.

„Doch!" Race schüttelte den Kopf, immer noch lachend. „Es ist wie in *Die Schöne und das Biest*. Ich habe diese Seite von Bear noch nie gesehen. Normalerweise schleicht er herum, grunzt und ist grüblerisch, aber bei dir ist er ein liebevoller Mann mit einem Herz aus Gold. Und er hat Angst vor eurer Beziehung."

„Gar nicht", sagte ich schnell.

„Er ist wirklich eine Art Biest, nicht wahr?" Frans Blick wanderte zwischen Race und mir hin und her. „Du soll-

test mal sehen, was unter diesen Klamotten steckt."
„Nein!" Race schlug Fran auf den Arm. „Ist er etwa überall ein Biest?"
Verdammte Weibsbilder. Ich nahm die Hand vom Handy und las Morgans Antwort, wobei ich versuchte, nicht zu hören, was die Frauen als Nächstes sagten.

Morgan: *Um 19:00 Uhr im Cowboy.*

Ich: *Okay. Was ist mit den Frauen?*

Morgan: *Fuck. Lass sie nicht allein. Sam kann vor meinem Haus bleiben, und nimm Ma mit ins Cowboy.*

Ich saß da und war völlig schockiert. Erst schimpfte er, weil ich sie mitgebracht hatte, und jetzt wollte er sogar, dass ich sie mitbrachte?
„Was hat er gesagt?", fragte Fran, nachdem sie Race erzählt hatte, dass ich ein echter Mann mit einem riesigen Schwert war.
„Er sagte, wir treffen uns um sieben im Cowboy."
„Oh, ich liebe es dort", sagte Race.
„Er will, dass du zu Hause bleibst." Ich konnte ihr nicht in die Augen sehen.
Sie schlug mit der Handfläche auf den Tisch. „So ein Mist. Kommt überhaupt nicht infrage." Sie holte ihr Handy aus der Tasche und begann wie eine Verrückte zu tippen.
„Ich führe nur Befehle aus." Ich zuckte zusammen, als sie mich anstarrte.
„Ich werde mitkommen. Morgan muss seinen Macho-Scheiß überwinden."
„Sehr gut. Wir müssen zusammenhalten", sagte Fran, als Race die Nachricht abschickte.
„Wann soll ich fertig sein?", fragte Race und steckte ihr

Telefon in die Handtasche.

„Um halb sieben", sagte ich und sah zu Fran hinüber. „Und dich hole ich um fünf ab."

Fran schaute auf ihre Uhr. „Es ist jetzt fast drei. Warum kommst du nicht ein bisschen zu mir rüber? Ich mache dir etwas zu essen." Ihr Lächeln funkelte, und die Verruchtheit in ihren Augen war offensichtlich.

„Da bin ich mir sicher." Ich zwinkerte ihr zu.

„Na gut, dann ist ja alles klar. Da wir gerade zu Mittag gegessen haben, weiß ich, dass ihr beide nicht über Essen redet." Race stupste Fran an. „Du Glückspilz."

„Du hast doch einen Ehemann", sagte Fran.

„Aber ich bin zu wütend auf ihn. Es wird lange dauern, bis er wieder etwas davon bekommt." Race deutete ihren Körper entlang.

„Oh, Gott." Ich blickte an die Decke und atmete aus.

Ich wollte nicht an Race und Morgan denken, und ich wollte ganz sicher nicht, dass Race an Fran und mich dachte, aber die beiden hatten kein Problem damit.

„Nun, ich muss zurück an die Arbeit, und ihr beide müsst ..." Die Stimme von Race verstummte, bevor sie Fran zuzwinkerte.

Ich sagte nichts. Was sollte ich auch dazu sagen? Ich wollte mich nicht wie ein gruseliger alter Sack verhalten. Fran und Race hatten eher eine Beziehung wie Freunde als wie Schwiegermutter und Schwiegertochter. Es war süß und nett, aber es wurden viel zu viele Informationen zwischen ihnen ausgetauscht. Mehr als ich jemals wissen wollte.

Fran stand auf, ließ Race aus der Sitzecke rutschen und stellte sich neben mich. Sie legte ihren Arm um meine Schulter und streichelte meinen Hals.

„Wir sehen uns in ein paar Stunden wieder."

Race lächelte mich an und küsste Fran auf die Wange.

„Viel Spaß", flüsterte sie, aber nicht so leise, dass ich es nicht hören konnte.

„Den werden wir haben." Fran grinste und schaute in meine Richtung. „Stimmt's, Tiger?"

„Yep", sagte ich und legte das Geld für die Rechnung auf den Tisch.

Nachdem Race weit genug weg war, zog ich Fran auf meinen Schoß, und sie quiekte. „Du versuchst, mich zum Mordopfer zu machen, oder?"

„Komm schon", sagte sie schadenfroh und schlug mir auf die Brust. „Sei nicht verrückt."

Ich schmiegte mein Gesicht an ihren Hals und küsste sie bis zum Kinn. „Mit Race über meinen Schwanz und unser Sexleben zu sprechen, ist ein Weg für meine Hinrichtung durch deinen Sohn, Süße."

Fran schloss kurz die Augen. „Race wird es ihm nicht erzählen."

„Sehr witzig", murmelte ich an ihrer Haut. „Wenn ich sterbe, sollst du zumindest wissen, dass ich Spaß hatte."

„Nur Spaß?", hauchte sie.

„Fuck", zischte ich, als mein Schwanz anschwoll. „Lass uns hier abhauen, sonst muss ich dich in der Gästetoilette ficken."

„Oh", gurrte sie und bewegte sich so, dass mir ein Blitz durch die Lenden schoss. „Ich habe es noch nie auf einer Toilette gemacht."

Das merkte ich mir.

„Aber nicht hier." Ich stand auf, nahm sie in den Arm und schlenderte zur Tür. „Lass uns deine gierige Pussy füttern, bevor wir wieder in der Öffentlichkeit sind. Du musst heute Nacht gesättigt sein."

Ihre Augen wurden groß. „Wirklich?"

„Ja. Denk dran, dass ich gern lebe. Ich will nicht, dass du dich an mir reibst, wenn Morgan da ist. Ich will nicht, dass etwas schiefgeht."

„Ich werde deine Welt auf den Kopf stellen, Baby", flüsterte sie mir ins Ohr.

Ich verdrehte die Augen und mein Schwanz drohte

durch den Stoff meiner Hose zu brechen. Es war mir scheißegal, wer das eventuell sehen konnte. „Fuck, Weib. So kann ich nicht fahren."

„Ich bin sicher, du warst schon in schwierigeren Situationen." Sie kicherte.

„Ich weiß nicht, was ich mit dir machen soll." Ich setzte sie aufs Motorrad und justierte meinen Schwanz, damit er nicht so auffällig war.

Sie zupfte an ihrer Unterlippe, während sie schmollte. „Ich war ein böses Mädchen. Vielleicht solltest du mir den Hintern versohlen."

Ich wandte mein Gesicht gen Himmel: „Was habe ich dir je angetan?"

„Komm schon, Hübscher. Bring mich nach Hause, damit du einen richtigen Ausritt machen kannst."

„Im Ernst", sagte ich wieder zum Himmel und knurrte. Mit einem nach Erleichterung schreienden Schwanz stieg ich auf mein Bike und startete den Motor. Fran rutschte nach vorn und drückte ihre süße kleine Pussy an mich. Sie presste ihre Schenkel um mich herum zusammen.

„Ich brauche deinen Schwanz, Bear."

Das musste sie mir nicht zweimal sagen. Ich würde sie ficken, bis sie kaum noch laufen konnte. Sie musste so befriedigt sein, dass sie heute Abend keine frechen Kommentare oder Probleme machen würde.

Morgan stürzte auf Fran zu, sobald wir das Neon Cowboy betraten.

„Was ist los, Ma?"

Fran ergriff seine Arme und hielt ihn auf, bevor er sie umarmen konnte. „Nichts, Baby. Mir geht es prima." Sie wollte ihn nicht zu nah an sich heranlassen, denn der Geruch von Sex hing an ihr.

Morgan sah mich an, bevor er sie wieder anstarrte und seine Augen verengte. „Du siehst verändert aus."

Race schnaubte. „Es geht ihr gut. Es war nur ein harter

Tag für sie."

Ich knirschte mit den Zähnen. "Ich brauche einen Drink. Sonst noch jemand?", fragte ich und versuchte, einen Grund zu finden, aus dieser Situation herauszukommen, bevor es brenzlig wurde.

"Ich nehme einen Erdbeer-Daiquiri. Ich bin wie ausgedörrt." Fran lächelte mich träge an.

"Ich nehme einen Dirty Martini", sagte Race und strich sich die Haare von den Schultern.

"Kommt sofort."

Ich ging weg und direkt zur Bar, wo ich City stehen sah.

"Was geht, Mann?", fragte ich und klopfte ihm auf den Rücken.

"Bear. Wie ich sehe, hast du meine Tante mitgebracht." Er neigte den Kopf in Richtung des Tisches, an dem sie alle saßen.

"Ist das ein Problem?"

"Nein."

Sandy, die langjährige Barkeeperin und ehemaliger One-Night-Stand, kam auf mich zu. "Was darf's sein?", fragte sie und tat so, als würde sie mich nicht kennen.

Ich akzeptierte die Tatsache, dass sie mich abgrundtief hasste, nachdem ich sie aus dem Bett geworfen hatte. Solange sie mir nicht in meine Drinks spuckte, war es mir egal.

"Dirty Martini, Erdbeer-Daiquiri und einen Tequila mit einem Bier für hinterher."

Sie knurrte und schlenderte davon.

City lachte. "Sandy kann dich immer noch nicht ausstehen."

"So ist das Leben." Ich zuckte mit den Schultern und ließ es auf sich beruhen.

"Läuft es gut mit Fran?"

"Könnte nicht besser sein."

"Schön für dich", sagte er und überraschte mich damit.

"Zwanzig Dollar", sagte Sandy und warf mir einen bösen Blick zu, während sie die drei Drinks auf der Theke abstellte.

„Zwanzig?"

„Ja, du bekommst den Arschloch-Tarif."

Ich knurrte, und City lachte neben mir. „Bezahl einfach."

„Na gut", sagte ich und knallte einen Zwanziger und drei weitere Dollar auf die Theke.

„Nur drei?", fragte sie.

Ich konnte nicht glauben, dass sie den Nerv hatte, mich das zu fragen, nachdem sie mir den Arschloch-Tarif gegeben hatte. „Das ist der Bitch-Tarif von einem Arschloch", schoss ich zurück.

City lachte noch mehr, während sie mir den Vogel zeigte und ohne ein weiteres Wort auf die andere Seite der Bar schlenderte. „Du bist echt aalglatt."

„Scheiß auf sie, Mann." Ich schnappte mir die drei Drinks und balancierte sie zwischen den Fingern. „Mehr hat sie nicht verdient. Ich hätte ihr die drei gar nicht geben sollen. Sie hat schon fünf von zwanzig eingesteckt. Ihre Pussy war nicht mal die Mühe wert."

„Bist du sicher, dass du mit Fran zusammen sein willst?" Er folgte mir, immer noch amüsiert. „Denn wenn du das vermasselst, wirst du größere Probleme haben als den Arschloch-Tarif."

„Ich weiß, ich weiß", murmelte ich, und räusperte mich, als wir am Tisch ankamen. „Ladys." Ich stellte die Getränke ab und schob die Gläser für Fran und Race über den Tisch.

Morgan und Race waren in ein Gespräch vertieft, das so leise geführt wurde, dass es niemand hören konnte, aber es schien hitzig zu sein.

„Kinder", flüsterte Fran und rollte mit den Augen.

„Ja." Unter dem Tisch verschränkte ich unsere Finger miteinander, bevor ich mir einen Schluck Tequila gönnte. Die Wärme der Flüssigkeit glitt meine Kehle hinab. Wenn die ganze Scheiße mit Johnny nicht gewesen wäre, hätte ich gesagt, dass dies die verdammt beste Woche seit Jahrzehnten war. Aber der Schatten des Diebstahls und Johnnys Tod hatten mir ein wenig die Freude genommen.

„Bear", sagte Morgan und unterbrach meinen Gedankengang. „Kann ich mit dir an der Bar reden?" Er stand auf und beugte sich vor, um Race einen Kuss auf die Wange zu geben, aber sie wich ihm aus.

„Klar." Ich drückte Frans Hand kurz, bevor ich aufstand. Meine Beziehung zu Morgan war schon aufgeheizt, und wenn er und Race sich stritten, konnte das nicht gut ausgehen.

Als ich auf die Bar zuging, sagte ich mir immer wieder, dass ich ruhig bleiben musste. Um Frans willen.

Er lehnte sich an die Theke und ließ die Hand über die Kante hängen, wobei er völlig entspannt aussah. „Also, was hast du in Johnnys Büro gefunden?"

Ich griff in meine Tasche, holte den kleinen Zettel heraus und warf ihn vor ihm auf die Theke.

Morgan las ihn und sah mich an. „Du denkst, es ist mein Ray?"

„Das kann ich nicht sagen, Junge. Wenn nicht, wäre das schon ein großer Zufall."

„Das kann nicht sein. Wir haben seit über einem Jahrzehnt nichts mehr von meinem Vater gehört."

„Vielleicht hat er dich im Auge behalten."

Er schüttelte den Kopf. „Das kann ich nicht glauben."

„Es ist schon Seltsameres passiert, Morgan. Soll ich die Sache weiterverfolgen?"

„Nein, ich mache das. Er ist schließlich mein Vater."

„Okay." Ich klopfte ihm auf die Schulter. „Vielleicht liege ich falsch. Es ist ein ziemlich häufiger Name."

„Ja." Er seufzte. „Wie ist es heute mit den Ladys gelaufen?"

„Es war ein Kinderspiel", antwortete ich und ging nicht näher darauf ein.

Er beäugte mich misstrauisch. „Und wie läuft es mit meiner Mutter?"

„Gut."

„Bear, Baby", sagte Fran, erschien hinter mir und schlang ihre Arme um meine Taille. „Tanz mit mir."

Morgans Augen verengten sich, und mein Magen zog sich zusammen. „Alles, was du willst, Schätzchen."

„Geh schon", sagte Morgan mit angewidertem Blick.

„Danke", sagte ich, aber ich hätte es auch ohne seine Erlaubnis getan.

Fran ergriff meine Hand und führte mich auf die Tanzfläche. „Du sahst aus, als müsstest du erlöst werden."

Ich legte einen Arm um sie und zog sie an mich. „Eigentlich war er so höflich wie schon lange nicht mehr."

„Hm." Sie lächelte zu mir hoch. „Vielleicht begreift er endlich, dass er mein Leben nicht kontrollieren kann."

Ich brachte nicht übers Herz, ihr zu sagen, dass er Wichtigeres zu tun hatte. Dass ihr alkoholkranker Ex-Ehemann möglicherweise in den Diebstahl und Johnnys Tod verwickelt war. Es stand mir nicht zu, es ihr zu sagen, und es hatte auch keinen Sinn, ihr jetzt Angst zu machen. Sie hatte schon genug im Kopf, als dass ich sie mit noch mehr Negativem belasten musste.

„Ja, ich bin sicher, das ist es, Süße." Ich küsste sie auf den Kopf und drückte sie eng an mich, während wir uns auf der Tanzfläche bewegten. Ich wusste, dass es noch schwieriger und komplizierter werden würde. Gott helfe uns allen, wenn meine Vermutung richtig wäre.

Kapitel 18

Fran

Als ich aufwachte, war mein Körper mit dem von Murray verschlungen und schweißgebadet. Der Mann war mit Fell bedeckt, und wenn er schlief, verströmte er Wärme wie ein Lagerfeuer.

Er hatte die ganze Woche bei mir übernachtet und behauptet, er wollte nicht von mir getrennt sein, aber ich wusste, dass etwas nicht stimmte. Morgan verhielt sich seit Johnnys Tod seltsam, und Bear war überfürsorglich geworden.

„Morgen, mein Schatz." Bear drückte mich fester an sich.

Ich stieß die Decke weg und versuchte, etwas kühle Luft zu bekommen, aber da gab es nichts zu holen.

„Morgen, Schatz. Willst du einen Kaffee?"

„Mir geht es gut, so wie es ist", sagte er, während er sein Gesicht an meinem Hals vergrub.

Obwohl ich mich fühlte, als würde ich in der Sonne braten, bekam ich eine Gänsehaut, als er mich küsste. „Wir können nicht im Bett bleiben." Ich zappelte, um mich zu befreien, aber es gelang mir nicht. Sein Schwanz regte sich.

„Warum nicht?"

Ich wich vor seiner Härte zurück. „Oh, nein. Nicht jetzt, Mister. Ich gehe zum Friseur und treffe mich mit Maria zum Mittagessen."

„Ich komme mit", sagte er, und ich wusste sofort, dass es etwas gab, das mir niemand sagen wollte.

„Was verschweigt ihr alle?"

„Ich weiß nicht, wovon du sprichst. Bleib hier. Ich möchte meine kleine Fran zum Frühstück haben."

Ich griff ihm an die Eier und drückte sie spielerisch. „Warum rollst du dich nicht auf den Rücken, und ich gebe dir einen ordentlichen guten Morgen?"

Die Männer in dieser Familie, einschließlich Bear, mussten mich für eine Idiotin halten.

Er weitete die Augen. Schnell drehte er sich auf den Rücken und nahm die Hände hinter den Kopf. „Das ist die beste Art, aufzuwachen."

Ich kroch zwischen seine Beine, ließ mich auf den Fersen nieder und legte meine Hand um seinen steifen Schwanz. „Das gefällt dir, Baby?"

„Gott, ja." Er stöhnte ein wenig auf, als ich meine Hand bewegte.

„Willst du es hart oder zärtlich?", fragte ich mit einer gehauchten, sexy Stimme.

„Wie du willst." Er leckte sich über die Lippen und schloss die Augen. „Ich bin für alles offen."

Er zitterte, als ich mit meiner Zunge um die Spitze fuhr. Als ich sie in den Mund nahm, streifte ich ihn mit meinen Zähnen, und seine Hüften schossen nach oben.

„Sanft, Baby", sagte er.

„Du willst es also lieber sanft?"

„Ich will keine Zähne."

Mein Griff um seinen Schaft wurde fester. „Du fängst besser an, mir zu sagen, was zum Teufel los ist, und zwar schnell, bevor du einen Blowjob bekommst, den du nie vergessen wirst, Murray."

„Wovon redest du?"

„Du lässt mich nicht mehr aus den Augen und Morgan benimmt sich auch komisch. Du sagst mir jetzt, was los ist, oder das ist das letzte Mal, dass ich deinen Schwanz anfasse."

„Fran, lass uns das friedlich angehen."

Friedlich? Ich hatte mich zivilisiert verhalten. Ich hatte ihm nicht in den Bauch geboxt oder ihn aus dem Haus geworfen. Ich hatte ihm eine Chance gegeben, mir alles zu erklären. Ich streichelte seinen Schwanz und seine Hüften bewegten sich. „Du fängst besser an zu erklären, und zwar jetzt."

„Fran ..."

„Rede." Meine Finger spannten sich an, und mein Daumen streifte die Spitze. Als er nichts sagte, beugte ich mich vor, legte meine Lippen um den Kopf und saugte leicht.

„Fuck, ja", stöhnte er.

Ich war nicht bereit, auf Antworten zu verzichten. Die Männer in meinem Leben mussten begreifen, dass ich nicht wie ein Kleinkind geschont werden musste. Es war nur fair, dass ich wusste, was vor sich ging, da es um Johnny, mich und eine Menge Geld ging. Ich saugte noch ein wenig mehr und brachte ihn nahe an den Rand, bevor ich mich zurückzog.

Seine Hüften folgten meinem Mund. „Ich darf nichts sagen, Fran."

Ich schüttelte den Kopf und leckte mir über die Lippen. „Rede, oder ich höre auf."

Er murmelte etwas, das ich nicht verstehen konnte, bevor er seinen Arm über seine Augen legte. „Gut. Ich werde dir alles sagen, was du wissen willst."

Ich lächelte und fühlte mich nicht im Geringsten schuldig. „Wie geht es mit dem Fall weiter?"

„Johnny war nicht allein."

Ich strich mit meiner Zunge über die Unterseite seines Schwanzes und zog mich zurück. „Sag mir etwas, das ich noch nicht weiß."

„Wir haben noch nichts Handfestes gefunden."

„Rede, oder du gehst mit blauen Eiern nach Hause."

Ich war stolz auf mich. Sogar mächtig. Frauen vergaßen oft, dass sie mit ihrer Sexualität einen Mann kontrollieren konnten. Gib Männern einen Ständer, und sie sind Wachs in unseren Händen.

„Wir haben einen Zettel mit einem Namen gefunden", sagte er mit zusammengebissenen Zähnen.

Ich zog eine Augenbraue hoch und starrte ihn an. „Was

für ein Name?"

„Ray", sagte er schnell, als ich seinen Schwanz wie ein Schraubstock zusammenpresste.

„Mein Ray?"

„Das wissen wir noch nicht", sagte er mit erstickter Stimme. „Morgan ist ihm auf der Spur."

„Er darf ihn nicht ausfindig machen."

„Warum nicht?"

„Er ist ein schlechter Mensch, Murray. Ob er nun involviert ist oder nicht, er ist niemand, den ich in unserem Leben zurückhaben möchte."

„Fran. Wir müssen der Sache nachgehen. Wer auch immer darin verwickelt ist. Johnny würde sich nicht umbringen, wenn es nicht so schlimm wäre."

„Ich will nicht, dass Morgan ihn findet. Kannst du das nicht regeln?"

„Es ist sein Fall, aber ich kann es Thomas und James sagen, und vielleicht kümmern sie sich darum."

„Bitte", flehte ich und umklammerte seine Schultern. Ray DeLuca war einer der größten Scheißkerle, mit denen ich je das Vergnügen gehabt hatte, zusammen zu sein. Ich war viel zu lange bei ihm geblieben. Aber die Zeiten waren damals anders gewesen. Sobald ich schwanger gewesen war, hatte es kein Zurück mehr gegeben. Da ich katholisch erzogen worden war, war Scheidung eine Sünde, die meine Eltern niemals zugelassen hätten. Ich hatte keine Möglichkeit, Morgan und mich allein zu ernähren, also war ich bei ihm geblieben.

Bear küsste meine Stirn und kitzelte meine Nase mit seinem Bart. „Ich werde mit ihnen reden."

Ray hatte mich nie geschlagen. Er wäre nicht mehr am Leben, wenn das der Fall gewesen wäre, aber er hatte Worte als Waffen benutzt. Jedes Mal, wenn er zu viel getrunken hatte, war eine andere Seite von ihm zum Vorschein gekommen. Seine scharfe Zunge hatte meine Seele gepeitscht. Es hatte nicht eine Sache gegeben, die er an mir gemocht hatte. Er hatte sich wegen des Babys an mich gebunden gefühlt und Morgan seit dem Tag der Geburt nicht gemocht. Aber er war geblieben. Gerade lange genug, um zu sehen, wie Morgan erwachsen geworden war. Dann hatte er sich aus dem Staub gemacht und mich meinem Schicksal überlassen. Das ganze Ausmaß der Misere war mir erst bewusstgeworden, als die ersten Leute vor meiner Tür aufgetaucht waren. Sie hatten nach ihm gesucht, weil er ausstehende Kredite hatte, hauptsächlich bei örtlichen Buchmachern. Wir haben ihn nie wieder gesehen, und das war mir nur recht.

Ich hatte Morgan oft vor Rays Gemeinheiten abgeschirmt. Morgan erinnerte sich nicht an all den Hass, den sein Vater verbreitete, und so sollte es auch bleiben. Kein Kind sollte sich ungewollt fühlen, doch wenn er seinen Vater finden würde, würde ihm klar werden, von was für einem Individuum er abstammte.

Aber es ging um mehr, als dass Morgan herausfand, dass sein Vater ihn nicht gewollt hatte. Ich wollte nicht, dass mein Sohn mich verurteilte, weil ich so lange bei einer solchen Person geblieben war. Ich war stolz auf meine Unabhängigkeit und Stärke, und machte mir Sorgen, dass Morgan an meinem Verstand zweifeln würde, sobald er den echten Ray DeLuca kennenlernte. Wenn Ray in die Sache verwickelt war, würde es ihn nur noch mehr zum Arschloch machen.

„Ich brauche einen Kaffee", sagte ich und kroch zum Rand des Bettes.

„Aber was ist mit mir?" Er blickte auf seinen Ständer hinunter.

Ich kicherte. „Du tust, worum ich dich bitte, und es wird sich für dich lohnen."

Ein Lächeln breitete sich auf seinem Gesicht aus. „Bekomme ich dann das Einzige, was du noch nie einem Mann gegeben hast?"

Ich wackelte mit dem Hintern. „Willst du den hier?

Mach, was ich sage, und er gehört dir." Das war die einzige Karte, die ich noch ausspielen konnte.

Er sprang aus dem Bett und zog seine Jeans an.

„Wohin gehst du?"

„Wir haben keine Zeit zu verlieren", sagte er, während er den Reißverschluss hochzog.

Ich lachte und sah ihm zu, wie er sich schneller anzog, als ich es je für möglich gehalten hätte. „Du hast noch Zeit für eine Tasse Kaffee, Murray. Mein Hintern ist dann immer noch da."

„Fran." Er strich sein zerknittertes T-Shirt glatt und schüttelte den Kopf. „Es gibt Dinge, die sind wichtiger als Kaffee. Ich bin sowieso wach." Er schlenderte auf mich zu.

„Aber es ist erst halb sieben. Es ist noch niemand im Büro."

Er grinste. „Der frühe Vogel fängt den Wurm, Schätzchen. Oder in meinem Fall, den Verbrecher." Er beugte sich vor, küsste mich, und ich schmolz dahin.

Ich griff in seinen Schritt. „Bist du sicher, dass du nicht bleiben willst?"

Er wich zurück und küsste meine Hand. „Ich bin ein geduldiger Mann, Franny. Ich werde das hier nicht versauen."

Bevor ich etwas erwidern konnte, war er schon zur Haustür marschiert und zog sich die Stiefel an.

„Ruf mich später an!", rief ich, als er auf sein Bike stieg!

„Sobald ich etwas weiß."

Ich winkte und er winkte zurück, bevor er das Motorrad startete und losfuhr. „Ein Hintern und ein Mann können Berge versetzen", sagte ich zu mir selbst, als er in der Ferne verschwand. Ich dachte immer, Blowjobs wären der Schlüssel zum Königreich, aber in Bears Welt war es ein Hintern, der alles möglich machte.

Kapitel 19

Bear

„Was machst du so früh hier?" Thomas schaute auf die Uhr an seinem Handgelenk.

Ich zuckte mit den Schultern. „Ich dachte, ich komme früher her. Wir haben zu viel zu tun, als dass ich noch länger im Bett liegen konnte."

Er schloss die Tür. „Jetzt weiß ich erst recht, dass etwas los ist. Was ist es?", fragte er, als er sich auf den Stuhl mir gegenüber setzte.

„Fran."

Seine Augen weiteten sich. „Geht es ihr nicht gut?"

„Doch, deiner Tante geht es super. Sie will nur nicht, dass Morgan Ray findet. Sie will, dass ich das erledige."

„Fuck", zischte Thomas und fuhr sich durch die Haare. „Er ist ihm schon auf der Spur. Was können wir dagegen tun?"

Ich klopfte mit meinem Stift auf meinen Kalender und dachte daran, wie sie mir ihren schönen Hintern vors Gesicht gehalten hatte. „Ich habe ihr versprochen, dass ich versuchen werde, ihn zuerst zu finden. Kannst du mir aus der Patsche helfen?"

Thomas lehnte sich zurück und verschränkte die Arme. „Ich habe Sam, der mit ihm daran arbeitet, und könnte ihn abkommandieren und dich mit Morgan zusammentun. Dann liegt es an dir, Ray zuerst zu finden."

„Das könnte funktionieren." Es würde mir zumindest etwas Kontrolle über die Situation geben. Sobald wir ihn gefunden hätten, könnte ich einen Weg finden, Morgan abzulenken und Ray vor allen anderen in die Finger bekommen.

„Ich werde mit Sam sprechen, sobald er hier ist. Und du kannst Morgan sagen, dass du mit ihm zusammenarbeitest. Er ist echt sauer auf dich."

„Ich weiß, aber er wird verdammt noch mal darüber wegkommen müssen."

Thomas nickte und lachte. „Ich bin sicher, das wird er. Gib ihm etwas mehr Zeit."

„Thomas, es ist schon Wochen her, und er ist immer noch sauer. Ich mag Fran wirklich, verdammt, ich glaube, ich liebe sie sogar." Es war das erste Mal, dass ich diese Worte aussprach. Es schockierte mich selbst noch mehr als Thomas.

„Ich freue mich für dich, Mann. Lass es meine Mutter nicht wissen, sonst fängt sie an, eure Hochzeit zu planen."

Ich hob die Hände. „Wir sollten nichts überstürzen." Ich liebte Fran, aber heiraten war ein großer Schritt. Seit Jackies Tod hatte ich nicht mehr daran gedacht.

„Du weißt, wie meine Familie ist. Wenn meine Mutter von Liebe hört, hat sie schneller eine Anzahlung auf einen Festsaal geleistet, als du blinzeln kannst."

„Ja, verdammt."

„Wundere dich nur nicht, wenn das passiert", sagte er, als er zur Tür ging. „Dann wärst du mein Onkel und Morgans Stiefvater. Das könnte eine gute Sache werden."

„Fuck", stöhnte ich, als er zur Tür hinausging.

Nachdem Thomas die Saat gelegt hatte, konnte ich nicht mehr stillsitzen und machte mich auf den Weg zu Morgans Büro, um seine Akten über Ray durchzusehen. Ich wollte mir einen Vorsprung verschaffen, bevor er eintraf.

Ich öffnete den ersten Ordner und fiel fast vom Stuhl. Das Vorstrafenregister des Mannes war länger als meins. Von Bagatelldiebstahl über Körperverletzung bis hin zu Diebstahl war alles dabei. Der Mann war fleißig gewesen, seit er Fran und Morgan verlassen hatte.

Der zweite Ordner war mit FBI/Ray beschriftet. Darin befanden sich Berichte über Rays Aktivitäten, als er vor etwa fünf Jahren vom FBI überwacht worden war. Man hatte vermutet, dass er in das organisierte Verbrechen von Chicago verwickelt war und ihn überwachen lassen. Nachdem sie ein Jahr lang nichts gefunden hatten, zogen sie das Team von ihm ab und stellten die Ermittlungen ein.

Ich glaubte nicht, dass das FBI über meine Dummheiten eine Akte führte. Das war in der Regel nur dem niedrigsten Abschaum vorbehalten oder denjenigen, deren Verbrechen auf Bundesebene stattfanden.

Ray war kein guter Mensch. Das wusste ich von Fran, aber als ich in Morgans Büro saß und die Akten las, die mit einem Verbrechen nach dem anderen und jedem schmutzigen Detail gefüllt waren, wusste ich, dass er schlimmer war, als ich es mir vorgestellt hatte. Fran hatte recht, wenn sie nicht wollte, dass Morgan sich mit ihm einließ, und ich würde alles in meiner Macht Stehende tun, um das zu verhindern.

„Was machst du da?", fragte Morgan von der Tür aus.

Ich blickte nicht auf. „Ich lese nur etwas."

„In meinem Büro?"

„Ja. Ich wollte die Akten nicht zu mir tragen. Ich dachte, ich warte einfach hier auf dich, um mit dir zu reden."

„Worüber reden?"

Schließlich sah ich ihn an und schloss die Akte in meiner Hand. „Thomas musste Sam abziehen, also bin ich dein neuer Partner."

Seine Nasenlöcher blähten sich auf. „Du bist mein neuer Partner?"

„Gut zu wissen, dass du noch hören kannst", brummte ich und wappnete mich für eine Auseinandersetzung.

„Alter Mann, ich kann das allein."

„Kleiner", antwortete ich auf seine Bemerkung über mein Alter, und ging um den Schreibtisch herum. „Ich weiß, dass du es allein schaffst, aber bei jemandem wie Ray könntest du Unterstützung gebrauchen. Ich würde niemanden in diesem Büro allein gegen ihn vorgehen lassen, und dich auch nicht. Also leg deinen Stolz und deine Abneigung gegen mich für eine Weile beiseite, und lass uns gemeinsam nach ihm suchen."

„Gut", sagte er etwas zu schnell.

Ich neigte lauschend den Kopf, denn ich war sicher, mich verhört zu haben. „Gut?"

„Bist du jetzt auch schon taub?" Er grinste und schob sich an mir vorbei. „Ich habe heute schon mit meiner Mutter gesprochen", sagte er, während er sich setzte.

„Und?" Ich nahm ihm gegenüber Platz. Das könnte Gutes oder Schlechtes bedeuten. Ich wollte nicht so tun, als ob ich nicht bei ihr gewesen wäre. Ich wusste allerdings nicht, was Fran ihm gesagt hatte, und wollte den Tag nicht mit einer Lüge beginnen, nachdem er bereits ein Problem mit meiner Anwesenheit in seinem Büro hatte.

„Sie sagte, du hättest die Nacht bei ihr verbracht." Ich konnte seinen Gesichtsausdruck nicht lesen, also saß ich da und wartete darauf, dass er mehr sagte. „Sie scheint …" Er verstummte.

„Glücklich zu sein", sprach ich für ihn weiter.

„Nun … ja." Er kratzte sich am Kopf. „Ich kann mich nicht erinnern, wann ich sie das letzte Mal richtig glücklich gesehen habe. Aber aus irgendeinem Grund strahlt sie, wenn sie mit dir zusammen ist."

Ich brachte es nicht übers Herz, dem Kind zu sagen, dass ich sie um den Verstand gevögelt hatte, sodass sie so viele Endorphine im Körper hatte, dass sie nur noch glücklich sein konnte. „Ich mag sie wirklich, Morgan. Ich weiß, dass ich alles falsch angegangen bin, und ich hätte zuerst mit dir reden sollen, aber …"

Er hob eine Hand. „Du hättest nicht um Erlaubnis bitten müssen. Sie ist meine Mutter und ich liebe sie, aber ich kann nicht über sie bestimmen und darüber, in wen sie sich verliebt."

Ich hob die Augenbrauen. Wer war dieser Mann, der

mir da gegenübersaß? Morgan würde niemals so leicht aufgeben.

„Außerdem ist sie mir nicht mehr so auf den Fersen wie sonst, seit du auf der Bildfläche erschienen bist. Mein Telefon klingelt nur noch einmal am Tag, statt fünfmal. Das ist ein Gewinn für uns beide."

Ich verengte die Augen. „Du bist also einverstanden, dass ich mit ihr ausgehe?"

„Ich denke schon, solange du ihr nicht wehtust."

„Du kennst sie doch, oder? Ich glaube, ich brauche Schutz vor Fran, wenn ich es versaue, nicht umgekehrt."

„Wenn du es versaust, musst du dir nicht nur um mich Sorgen machen. Dann wird eine ganze Familie hinter dir her sein."

„Ah, das beruhigt mich. Es gibt nichts Besseres, als eine Drohung, um einen Mann bei Laune zu halten. Weißt du was? Deine Mutter könnte mir zuerst das Herz brechen."

„Alles ist möglich."

Wir starrten uns an und fragten uns wohl beide, was das für uns als Freunde bedeutete, bevor ich das Wort ergriff.

„Ich habe dich immer respektiert, Morgan. Du bist ein guter Junge mit einem klugen Kopf. Du bist ein Familienmensch und ein guter Sohn. Ich will nicht, dass die Sache unsere Freundschaft verändert. Ich verspreche, so lange gut zu deiner Mutter zu sein, wie sie mich haben will."

„Bear, du hast mit meiner Familie und jedem anderen in diesem Büro schon viel Scheiße durchgemacht. Wir konnten uns immer auf dich verlassen und wussten, dass du uns den Rücken freihältst. Ich weiß in meinem Herzen, dass du nie etwas tun würdest, was uns oder unseren Familien schadet. Ich weiß, dass du gut zu meiner Mutter sein wirst. Wenn du es nicht bist, wird sie es dich wissen lassen."

Ich nickte und begann zu lachen. „Sind wir fertig damit, uns gegenseitig unsere Liebe zu gestehen? Wir haben noch Arbeit vor uns, und ich fühle mich ein wenig unwohl bei all den netten Worten."

„Ich bin darüber hinweg." Er zuckte mit den Schultern und öffnete den Ordner, in dem ich gelesen hatte. „Was hältst du also von meinem Vater?"

„Er ist ein echtes Stück Dreck." Es gab keine nette Art, das zu sagen. Nach allem, was ich gelesen hatte, und nach der Art, wie Fran sich verhielt, war er ein Drecksack. Wie sie bei ihm landen und so lange bleiben konnte, war mir ein Rätsel.

„Das war er schon immer gewesen."

„Wie konnte Fran so lange bei ihm bleiben?"

Er lehnte sich zurück. „Sie behauptet, es lag daran, dass die Zeiten anders waren, aber ich glaube, meine Mutter hatte immer Angst, ihn zu verlassen."

Ich krallte die Finger meiner rechten Hand in meinen Oberschenkel. Es war das Einzige, was ich tun konnte, um mich auf meinem Sitz zu halten. „Hat er sie geschlagen?"

„Nein. Aber er wurde ein anderer Mensch, wenn er trank. Er sagte die gemeinsten Sachen zu ihr und ich hatte immer Angst, dass er sie irgendwann schlagen wird. Einmal bin ich dazwischengegangen, als er sie an den Armen packte, und habe ihn niedergeschlagen. Das war das letzte Mal, dass er sie angefasst hat."

Jeder Muskel in meinem Körper spannte sich an. „Verdammt noch mal. Ihr hattet so ein Arschloch nicht verdient."

„Ich habe ihm am Abend vor meinem Abschluss gesagt, dass ich ihn eigenhändig rauswerfe, wenn er nicht von selbst geht. Ich wollte Ma nicht bei ihm lassen."

„Du bist der Grund, warum er deine Mutter verlassen hat?" Mir blieb der Mund offen stehen.

Er nickte mit einem selbstgefälligen Lächeln. „Ja. Ma weiß es nicht, und ich wäre dir dankbar, wenn du es ihr nicht sagen würdest."

„Meine Lippen sind versiegelt."

„Ich habe ihm vierundzwanzig Stunden Zeit gegeben, bevor ich meinen Onkel Santino auf ihn angesetzt hätte."

„Santino?" Ich hatte den Namen noch nie von einem der Gallos gehört. „Ist er ein Verwandter deines Vaters?"

„Nein, er ist das schwarze Schaf mütterlicherseits. Sie hat zwei Brüder. Santino und Salvatore. Aber Santino wohnte noch in Chicago, und ich wusste, dass er kein Problem damit haben würde, Ray für mich zu erledigen."

„Ich kann nicht glauben, dass ich noch nie von ihm gehört habe." Nicht einmal City hatte den Namen erwähnt, und ich kannte ihn seit über zehn Jahren.

„Nun, du müsstest ihn kennenlernen, um das zu verstehen. Er ist nicht wie mein Onkel Sal. Santino ist erst kürzlich aus dem Gefängnis gekommen."

„Klingt nach einem interessanten Charakter."

„Er ist anders, aber ich wusste, dass er kein Problem damit haben würde, meinem Vater in den Hintern zu treten und dafür zu sorgen, dass er nie wieder zu meiner Mutter zurückkehrt."

Morgan überraschte mich mit seinem Geständnis. All die Jahre waren vergangen, aber er hatte seiner Mutter nie den wahren Grund gesagt, warum Ray sie verlassen hatte. Sie hatte so viel Herzschmerz durchgemacht, als es passiert war. Nicht nur ihr Mann hatte sie verlassen, auch wenn er ein Stück Dreck war, sondern auch ihr Sohn war zum Militär gegangen. Von einem vollen Haus war es plötzlich still um sie herum geworden, genau wie bei mir.

„Deine Mutter ist besorgt, dass du entsetzt bist von deinem Vater. Sie wollte, dass ich ihn vor dir finde."

Morgan lachte bitter auf. „Ich habe ihn schon vor etwa acht Jahren gefunden. Ein alter Freund schickte mir ein E-Mail, in dem er mir mitteilte, dass Ray in der Nachbarschaft herumschnüffelt. Als ich im Urlaub nach Hause kam, wollte ich ihn unbedingt finden. Ich wollte sichergehen, dass er sich verdammt noch mal von Ma fernhielt.

Er hat die Botschaft verstanden."

Gespannt lauschte ich diesen neuen Infos. „Glaubst du, er hatte etwas mit Johnny zu tun?"

Er rieb sich die Stirn. „Es würde mich nicht wundern. Er ist ein totales Stück Dreck und würde für Geld alles tun."

Ich ballte die Fäuste und wollte dem Kerl am liebsten den Hals umdrehen. „Dann sollten wir ihn finden, bevor noch etwas passiert. Es ist an der Zeit, Ray für immer verschwinden zu lassen."

„Schaltest du ihn aus?"

„Das wäre zu einfach. Wir werden das entscheiden, sobald wir die Bestätigung haben, dass er involviert ist. Ich werde ein paar Anrufe tätigen. Ich habe Freunde in Chicago, und vielleicht solltest du Santino anrufen."

Er holte sein Handy aus der Tasche. „Ich weiß nicht, ob Ma oder Onkel Sal glücklich darüber sein werden, aber Santino würde es wissen, wenn Ray wieder in der Stadt wäre."

„Es geht nicht darum, Leute glücklich zu machen, sondern dem ganzen Schlamassel auf den Grund zu gehen."

„Ich will ihn den Bullen übergeben, wenn wir ihn finden. Das wäre das Richtige. Sie haben den Brief von Johnny, und wir haben die Beweise aus seinem Büro."

„Okay", sagte ich, aber ich wollte ihn unbedingt erst vermöbeln.

„Wir werden ihm natürlich in den Arsch treten, aber den Rest sollen die Bullen erledigen." Er grinste.

Ich lachte. „Ich dachte, du wärst kurz weich geworden."

„Ich bin froh, dass meine Ma dich an ihrer Seite hat, Mann. Ganz ehrlich."

Obwohl ich seinen Segen nicht brauchte, bedeutete mir das mehr, als ich gedacht hätte und er wahrscheinlich wusste. „Danke, Junge. Ich weiß das zu schätzen. Und jetzt zurück an die Arbeit. Wir haben ein Arschloch einzufangen."

Ich ging in den Flur. Bei dieser Mission stand mehr auf dem Spiel. Ich wollte dieses Mal nicht mit leeren Händen dastehen. Aber ich wusste, dass ich Fran nicht dazu bringen würde, unsere Abmachung zu erfüllen. Es war nicht etwas, das man eintauschen konnte, sondern etwas, das man sich verdienen und im Vertrauen geben musste. Morgan hatte jedes Recht, seinen Vater zu finden und mit ihm umzugehen, wie er es für richtig hielt. Ich hatte nicht das Recht, ihm das zu nehmen, und Fran auch nicht.

Kapitel 20

Fran

„Danke, dass du vorbeigekommen bist. Dein Bruder bringt mich noch dazu, mich selbst im Pool zu ertränken." Maria zerrte an meinem Arm und zog mich ins Haus. „Ich schwöre bei Gott, er macht mich wahnsinnig."

Ich zog meine Schuhe aus, weil ihr Haus zu sauber war, um sie anzubehalten. Sie war ein größerer Sauberkeitsfanatiker als ich, und das wollte etwas heißen. „Was ist denn los?"

„Verdammter Santino!"

„Wie bitte?"

Sie ging an mir vorbei in die Küche und schnappte sich zwei Weingläser vom Tresen. „Santino hat angerufen, und Sal ist ganz aus dem Häuschen." Sie hielt die Weinflasche hoch, und ich nickte ihr zu.

Es war zwar erst Mittag, aber immer, wenn jemand Tino erwähnte, war das ein Grund zum Trinken. „Was zum Teufel wollte er?" Ich ließ mich auf einem Stuhl nieder und versuchte, ganz ruhig zu bleiben. Bei dem Gedanken an meinen Bruder drehte sich mir der Magen um.

„Morgan hat ihn angerufen", sagte sie, während sie unsere Gläser füllte.

„Was? Das kann doch nicht dein Ernst sein."

„Du weißt, dass ich nie scherze, wenn es um diesen Mann geht."

„Was würde Morgan von Tino wollen?" Ich schluckte die Hälfte meines Weins in einem Zug, denn die ganze Situation verlangte nach Alkohol, und zwar in größeren Mengen.

„Ich glaube, er wollte wissen, ob Tino weiß, wo Ray ist. Sal hat in letzter Zeit ein bisschen mit ihm gesprochen. Ich schätze, er versucht, sein Leben auf die Reihe zu kriegen, nachdem er endlich aus dem Gefängnis entlassen wurde. Es war nicht Santino, der Sal aus der Fassung brachte, sondern die Erwähnung von Ray."

„Hm." Ich lehnte mich zurück und holte tief Luft. „Sal wird Ray nie verzeihen, dass er dich hat sitzen lassen."

„Es war das Beste. Du weißt, wie Ray war, und ich war eigentlich glücklich über den Tag, an dem er aus meinem Leben verschwand."

„Ich weiß, aber Sal weiß nicht alles, was passiert ist. Ich habe es ihm nie erzählt, auch nicht nach all den Jahren."

Ich starrte sie schockiert an. „Du sagst es ihm besser nicht jetzt. Er würde für den Rest unseres Lebens stinksauer auf uns beide sein."

Maria war noch nie jemand gewesen, der Geheimnisse hatte. Die Tatsache, dass sie das über Ray und sein Temperament so lange für sich behalten hatte, war erstaunlich. Beeindruckend sogar. Sie war als Plappermaul bekannt. Ein liebenswertes und fürsorgliches, aber dennoch war sie keine Person, die man dabeihaben wollte, wenn man eine Leiche vergrub. Sie würde singen wie ein Kanarienvogel, bevor die Polizei sie überhaupt befragen könnte.

„Ich weiß", stöhnte sie und stützte den Kopf auf die Hände. „Aber jetzt ist Tino involviert. Das wird ein Chaos epischen Ausmaßes werden."

Ich griff nach der Weinflasche und füllte mein Glas und das von Maria auf. „Es ist, wie es ist. Wir müssen die Dinge einfach auf sich beruhen lassen. Ich kann immer noch nicht glauben, dass Morgan ihn anrufen würde. Ist Tino wieder mit von der Partie?"

Damit meinte ich das organisierte Verbrechen. Wir benutzten immer den Jargon, weil er angenehmer klang als die Realität. Auch das Gefängnis hatte einen anderen Namen. Wir nannten es *College*. Oft wusste ich nicht, ob jemand in der Schule oder im Gefängnis war.

„Er behauptet, er sei auf dem Weg der Besserung, aber wer zum Teufel weiß das schon. Warum Betty bei ihm geblieben ist, werde ich nie erfahren."

„Du weißt, dass sie immer explosiv waren, aber sie hatten etwas gemeinsam."

„Den Wahnsinn?" Maria lachte.

„Weißt du, wer mir leidtut? Seine Kinder."

„Ich habe sie nicht mehr gesehen, seit sie klein waren. Es ist eine Schande, dass ich zwei Neffen und eine Nichte habe, zu denen ich den Kontakt verloren habe."

„Sie sind jetzt alle erwachsen. Vinnie, der Jüngste, ist auf dem College."

„Jetzt fühle mich noch schlechter. Danke für die Aufmunterung, Fran."

„Immer gern." Ich lächelte in mein Glas. „Wo ist mein Bruder überhaupt?"

„Beim Golfen. Er hatte das Bedürfnis, etwas zu schlagen und meinte, ein unschuldiger kleiner Ball wäre das beste Ventil für seine Wut."

Wir lachten. Mein Bruder war eine besondere Nummer. Er hatte diese Mischung aus wildem italienischem Temperament und Sanftmut. Aber eins war er nicht: gewalttätig. Er und Ray hatten nichts gemeinsam. Wie ich bei diesem wertlosen Drecksack landen konnte, war mir ein Rätsel. Ich wusste, dass sich die Leute immer das Gleiche fragten, aber nicht mich direkt. Gott sei Dank, denn dann ich hätte keine Antwort gehabt.

„Hast du Lust zu kochen?" Sie hob eine Augenbraue.

Ich nickte. „Woran denkst du?"

„Alle sind so viel gereist. Lass uns heute Abend ein improvisiertes Familiendinner veranstalten."

„Okay", sagte ich, aber ich wollte Bear treffen.

„Lade ihn ein", sagte Maria, als hätte sie meine Gedanken gelesen.

Maria ging zum Kühlschrank und holte alle möglichen Dinge heraus, die wir zubereiten konnten. Anstatt uns für eine Sache zu entscheiden, fingen wir an, alles vorzubereiten. Cavatelli, Fleischbällchen, Wurst, Auberginen, Hühnchen und eine ganze Menge anderer Familienspezialitäten. Niemand würde dieses Haus hungrig verlassen.

„Du und Morgan scheint euch plötzlich gut zu verstehen", sagte ich zu Bear, während ich mich auf die Zehenspitzen stellte und seine Wange küsste.

Er legte einen Arm um mich. „Schatz, hast du jemals daran gezweifelt, dass wir miteinander auskommen können?"

„Ihr seid beide dickköpfig."

„Wir würden alles tun, um dich glücklich zu machen."

Ich hob eine Augenbraue und rieb meine Nase an seiner. „Weißt du, was mich glücklich machen würde?"

„Was?", flüsterte er, während seine Lippen meine kaum berührten.

Meine Faust traf seinen Magen. „Wenn Morgan meinen verrückten Bruder in Chicago nicht in diese Scheiße verwickeln würde."

Er zuckte bei dem Aufprall kaum zusammen und hielt mich fester, sodass ich keinen weiteren Schlag landen konnte. „Warum?"

„Er war fast sein ganzes Leben lang in das organisierte Verbrechen verwickelt. Ich will nicht, dass Morgan in seine Nähe kommt."

„Morgan ist ein erwachsener Mann, Fran. Ich kann ihn zu nichts zwingen."

„Stimmt."

„Das höre ich gern." Er lächelte.

„Gewöhn dich nicht zu sehr daran, dass ich das sage", murmelte ich, bevor er seine Lippen auf meine presste und mir alles andere aus dem Gehirn löschte, was ich noch hatte sagen wollen.

„Ihr zwei seid ekelhaft", sagte Mike, der im Flur an uns vorbeiging und ein würgendes Geräusch machte.

Bear löste sich von mir und schaute mir in die Augen. „Es ist schön, endlich jemanden zum Küssen zu haben." Ich biss mir auf die Lippe und erwiderte sein Lächeln. Es war ewig her, dass ich dieses Gefühl hatte. Ich hatte immer noch Schmetterlinge im Bauch, wenn er den Raum betrat, und mein Kopf schwirrte vor Fantasien, wenn er in der Nähe war. Bear hatte die Fähigkeit, alles schöner zu machen.

„Wie weit seid ihr mit den Ermittlungen?", fragte Race, während sie die schmutzigen Teller einsammelte, die alle zurückgelassen hatten, als sie nach dem Essen ins Wohnzimmer gegangen waren.

„Lass mich das machen." Morgan schnappte sich den Stapel Teller von Race. „Wir haben ein paar gute Hinweise, Babe."

Ich betrachtete sie, immer noch in Bears Armen, mit Stolz. Morgan hatte Manieren, und das hatte ich nur mir selbst zu verdanken.

„Glaubst du, wir kriegen das Geld zurück?" Race folgte ihm mit der halbleeren Schüssel Cavatelli in die Küche.

Warum Maria fünf Pfund davon gemacht hatte, war mir ein Rätsel.

„Armes Kind", flüsterte Bear.

„Ja. Das ist ein großer Verlust für ein neues Unternehmen."

„Wir werden uns etwas einfallen lassen", sagte er.

„Magst du jetzt gehen?", fragte ich und wackelte mit den Augenbrauen.

„Verdammt, ja!" Er grinste und leckte sich über die Lippen. „Ich habe den ganzen Tag darauf gewartet, dich zu schmecken." Er ließ mich los, ergriff meine Hand und wir gingen auf Zehenspitzen zur Haustür.

„Wohin schleicht ihr zwei euch denn?", fragte Sal, als Bears Hand den Türknauf berührte.

„Fuck", zischte ich und schloss die Augen. Selbst nach fünfzig Jahren war mein Bruder immer noch ein Spielverderber. „Wir wollten nur etwas frische Luft schnappen." Ich seufzte.

Bear drückte meine Hand, bevor er sprach. „Ich habe draußen etwas vergessen, und wir wollten es gerade holen, Sal. Wir sind gleich wieder da." Bear zwinkerte mir zu.

Sal nickte. „Bleibt nicht zu lange. Wir haben einiges zu besprechen."

„Nur fünf Minuten", sagte ich zu Sal, während mich Bear aus der Tür zog.

„Fünf? Ich meine, ich bin für einen Quickie zu haben, aber ich brauche mehr als fünf Minuten, Franny."

„Das geht jetzt nicht." Ich sah mich in der Dunkelheit auf der von Bäumen gesäumten Straße um. „Nicht hier. Jemand könnte uns beobachten."

„Ach was, sei kein Frosch. Hier draußen ist niemand. Wir sind auf dem Land, um Himmels willen."

Er legte einen Arm um meinen Rücken und führte mich die Vordertreppe hinunter.

Meine Füße berührten die Auffahrt und mein Magen knurrte, aber nicht aus Angst. „Was ist, wenn jemand aus dem Fenster schaut?" Mein Körper kribbelte, und der Gedanke, ertappt zu werden, ließ mich vor Aufregung erzittern.

Er sah mit einem süffisanten Lächeln auf mich herab. „Keine Fenster an der Seite der Garage, Schätzchen."

„Oh", flüsterte ich und ging etwas schneller.

Kaum waren wir um die Ecke der Garage, die durch die Schatten der Bäume vor dem Mondlicht verborgen war, ging Bear in die Knie und begann, an meiner Hose zu zerren.

„Heute wäre deine Trainingshose von Vorteil. Keine Knöpfe." Sein Gesicht war in der Dunkelheit und seine Finger arbeiteten schnell.

„Man kann nicht beides haben", stichelte ich, legte meine Handflächen an die Garage und machte mich auf das gefasst, was jetzt kommen würde.

Seine Hände arbeiteten schnell und zogen meine Jeans bis zu den Knien hinunter, bevor seine Lippen auf meine Haut trafen. Ich konnte meine Beine nicht bewegen. Ich versuchte, meinen Stand zu verbreitern und ihm einen leichteren Zugang zu gewähren, aber es ging nicht. Meine Hose war zu eng, aber das hielt Bear nicht ab.

Er grub seine Finger in meine Hinterbacken und hielt mich fest, während seine Lippen meine Klit mit Präzision liebkosten. Ich schloss die Augen. Das Gefühl war so überwältigend, dass ich kaum atmen konnte. Gott sei Dank hatte ich keine Luft in den Lungen, sonst hätte ich gestöhnt wie eine Hure.

Als meine Augen aufflatterten und ich endlich wieder zu Atem kam, war Bear schon auf den Beinen. Er leckte sich die Lippen und starrte mich an, als wäre ich der Nachtisch und er bereit für eine weitere Portion. Ich beugte mich vor und zog meine Jeans hoch, wobei ich fast umfiel, weil sich mein Körper noch nicht erholt hatte.

„Wie soll ich jetzt allen gegenübertreten?", fragte ich und zog den Bauch ein, um die enge Jeans zuzuknöpfen, die meine neue Lieblingshose geworden war.

„Verhalte dich einfach ganz natürlich." Er lachte leise.

„Ja, ich bin sicher, das wird ganz einfach." Ich verdrehte die Augen. „Wie sehe ich aus?", fragte ich, während ich mich an der Seite der Garage entlangschlich, um mich unter das Licht zu stellen.

„Als wärst du gerade erst gekommen." Er grinste.

„Scheiße", zischte ich und biss mir auf die Lippe.

„Aber niemand wird es merken. Ich weiß, was ich gerade mit dir gemacht habe, also ist es für mich leicht zu erkennen. Deine Familie wird sich nichts dabei denken."

Ich stieß ihn vor die Brust, als er seine Arme um meinen Rücken schlang und mich liebevoll anschaute.

„Du solltest hoffen, dass sie es nicht tun."

„Was machst du mit mir, wenn sie es tun?" Er zog eine buschige Augenbraue hoch, und seine Augen funkelten im schummrigen Licht.

„Ich werde mir etwas einfallen lassen. Ich bin verdammt gut im Heimzahlen." Ich grinste.

„Ich freue mich auf jeden noch so verruchten Plan, den du im Kopf hast."

„Sei dir da nicht so sicher, großer Junge."

Ich lachte leise, als ich mit ihm Hand in Hand zurück zum Haus ging. Der Mann dachte an sexuelle Rache, aber das war nicht mein Stil. Ich hatte schon ein paar Möglichkeiten im Kopf, aber keine davon würde ihm gefallen.

„Das war schnell", sagte Maria, bevor ich auch nur einen Fuß in der Tür hatte. „Ich dachte, er würde etwas länger brauchen." Sie zwinkerte.

„Er hat nur etwas draußen vergessen."

„Aha." Sie ging in Richtung Küche und lachte dabei so laut, dass es mich ärgerte.

„Dafür wirst du so was von bezahlen", sagte ich zu Bear. Er lachte mit Maria, ohne zu ahnen, dass sein Lachen nicht lange anhalten würde.

Kapitel 21

Bear

„Ich habe ihn gefunden", sagte Morgan und stürmte in mein Büro ohne anzuklopfen. „Endlich habe ich den alten Bastard aufgespürt."

Ich deutete auf den Stuhl, denn seine Zappelei war mir zu viel so früh am Morgen. „Na, dann komm doch rein."

Er begriff den Wink mit dem Zaunpfahl, setzte sich auf einen der beiden Besucherstühle und wippte so schnell mit dem Bein, dass ich am liebsten über den Schreibtisch gesprungen wäre und seinen Fuß auf den Boden genagelt hätte.

„Santino hat heute Morgen angerufen. Er hat ihn gefunden."

Ich schüttelte den Kopf. „Erzähl das bloß nicht deiner Mutter."

„Ja, sie und Tino sind nicht die besten Freunde."

„Ich musste mir gestern Abend zwanzig Minuten lang anhören, dass du ihn angerufen hast."

Er lachte auf. „Das kann ich überbieten. Ich musste es mir eine Stunde lang anhören, nachdem Tante Maria sich verplappert hat."

„Verdammt, diese Frau kann wirklich reden."

„Du meinst nörgeln."

Ich zeigte mit ernster Miene auf ihn. „Das hast du gesagt, nicht ich."

Er salutierte und kam auf das Thema zurück. „Wie auch immer, er ist in Chicago. Santino hat ihn."

Ich hob eine Augenbraue. „Hat ihn?"

„Er leistet ihm ... Gesellschaft." Er grinste.

„Gut, dann buche ich uns einen Flug."

„Ich will heute noch ankommen, bevor Ray ..." Er wollte *flieht* sagen, aber er konnte sich nicht dazu durchringen.

„Ich auch." Ich öffnete den Browser und suchte nach Flügen nach Chicago. Zu meiner Überraschung gab es eine ganze Menge davon. „Wir können an einem Tag hin- und zurückkommen. Meinst du, die Zeit reicht?"
Er schaute auf seine Uhr. „Lass uns eine Nacht bleiben. Ich will unser Gespräch mit Ray nicht überstürzen."
„Wie du willst."
Er rieb sich die Hände und sprang auf. „Sag mir Bescheid, wann wir losfahren. Ich sage Race, dass ich heute über Nacht weg bin. Ich kümmere mich auch um eine Bleibe für uns."
„Ich teile aber kein Bett mit dir", neckte ich ihn.
Er stand in der Tür. „Du bist nicht mein Typ, Bear."
„Hey", sagte ich, bevor er gehen konnte.
„Ja?"
„Lass uns deiner Mutter nicht sagen, wohin wir gehen, okay?"
„Damit habe ich kein Problem. Ich werde es nicht einmal Race sagen. Ich werde ihr nur sagen, dass wir einer Spur folgen. Ist das okay für dich?"
„Geht für mich in Ordnung." Ich rieb mir die Stirn und dachte an die Kopfschmerzen, die ich bekommen würde, wenn Franny herausfinden würde, dass wir zu Santino und Ray flogen. Meine Ohren würden stundenlang klingeln, wenn sie damit fertig wäre, mir den Arsch aufzureißen.

Ich hatte uns zwei Tickets für mittags gebucht, sodass wir aufgrund der Zeitverschiebung um kurz nach eins in Chicago ankommen würden. Wir würden genug Zeit haben, uns um Ray zu kümmern, und wären am nächsten Tag mittags zurück.
„Wohin gehst du?", fragte Fran, nachdem ich ihr gesagt hatte, dass ich die Stadt verlasse, aber nicht sagte, wohin.
„Nach Norden."
„Und wohin dort?"

„Indiana", log ich, doch meine Stimme klang entschlossen, damit sie nichts merkte.
„Okay. Aber sei vorsichtig. Ray ist kein netter Kerl. Kauf ihm nichts ab."
„Das ist mir bewusst, Schatz."
„Nimmst du Morgan mit?"
„Er besteht darauf."
„Beschütze ihn bitte, Bear. Pass auf, dass Ray ihm nicht den Kopf verdreht."
„Das wird kein Problem sein", sagte ich, denn Morgan hatte Ray längst durchschaut und wusste genau, wie er mit ihm umgehen musste.
„Er ist alles, was ich noch habe. Wenn Ray ihm auch nur ein Haar krümmt …"
„Franny, ich werde bei ihm sein. Ich werde ihn beschützen. Du weißt, ich würde mir eine Kugel für ihn einfangen."
„Mach keine Dummheiten, Babe. Ich möchte, dass ihr beide zu mir zurückkommt."
„Ich liebe dich", sagte ich zum ersten Mal, denn es fühlte sich richtig an.
Sie holte so tief Luft, dass ich es über das Telefon deutlich hören konnte. „Ich liebe dich auch, Murray."
„Ich rufe dich an, wenn wir Informationen haben. Warten wir es einfach ab und mach dir keine Sorgen."
„Du hast leicht reden. Ich werde mir Sorgen machen, bis ich von euch höre, dass ihr beide in Sicherheit sind."
„Wir kommen schon klar. Wir sprechen uns bald."
„Nicht früh genug", sagte sie fast flüsternd.
„Tschüss, mein Schatz."
„Tschüss, Bear."
Ich starrte auf das Telefon und war fast schockiert, dass ich ihr gesagt hatte, dass ich sie liebte. Seit Jackie hatte ich diese Worte nicht mehr zu einer Frau gesagt. Und ich Idiot musste sie das erste Mal am Telefon zu Fran sagen. Ich war nicht sicher, wie sie reagieren würde, und ich war

nicht auf die Reaktion von Angesicht zu Angesicht vorbereitet. Es hatte sich richtig angefühlt, es ihr zu sagen, kurz bevor ich in ein Flugzeug steigen wollte, um ihren Ex-Mann zu verprügeln.

„Fertig?", fragte Morgan vom Flur aus.

„Fertig." Ich nickte. „Los geht's."

„Tino sollte hier irgendwo sein", sagte Morgan, als wir aus dem Flughafen traten.

„Wie sieht er aus?" Ich schaute mich um, als ob ich wüsste, wen ich suchte.

„Wie ich, nur älter und wahrscheinlich grauer."

„Morgan!", rief ein Mann und fuchtelte wild mit den Armen. Er deutete auf einen wartenden schwarzen Wagen, der am Straßenrand geparkt war.

„Ist er das?" Ich betrachtete den Mann, der aussah, als sei er einem GQ-Titelbild entsprungen. Seine leicht silbern durchzogenen Haare saßen perfekt, keine einzige Strähne war fehl am Platz.

„Ja."

Ich folgte Morgan und bahnte mir den Weg durch die Menge zu Santino. Man konnte definitiv die Familienähnlichkeit erkennen. Die Merkmale der Gallo-Familie waren stark und unverwechselbar.

„Es ist so schön, dich zu sehen, Morgan." Santino umarmte Morgan.

„Dich auch, Onkel."

Als er Morgan losließ, verengten sich seine dunklen Augen. „Ist das der neue Freund deiner Mutter?"

„Ja, wir arbeiten auch zusammen. Das ist Bear."

„Bear." Er streckte seine Hand aus und ich schüttelte sie. „Schön, dich kennenzulernen."

„Dich auch." Ich drückte fester zu, da ich nicht übertrumpft werden wollte.

Wir sahen uns an. Sein Teint war perfekt gebräunt und wirkte dennoch natürlich. Seine Augenbrauen saßen tief und verdeckten fast seine Augen. Das gab ihm ein verschlagenes Aussehen.

„Seid ihr fertig mit Beschnuppern?", fragte Morgan und beobachtete uns bei unserem gegenseitigen Abschätzen.

„Ja", sagte Santino und löste schließlich seinen Griff. „Gehen wir."

Santino ging um das Auto herum und warf einen Blick über seine Schulter, als ob er jemanden zu sehen erwartete. „Hier kann man nicht vorsichtig genug sein. Überall Bullen."

„Klar", sagte Morgan, warf einen Blick auf mich und rollte mit den Augen.

Morgan hatte mich im Flugzeug über Santino aufgeklärt. Er hatte wegen organisierter Kriminalität im Gefängnis gesessen und war schon so lange Teil des organisierten Verbrechens, wie Morgan am Leben war. Das war ein Grund, warum sich Fran und Sal von ihm distanziert hatten. Santinos Familie betrieb eine Bar im Süden der Stadt, das Hook & Hustle. Er hatte drei Kinder mit seiner langjährigen Partnerin Betty. Obwohl sie schon länger zusammen waren als Morgan lebte, hatten Betty und Santino nie geheiratet.

Nachdem wir ins Auto gestiegen waren, Morgan vorn und ich hinten, sagte Santino: „Lasst uns zuerst an der Bar anhalten, und dann sorge ich dafür, dass Ray bereit ist, uns zu empfangen."

„Wo ist er?"

„In einem Lagerhaus, das einem Kumpel von mir gehört. Der war mir einen Gefallen schuldig."

„Ich bin sicher, viele Leute schulden dir einen Gefallen, Onkel."

„Ich habe fünf Jahre meines Lebens damit verbracht, weggesperrt zu sein, weil ich ihre Geheimnisse bewahrt habe. Die schulden mir mehr als einen einfachen Gefallen."

Morgan sah zu ihm hinüber, seine Augen musterten

seinen Onkel abschätzend. „Bleibst du jetzt schön sauber?"

„Immer", antwortete Santino sofort.

Ich kannte eine Menge Männer wie ihn. Es war schwer, sich zu ändern, wenn man so lange im Geschäft war wie Santino. Man konnte nicht über zwanzig Jahre lang kriminell sein und sich über Nacht in einen ehrlichen Bürger verwandeln.

„Warum kann ich das nicht so recht glauben?" Es klang mehr wie eine Feststellung als eine Frage.

„Ich bin jetzt schlauer. Fünf Jahre im Knast machen das mit einem."

Ich saß auf dem Rücksitz und ließ sie reden, während ich durch das vordere Fenster auf die Stadt sah, die sich mir bot. Wolkenkratzer zierten den Himmel wie riesige Wände. Tampa hatte nichts mit Chicago gemein. Die Hochhäuser waren im Vergleich dazu winzig. Nachdem wir uns durch unzählige Seitenstraßen geschlängelt hatten, so viele, dass ich ohne GPS nie wieder herausfinden würde, hielt Santino vor der Bar seiner Familie.

„Wir sind da", sagte er und stellte den Wagen ab.

Ich schaute durch das Beifahrerfenster und sah mir das Hook & Hustle an. Das Äußere war rot und weiß gestrichen, mit einer glänzenden schwarzen Eingangstür. Das Schild mit moderner, roter Blockschrift und schwarzem Hintergrund erstreckte sich über die Hälfte des Gebäudes. Die Fenster waren mit Jalousien versehen, damit Neugierige nicht ins Innere schauen konnten.

„Sei bereit für Betty, Junge. Sie freut sich darauf, ihren Neffen zu sehen."

„Es ist eine Weile her, dass ich sie gesehen habe." Morgan starrte aus dem Fenster. Seine Stirn berührte fast die Scheibe. „Trinken wir einen und verschwinden wir wieder."

Ein kleiner Spalt in der Jalousie öffnete sich, und blaue Augen blickten zu uns heraus.

„Betty wartet. Wir gehen besser rein, bevor sie herauskommt und in der Öffentlichkeit eine Szene macht", sagte Santino.

Die frische Chicagoer Luft wirbelte die Blätter auf, die den Bürgersteig säumten, als wir eintraten. Wie im Film drehten sich alle Leute in der Bar zu uns um. Die Gäste waren überall. Die Theke um die Bar herum war voll, und auch die Tische waren belegt. Wie zum Teufel konnten so viele Leute an einem Wochentag Zeit haben, in einer Bar zu hocken?

„Morgan!", kreischte eine Frau – vermutlich Betty – und kam mit ausgebreiteten Armen auf ihn zu.

„Tante Betty." Morgan lachte und wurde rot im Gesicht.

„Du siehst gut aus." Sie schlang ihre Arme um seine Taille und lehnte ihren Kopf an seine Brust. Betty war ein winziges Ding, das kaum bis zur Mitte von Morgans Brust reichte. „Und hart wie ein Stein." Sie kicherte.

„Es ist schön, dich zu sehen, Tante."

Ich fühlte mich ein wenig unwohl, als ich ihnen zusah. Ich war es nicht gewohnt, mich als Außenseiter zu fühlen, aber im Hook & Hustle, umgeben von Morgans Familie, kam ich mir so vor.

Betty trat einen Schritt zurück und sah ihn an. „Du hast mir gefehlt."

„Du mir auch", sagte Morgan und küsste sie auf die rundliche Wange.

Sie warf mir einen Blick zu. „Und wer ist das?" Sie beäugte mich misstrauisch.

„Das ist Bear. Er ist mein Freund und Mamas neuer Mann."

Sie sprachen über mich, als ob ich nicht da wäre.

Ihre Augen weiteten sich. „Das ist der Typ von deiner Mutter?"

„Bear, Ma'am." Der Name Betty passte perfekt zu ihr. Sie erinnerte mich an Betty Boop, nur mit feuerrotem

Haar und blauen Augen. Die Frau war eine Schönheit. Warum Santino sie nie geheiratet hatte, war mir ein Rätsel. Sie schlang ihre Arme um meine Mitte, ihre Hände bewegten sich ein bisschen zu tief, um noch sittlich zu sein.

„Die Männer sind größer im Süden", sagte sie an meinem Shirt. „Fran hat bestimmt viel Freude an dir."

Ich war noch nie errötet, aber bei Betty wurde mein Gesicht heiß. „Es ist schön, dich kennenzulernen, Betty." Santino stand an der Seite und beobachtete alles, und ich blieb ein absoluter Gentleman. Auch wenn Fran nicht mit diesem Teil ihrer Familie sprach, musste ich mich trotzdem respektvoll verhalten.

„Willst du etwas?", fragte Betty und sah mich mit sanften blauen Augen an, wobei ihre Hände knapp über meinem Hintern ruhten. „Einen Drink?"

„Das wäre großartig." Ich versuchte, mich aus ihrem Griff zu befreien, aber sie hielt mich mit verschränkten Armen fest im Griff.

„Wie geht es Fran? Ich habe sie schon ewig nicht mehr gesehen."

„Sehr gut." Ich lächelte auf die schöne Betty hinab, denn sie hatte eine ansteckende gute Laune.

„Ich sollte sie mal anrufen. Sie fehlt mir."

„Tante Betty", sagte Morgan und kam mir zu Hilfe. „Wir würden es begrüßen, wenn Ma nicht erfährt, dass wir hier waren."

Betty sah Morgan an. „Warum denn?"

„Wir sind geschäftlich hier, und sie darf nichts davon wissen."

„Kind", sagte Betty und ließ mich endlich los. „Ich kann ein Geheimnis für mich behalten. Frag deinen Onkel." Sie schürzte die Lippen, als sie zu Santino blickte.

„Danke, Tantchen." Morgan küsste sie auf den Kopf und sah mich an.

Hoffentlich hielt sie ihr Wort. Ansonsten würde Fran

mir den Arsch aufreißen."

„Setzt euch, ich hole euch ein paar Drinks." Betty huschte in Richtung Bar.

„Sie scheint nett zu sein." Ich lachte.

„Das sind gute Leute", sagte Morgan und folgte Betty mit den Augen. „Oh, da ist mein Cousin. Ich gehe mal kurz Hallo sagen und bin gleich wieder da."

Ich nickte, und innerhalb von Sekunden war er vom Barhocker aufgestanden. Ich beobachtete, wie er zur Bar ging, einem Mann die Hand schüttelte, sich dann setzte und zu plaudern begann.

„Das ist mein Sohn Angelo", sagte Santino und setzte sich mir gegenüber. „Er ist mein Ältester."

„Er sieht genauso aus wie du."

Angelo war das Ebenbild von Santino, nur mit dunkleren und misstrauischeren Augen. Er war mit Sicherheit ein Gallo. Bei einer Kneipenschlägerei wäre ich froh, ihn an meiner Seite zu haben.

„Mein Jüngster, Vinnie, ist auf dem College."

„Echtes College oder das andere College?"

„Echtes College. Er ist dort ein Football-Star."

„Ah." Ich nickte und wusste nicht, was ich noch sagen sollte. Ich hatte nicht viel über Santino gehört und wollte seine illustre Vergangenheit nicht erwähnen.

„Hasst Fran mich also immer noch?"

Santinos Äußerung überraschte mich, aber ich konnte mich zu einem Lachen durchringen. „Hass ist ein ziemlich starkes Wort."

„Die Frau kann für immer einen Groll hegen, Bear. Pass lieber auf."

„Ich weiß, wie man mit ihr umgeht."

„Berühmte letzte Worte", sagte er und legte seinen Arm um Betty, als sie drei Biere auf den Tisch stellte. „Danke, Babe."

„Ich lasse euch mal reden. Vielleicht kann ich heute Abend für alle kochen?" Betty lächelte.

„Sie werden etwas anderes vorhaben, Liebes. Vielleicht beim nächsten Mal."

Ihre Lippen verzogen sich und sie seufzte. „Schon okay. Ich verstehe das."

„Aber danke für das Angebot", sagte ich. Ich hätte lieber mit Betty zu Abend gegessen, als das, was wir vorhatten.

Die Nacht mit Ray DeLuca zu verbringen, war keine Party, aber ich war mir sicher, dass wir einen Weg finden würden, sie unterhaltsam zu gestalten. Soweit man Spaß haben konnte, wenn man ein Arschloch verprügelte.

Ich vermisste Fran bereits. Ihre Gelassenheit. Ihren Körper. Alles an dieser Frau machte mich glücklich.

Als ich dort saß, umgeben von ihrer Familie, wurde mir klar, wie sehr ich es liebte, sie in meinem Leben zu haben. Seit ich sie zum ersten Mal geküsst hatte, dachte ich nicht mehr über die Leere nach, die meine Welt seit Jackies Tod erfüllt hatte. Alles, worauf ich mich konzentrieren konnte, war die Fülle, die Fran in mein Leben brachte.

Kapitel 22

Fran

Ich saß da, starrte zwanzig Minuten lang auf das winzige Stück Papier und überlegte, ob ich das Telefon in die Hand nehmen sollte. Nachdem ich gesehen hatte, wie gut das Wiedersehen mit Janice verlaufen war, hatte ich das Bedürfnis, die Dinge zwischen Bear und seinem Sohn Ret wieder in Ordnung zu bringen.

Aber das war gefährliches Terrain. Janice und Bear waren jahrelang freundschaftlich miteinander umgegangen, hatten Kontakt gehalten, waren sich aber nie nähergekommen. Es gab so viel Schmerz zu überwinden, doch mit ihrer Schwangerschaft und der Zeit, die verging, war es passiert. Außerdem hatte ich ihnen keine andere Wahl gelassen.

Aber seine Beziehung zu Ret war anders. Sie belastete Bear mehr, als er zugeben wollte. Er sagte immer, dass er sein Leben ohne Bedauern lebe, aber ich wusste, dass das Blödsinn war. Ret war sein größtes Bedauern, und die Art, wie Bear mit den Nachwirkungen von Jackies Tod umgegangen war, war sein größter Fehler gewesen. Es war zu viel Zeit vergangen, als dass sie sich ohne eine außenstehende Kraft annähern könnten, und ich dachte, dieser Einfluss sollte ich sein.

Ich liebte den Mann und wollte nur das Beste für ihn. Ich wusste, dass die Leute sagten, ich sei eine Wichtigtuerin, aber es war immer mit einem Ziel. Ich steckte meine Nase nicht in Dinge, die mich nichts angingen, es sei denn, ich hatte einen verdammt guten Grund.

Nachdem ich mich selbst überzeugt hatte, dass es richtig war, nahm ich schließlich das Telefon in die Hand. Janice hatte mir die Nummer von Ret gegeben und mir viel Glück gewünscht.

„Hallo", sagte ein Mann.

Seine Stimme war rau und doch sanft. Er klang so sehr nach Bear, dass ich mich für einen Moment fragte, ob ich richtig gewählt hatte.

„Hallo, Ret?", fragte ich, bevor ich mit meiner Rede anfing.

„Ja."

„Ich bin Fran und habe deine Nummer von deiner Schwester Janice."

Ich hörte ein kratzendes Geräusch und ein gedämpftes Husten. „Hallo, Fran. Worum geht es?"

„Nun", sagte ich und hielt inne, weil ich meine Worte sorgfältig formulieren wollte. „Ich bin eine Freundin deines Vaters und wollte mit dir Kontakt aufnehmen."

„Mein Vater hat dich dazu angestiftet?"

„Nein. Er hat keine Ahnung, dass ich anrufe."

„Geht es ihm gut?"

„Ja." Ich lächelte, weil es Ret interessierte. Niemand fragte das, es sei denn, er wollte wissen, ob es der Person gut ging.

„Womit kann ich dir helfen, Fran?"

„Ich habe gehofft, du könntest eine Reise nach Florida machen. Dein alter Herr würde dich gern sehen." Ich hielt die Luft an und erwartete, dass er einfach auflegte.

„Warum hat er mich nicht selbst angerufen?"

„Er ist verreist. Ich dachte, du könntest hier sein, wenn er zurückkommt. Als Überraschung."

„Ich möchte nicht unhöflich sein, aber ich mag keine Überraschungen, und nehme an, mein Vater auch nicht."

„Es ist keine Überraschung für dich, und wen kümmert es, wenn dein Vater sie nicht mag? Er wird darüber hinwegkommen."

Er lachte. „Ja, wahrscheinlich."

„Dein Vater spricht oft von dir, Ret. Manchmal sind erwachsene Leute Dummköpfe, und je älter wir werden und je mehr Zeit vergeht, desto schwerer fällt es uns, unsere Fehler zuzugeben. Aber eins weiß ich über deinen

Vater: Du bist sein größtes Bedauern."

„Ich bin sicher, dass ich das bin."

Ich zuckte zusammen. Das kam nicht richtig rüber.

„Nein, er bedauert, dass er dich nicht großgezogen hat und dass er die ganze Zeit nicht mit dir zusammen sein konnte. Es tut ihm weh, und er weiß, dass er dir wehgetan hat. Ich bitte dich als Mutter, ihm eine Chance zu geben."

Es herrschte Schweigen, aber er hatte nicht aufgelegt.

„Ich bin sicher, deine Mutter würde nicht wollen, dass ihr euch entfremdet. Ich glaube, das lastet am schwersten auf ihm. Jackie war seine Welt, Ret. Es gibt keinen größeren Verlust, als die einzige Person zu verlieren, die einem das Gefühl gab, wertvoll zu sein. Er hat es vermasselt. Das weiß er, aber er will es wiedergutmachen, bevor es zu spät ist."

„Er wird stinksauer sein."

„Ich weiß", sagte ich und lächelte in mich hinein, weil er nicht Nein gesagt hatte.

„Ich werde es für meine Mutter tun, Fran. Nicht für Murray, sondern für sie. Ist er immer noch in der Nähe von Tampa?"

„Ja, wir sind etwa fünfundvierzig Minuten nördlich."

„Ich bin in Miami, also kann ich morgen früh da sein, wenn das okay ist?"

Ich hüpfte vom Stuhl, stemmte meine Faust in die Luft und versuchte, meine Begeisterung nicht herauszuschreien. „Das ist ja super!"

„Wie lautet die Adresse?"

Ich ratterte meine Adresse herunter, weil ich dachte, es wäre besser, wenn alles bei mir abliff. So konnte ich alles leichter kontrollieren. Wir unterhielten uns noch ein paar Minuten, bevor er sich schließlich verabschiedete.

Ich führte einen kurzen Freudentanz auf. Bear würde sauer auf mich sein. Ich würde ihm etwas schulden. Und es gab nur noch eine Sache, die er wollte. Mein Hintern krampfte sich bei dem Gedanken zusammen, aber ich verdrängte ihn schnell wieder.

Es gab noch so viel zu tun, bevor Ret eintraf und Bear nach Hause kam. Ich würde ein Abendessen kochen. Essen war immer ein guter Weg, um das Eis zu brechen und die unangenehme Stille zu füllen. Natürlich ließ meine Kochkunst etwas zu wünschen übrig.

Ich nahm den Hörer ab und rief die einzige Person an, die mich retten konnte. „Maria, ich brauche dich."

„Ich bin gleich da."

Als sie zwanzig Minuten später zur Tür hereinkam, war ich auf Händen und Knien und schrubbte die Küchenfliesen.

„Was hast du jetzt wieder angestellt?" Sie hatte die Hände in die Hüften gestemmt und starrte auf mich herab.

Ich fiel rückwärts auf meinen Hintern und warf den schmutzigen Lappen in den Eimer. „Ich habe den entfremdeten Sohn von Bear eingeladen."

Ihre perfekt gezupften Augenbrauen schossen nach oben. „Weiß Bear davon?"

Ich ließ den Kopf hängen und schüttelte ihn, sagte aber nichts.

„Er wird ausrasten."

„Ich weiß", flüsterte ich. „Aber ich habe es aus gutem Grund getan."

„Franny", sagte sie und setzte sich neben mich. „Dein Herz ist immer am rechten Fleck." Sie streichelte meinen Arm. „Das wird schon wieder."

„Meinst du?"

„Na klar. Was soll ich dabei tun?"

Schließlich sah ich auf. „Ich will ihnen Abendessen machen."

„Gut, dass du mich angerufen hast", sagte sie und lachte.

„Ich bin neugierig, aber nicht dumm." Ich kicherte. „Hilfst du mir, alles zusammenzutragen und anzufangen, damit ich es morgen allein zu Ende bringen kann?"

„Ich mache alles, was du brauchst."

Ich stürzte mich auf sie und umarmte sie ganz fest. „Danke, Maria. Ich wüsste nicht, was ich ohne dich tun würde."

Sie rieb mir den Rücken, um meinen Stress zu lindern. „Schlechtes Essen servieren und alles anbrennen lassen."

„Sehr witzig, aber wahrscheinlich wahr."

„Machen wir einen Plan. Ich möchte, dass du die beiden begeisterst."

„Ich weiß nicht, was ich mir dabei gedacht habe." Ich rollte mit den Augen und schüttelte den Kopf.

„Du warst nur du selbst. Sieh nur, wie toll alles lief mit Janice."

„Es lief besser, als ich gedacht hatte."

„Siehst du. Alles wird gut."

Kapitel 23

Bear

Nach einem langen Gespräch erklärte sich Morgan bereit, draußen zu warten und mich zuerst mit Ray reden zu lassen. Wir beide und auch Santino waren der Meinung, dass Ray ohne seinen Sohn eher bereit sein würde, zu reden. Eigentlich wollte ich nur vor allen anderen ein paar Schläge austeilen und ihn ein wenig von dem spüren lassen, was Fran gefühlt haben muss, als sie zusammen gewesen waren.

Ob er etwas mit Johnny zu tun hatte, war noch nicht geklärt. Aber er hatte trotzdem eine Tracht Prügel verdient.

„Wer bist du?", fragte Ray, bevor er Blut neben meine Füße spuckte.

„Dein schlimmster Albtraum." Ich lächelte und krümmte die Finger zur Faust.

„Du bist eine Pussy, wenn du mich mit gefesselten Händen schlagen musst."

Ray DeLuca war früher wahrscheinlich ein anständig aussehender Mann gewesen, aber als er vor mir saß, an den Stuhl gefesselt, wirkte er gebrechlich. Sein Gesicht war von Falten übersät und sein Haar war weder ordentlich noch gepflegt.

„So wie ein Typ, der Frauen schlägt?" Ich machte einen Schritt nach vorn, bereit, ihn wieder zu schlagen.

„Wovon zum Teufel redest du?" Er drehte sein Gesicht zur Seite, um den Aufprall meiner Faust auf sein Gesicht zu verringern.

Das knirschende Geräusch von Knochen auf Knochen hallte in dem verlassenen Lagerhaus wider. Rays Schmerzensschreie klangen als Echo nach.

„Bereit, zu reden?" Ich tat so, als wollte ich ihn wieder schlagen, und er wich aus. Ray leckte sich über den

Mundwinkel und zog das Blut von dem vorangegangenen Schlag in seinen Mund.

„Ich werde reden. Was willst du überhaupt wissen?"

Ich setzte mich auf einen Stuhl und sah mich in dem schwach beleuchteten Gebäude um. Anstatt Morgan herbeizurufen, wie ich es versprochen hatte, stachelte ich Ray weiter an.

„Erzähl mir, was mit Johnny passiert ist." Ich verschränkte die Arme vor der Brust und starrte ihn an.

„Dieses Stück Scheiße", murmelte er. „Ich wusste, dass er sein Maul nicht halten kann."

„Ich gebe dir dreißig Sekunden, um mir zu erzählen, was passiert ist, und dann werde ich dich schlagen, bis du bewusstlos bist. Wenn du lügst, werde ich dafür sorgen, dass du nie gefunden wirst."

Ich hätte es nicht getan, aber das wusste er nicht. Er wusste nur, wie sich meine Fäuste in seinem Gesicht anfühlten und dass er nicht noch mehr davon wollte.

„Johnny hat für meinen Sohn gearbeitet. Ich habe den Überblick behalten. Ich habe ihn jahrelang beobachtet und nach ihm und meiner Ex-Frau geschaut. Ich steckte bei einem Buchmacher tief drin und brauchte Geld. Ich bin ein paar Mal nach Florida gefahren und habe überlegt, ob ich einen Kredit aufnehmen soll, aber ich wusste, dass keiner mir einen geben würde. Also ging ich zur Rennbahn und schaute mir ein paar Rennen an. Ich sah, dass Johnny der Familie nahe stand. Ich dachte, ich könnte ihn dazu bringen, zu tun, was ich wollte. Er sah wie ein leichtes Ziel aus, und das habe ich zu meinem Vorteil genutzt."

„Weiter", sagte ich.

„Ich habe nachgeforscht und herausgefunden, dass Johnny ein Kind hat. Ich sagte ihm, wenn er mir nicht 50.000 Dollar besorgen würde, würde ich mich um sein Kind kümmern, und dann würde ich mir Fran und Morgan vorknöpfen."

„Du hast ihn also erpresst." Ich musste nur sicher sein, dass ich ihn nicht falsch verstanden hatte. Außerdem wäre es gut, eine Bestätigung zu haben, da wir die ganze Sache aufzeichneten.

„Ja, Mann. Johnny hat es sich zu leicht gemacht. Er war zu besorgt um alle anderen, sodass er schnell nachgab."

„Wie hat er dir das Geld besorgt?"

„Ich traf ihn in einem beschissenen Motelzimmer in Alabama. Er brachte das Geld und erfüllte seinen Teil der Abmachung."

„Und was war dein Teil?"

„Ich habe versprochen, nie wieder jemand anderen zu belästigen."

Verdammter Dieb und Lügner. Die Sache mit den Dieben war, dass ein Versprechen nie gehalten wurde. Sobald man auf ihre Forderungen einging, wussten sie, dass sie einen für immer am Haken hatten. Ich war sicher, Johnny wusste das auch. Es war ein Fehler, den zu viele Menschen machten. Wie sollte Johnny außerdem jemals wieder Fran, Race und Morgan ins Gesicht sehen können? Er hatte versucht, sie zu beschützen, aber er war die Sache falsch angegangen. Wenn er es nur Morgan erzählt hätte, hätten wir uns einmischen können und Johnny wäre noch am Leben.

„Wo ist das Geld jetzt?"

„Joey Two Fingers hat es." Ray ließ die Schultern sinken.

Ich rollte mit den Augen. Verdammte Leute mit ihren bescheuerten Spitznamen.

„Kann ich jetzt gehen?"

„Der einzige Ort, an den du gehst, ist der Knast."

„Wieso denn? Du hast mich doch schon verprügelt."

„Dort bist du sicherer. Joey wird nach einem Gespräch mit mir garantiert nach dir suchen."

Er riss den Kopf hoch, und seine Augen weiteten sich.

„Du kannst nicht mit ihm reden. Er wird dir sowieso

nichts geben."

„Ich habe meine Mittel und Wege." Ich lächelte und dachte mir, dass Santino Joey wahrscheinlich kannte und ihm helfen könnte. Es war ja nicht Rays Geld, und wenn Joey die Geschichte erst einmal gehört hatte, würde er das schmutzige Geld sicher nicht mehr in seiner Nähe haben wollen.

„Blödsinn."

Ich beugte mich vor und packte Ray an den Haaren. „Ich bin sicher, dass die Cops auch mit dir über Johnnys Tod reden wollen. Zwischen Joey und dem Todestrakt wirst du also sicher viel zu tun haben."

Er keuchte auf. „Was? Johnny ist tot?"

„Ja, und er hat eine Nachricht hinterlassen, die direkt auf dich zeigt." Okay, ich log ein bisschen, aber einfache Polizeiarbeit könnte die Verbindung aufdecken, vor allem mit der Aufnahme, auf der er seine Rolle gesteht. Ray DeLuca sollte für seine Taten bezahlen.

„Fuck", stöhnte er und versuchte, sich aus seinen Fesseln zu befreien. Er biss die Zähne zusammen, blutige Spucke lief ihm aus dem Mund, als er an den Fesseln zerrte.

„Ich habe noch einen Besucher für dich", sagte ich und konnte mir ein Lächeln nicht verkneifen, als ich aufstand. „Komm rein!"

„Was soll der Scheiß?", fauchte er und zappelte immer noch, aber ohne Erfolg.

„Hi, Ray", sagte Morgan, als er hereinkam und die Tür hinter sich zufallen ließ.

Ray zuckte zusammen und blinzelte in die Richtung der Stimme. „Morgan?"

„Kannst du uns bitte allein lassen?"

„Klar. Wenn du meine Hilfe brauchst, um ihm die Beine zu brechen, ruf mich."

Morgan legte mir seine Hand auf die Schulter, als ich an ihm vorbeigehen wollte. „Danke, Bear."

„Gern geschehen. Ich werde mit Santino sprechen und du kannst mit deinem Vater reden."

„Er ist nicht mein Vater. Er ist nur ein mieses Stück Dreck." Ich fragte mich, ob Ret auch so über mich dachte. Ich hatte nie so einen Scheiß mit ihm gemacht, aber ich war auch nie in seinem Leben gewesen. Ich hoffte, dass er nicht dasselbe dachte. Mein Herz schmerzte bei diesem Gedanken.

Ich nickte Morgan zu, bevor ich zur Tür ging. Als ich mich umdrehte, sah ich, wie Morgan den Hocker näher heranzog und etwas zu Ray sagte, das ihn in Tränen ausbrechen ließ.

Morgan beeindruckte mich. Der Mann hatte alles im Griff und sprang ein, wenn es nötig war. Auch wenn Ray sein Vater war, war Fran seine Welt. Er sorgte vor über einem Jahrzehnt dafür, dass Ray aus ihrem Leben verschwand, aber ich bin sicher, dass Ray den Preis dafür würde zahlen müssen, dass er zurückgekommen war und Morgans Frau bestohlen hatte.

„Das lief gut", sagte Santino, als ich nach draußen ging und er die Kopfhörer abnahm. „Weißt du, wenn du mal einen Job brauchst, kann ich dir hier oben sicher in wenigen Minuten einen besorgen."

„Nein, danke", sagte ich und hob eine Hand. „Ich bin sauber, Mann. Ich mache diesen Scheiß nur, wenn es nötig ist, und normalerweise nur für die Familie."

„Du bist ein interessanter Mann, Bear."

„Ja, ja. Was können wir gegen diesen Joey Two Fingers tun?"

Er grinste. „Ich werde mit Joey reden und das Geld zurückholen. Genau wie du gesagt hast. Dafür, dass du sauber bist, weißt du eine ganze Menge über Dreck."

Ich lachte. „Ich habe eine Vergangenheit, aber ich belasse es dabei, Santino."

„In Ordnung." Er hob die Hände. „Ich werde dich

nicht drängen."

„Soll ich wieder reingehen?", fragte ich und schaute zur Tür.

„Nein, Morgan wird schon mit ihm fertig."

Zwanzig Minuten später kam Morgan mit Ray heraus, der mit Handschellen gefesselt und etwas blutiger war, als ich ihn zurückgelassen hatte. Rays Füße schleiften über den Boden, als Morgan ihn an den Handgelenken zog.

„Fertig?", fragte ich und sah zwischen Morgan und Santino hin und her.

„Wo bringt ihr mich hin?" Ray versuchte, sich loszureißen, aber Morgan zerrte ihn weiter.

„Zur Polizei mit der Aufnahme und den Beweisen."

Ray schwankte und fiel fast nach vorn. „Die werden hören, wie du mich schlägst und wissen, dass ich gezwungen wurde."

„Die Cops werden dir kaum glauben", sagte Santino. „Du bist mit denen genauso gut befreundet wie ich."

„Das ist doch Blödsinn."

Morgan deutete mit dem Kopf in meine Richtung. „Ich kann auch Bear auf dich loslassen, wenn du nicht willst, dass ich dich den Behörden ausliefere."

Er sah mich einen Moment lang an und brummte leise vor sich hin. „Ich werde lieber das Risiko mit den Bullen eingehen", sagte er, bevor Morgan ihn auf den Rücksitz des Wagens schob.

„Wir treffen uns in der Bar, nachdem du ihn abgesetzt hast. Ich spreche mit Joey und habe bald eine Antwort für dich."

„Danke, Onkel."

„Gern geschehen, Junge." Santino kletterte in sein Auto und fuhr davon.

„Bist du damit einverstanden?"

Morgan nickte und atmete aus. „Ich habe endlich das Gefühl, dass sich alles zum Guten wendet und Ray für lange Zeit von der Bildfläche verschwindet."

„Er wird es verdammt schwer haben, da wieder herauszukommen", sagte ich zu Morgan, als ich mich ins Auto setzte und er dasselbe tat.

„Leute, wir müssen das nicht tun", flehte Ray, bevor Morgan den Wagen startete und das Radio laut genug aufdrehte, um Rays Gelaber zu übertönen.

Die raue Atmosphäre Chicagos passte zu den Menschen, die ich getroffen hatte, seit ich aus dem Flugzeug gestiegen war. Santino selbst war ein Produkt seiner Umgebung, und Joey Two Fingers, so nahm ich an, war bestimmt nicht anders.

Der Himmel war grau mit fluffigen Wolken, die so dunkel waren wie die in Florida, wenn ein Gewitter drohte. Als wir an der Polizeistation anhielten, begann es zu regnen, und als Morgan die Tür öffnete, strömte kalte Luft ins Auto.

„Tu das nicht", flehte Ray, als Morgan ihn ohne zu zögern vom Rücksitz zerrte.

Ich blieb auf meinem Platz sitzen und überließ es dem Jungen, mit seinem Vater umzugehen. Ich würde auch nicht wollen, dass mir jemand diesen Moment wegnahm.

Ray verhielt sich nicht wie ein Mann. Er schrie und versuchte, sich aus Morgans Griff zu befreien, als sie sich auf den Eingang des Polizeireviers zubewegten. Als Morgan die Tür öffnete und Ray schubste, gab er ihm einen Tritt in den Hintern, um ihm einen letzten Schubs nach drinnen zu geben. Ich hätte Mitleid mit dem Kerl gehabt, wenn er nicht so ein Stück Dreck wäre.

Mein Telefon klingelte, es war Fran. Ich nahm schnell ab, bevor sie anfing, alle fünf Minuten anzurufen, bis sie wusste, dass wir in Sicherheit waren.

„Hi, Schatz", sagte ich und hielt an der Tür Ausschau nach Morgan.

„Ich wollte mal nachhören. Geht es euch beiden gut?"

„Ja, alles okay. Wir werden morgen früh wie geplant zu Hause sein."

„Großartig, Baby", sagte sie. „Maria lässt grüßen."
„Grüß sie von mir. Ich werde gegen Mittag bei dir sein, um dir alle Einzelheiten zu erzählen. Am Handy möchte ich nichts sagen."
„Ich weiß, Bear. Ich bin nicht von gestern." Sie lachte nervös und ein wenig übertrieben. „Ich werde auf dich warten."
„Oh, ja?" Aufregung erfüllte mich. „Bekomme ich meine Rache für die letzte Nacht?"
„Ja. Aber sei bitte nicht böse, wenn es nicht das ist, was du erwartest."
„Ich bin für alles zu haben, Franny."
„Vergiss das bitte nicht. Ich liebe dich."
„Ich liebe dich auch", sagte ich und legte auf, als ich Morgan durch die Glasscheibe auf die Tür zugehen sah.

Fuck, ich war so aufgeregt, zurück zu Fran zu kommen und zu sehen, was für einen perversen Scheiß sie geplant hatte, dass ich bereit war, den nächsten Flug aus Chicago zu nehmen und dort zu sein, bevor sie ihre Augen schloss.

„Wie ist es gelaufen?", fragte ich, als er zurückkam.

„Sie werden sich die Aufnahme anhören und die Beweise prüfen. In der Zwischenzeit wurde ein Haftbefehl gegen ihn erlassen, er wird also nicht so schnell verschwinden."

„Wofür?"

„Überfall und Körperverletzung." Morgan zuckte mit den Schultern. „Ein Leopard wechselt nie seine Flecken."

„Morgan, ich muss dir etwas sagen." Etwas nagte schon eine Weile an mir, und ich musste es loswerden.

„Was ist los?", fragte er, als er das Auto anließ.

„Ich werde niemals Hand an deine Mutter legen. Ich weiß, dass ich mich manchmal hinreißen lasse, wenn wir es mit fiesen Kerlen zu tun haben, aber deine Mutter ist jemand, den ich liebe. Ich würde nie etwas tun, was ihr schadet."

Er starrte mich an, bevor er schließlich lächelte. „Eins weiß ich über dich: Du bist ein guter Mensch, Bear. Du bist nicht Ray. Der Gedanke kam mir nie in den Sinn."

„Ach nein? Ich habe in deiner Gegenwart ziemlich abgefuckte Sachen gemacht."

„Jeder von denen hatte es verdient. Ich sehe, wie du mit meiner Mutter und allen Frauen in der Familie umgehst. Ich mache mir nie Sorgen, wie du Ma behandeln wirst. Außerdem ist sie nicht mehr die Frau, die sie einmal war. Ihre Rache an dir wäre schlimmer als alles, was einer von uns dir antun könnte. So viel weiß ich."

„Ja." Ich lachte. Fuck. Er hatte recht. Fran konnte ganz schön fies werden. Falls ich sie jemals verletzen würde, war ich sicher, dass ich für immer verschwinden müsste. Aber nicht, bevor sie mich auf eine Weise gefoltert hätte, die ich mir nie hätte träumen lassen. Ich glaube, das war es, was ich an ihr am meisten liebte. Ihre Unberechenbarkeit.

Ich saß schweigend da und dachte an all die Möglichkeiten, wie sie sich rächen würde, während wir zur Bar fuhren. Als wir das Auto abstellten, war mein Magen wie verknotet.

„Du siehst ein bisschen blass aus", sagte Morgan.

„Ich denke gerade an Fran. Wir haben gewettet und ich habe verloren. Morgen bekomme ich die Rache."

„An deiner Stelle hätte ich Angst." Er lachte, stieg aus und schlug die Tür zu.

Ich seufzte und wartete eine Minute, bevor ich ihm folgte. „Meinst du, ich sitze in der Scheiße?" Ich joggte, um Schritt zu halten.

„Ich glaube, du solltest auf das Unerwartete vorbereitet sein."

Meine Gedanken wanderten an Orte, die ich mir nie hätte vorstellen können. Hoffentlich hatte Fran etwas Sexuelles geplant. Der einzige Ort, mit dem ich nicht rechnete, war ihr schöner runder Hintern. Ich wollte ihn so sehr, dass mein ganzer Körper bei dem Gedanken vibrierte. Vielleicht hatte ich mit Ray so gute Arbeit geleistet, dass sie ihn mir als Dankeschön anbieten würde. Ich schüttelte den Kopf und lachte.

„Das ist es nicht", sagte Morgan.

„Was?"

„Wenn es dich zum Lachen bringt, ist es nicht das, was du dir erhoffst. So funktioniert Ma nicht."

„Du hast recht", brummte ich, und der Ständer, der sich zu bilden begann, verschwand sofort.

„Morgan!" Angelo winkte uns herüber.

Morgan nickte ihm kurz zu. „Hi."

„Ist alles gut gelaufen?", fragte Angelo, während er sich über die Theke lehnte.

„Hi", unterbrach ich ihn. „Ich muss mit deinem Onkel reden."

„Er ist im Hinterzimmer", antwortete Angelo und wies mit dem Kopf in Richtung des Flurs hinter sich.

„Danke", sagte ich und entschuldigte mich. Nicht, dass ich über Smalltalk erhaben wäre, aber ich wollte einfach nur raus aus dieser Bar und zurück ins Hotel. Ich wusste bereits, dass ich morgen nicht viel Schlaf bekommen würde, wenn ich nach Hause kam, und ich wollte auf alles gefasst sein, was Fran mit mir vorhatte.

Kapitel 24

Fran

„Du hast ein schönes Haus", sagte Ret und setzte sich auf die Couch im Wohnzimmer.

Ich setzte mich ihm gegenüber. „Danke." Ich lächelte, aber innerlich starb ich langsam. Was zum Teufel hatte ich mir dabei gedacht? Das würde ich später in der Hölle büßen müssen. Ich war bekannt dafür, dass ich so manchen Scheiß abzog, aber das hier war echt zu viel. Ich steckte meine Nase in Dinge, die mich nichts angingen.

„Ich habe mit meiner Schwester gesprochen", sagte Ret und füllte das ungemütliche Schweigen.

Ich lächelte über das Ebenbild von Bear. Die Fältchen um Rets Augen waren nicht annähernd so tief wie die von Bear, aber alles andere an ihm stimmte. Seine breiten Schultern, die kräftigen Arme, die raue Stimme und die harte Miene. Es war nicht zu übersehen, dass sie Vater und Sohn waren.

„Wie geht es ihr?"

„Sie wünscht sich, dass ihre Schwangerschaft vorbei wäre." Er lachte leise.

„Das glaube ich gern." Ich zupfte an den nicht vorhandenen Fusseln auf meiner Jeans. „Sie ist so schön."

„Sie hat nette Dinge über dich gesagt. Das ist ein Grund, warum ich gekommen bin. Sie sagte, es sei an der Zeit, dass ich mit meinem Vater spreche und die Dinge richtigstelle."

„Sie klingt sehr nach mir." Ich kicherte und bedeckte meinen Mund mit der Hand.

„Sie ist ein rechthaberisches Ding. Als wir klein waren, hat sie immer so getan, als ob ich ihr gehörte. Mein ganzes Leben lang hat sie mir gesagt, was ich tun soll."

„Frauen", murmelte ich, weil ich wusste, dass wir durch unser Bedürfnis, hilfreich zu sein, oft alles noch schlimmer machten.

„Wann wird er hier sein?" Ret schaute auf seine Uhr und tippte darauf.

„Jeden Moment." Meine Stimme war zu schrill.

„Was hat er über mich gesagt?" Auch wenn mir ein Mann gegenüber saß, sah ich nur einen kleinen Jungen, der hören wollte, dass er geliebt wurde und gewollt war. Das war das Grundbedürfnis eines jeden Kindes. Als Bear Ret verließ, wurde ihm das genommen.

„Er hat mir erzählt, was mit deiner Mutter passiert ist und wie seine Schwestern dich und Janice aufgezogen haben. Er ist nie über das Bedauern darüber hinweggekommen."

„Er hätte für uns zurückkommen können."

„Oh, Schatz, dein Vater hat einen dunklen Weg eingeschlagen. Es ist schwer, sich da wieder herauszuarbeiten."

„Wie schlimm war es?" Er verschränkte die Arme vor der breiten Brust und lehnte sich in die Kissen zurück.

„Er war schon oft im Gefängnis und wieder draußen gewesen, bevor du fünf Jahre alt warst. Ich glaube, er war in Drogen verwickelt und hat auch viel getrunken. Er hatte gewusst, dass er nicht gut für euch war."

„Fran, ich hätte auch einen beschissenen Vater genommen, solange er mich liebt."

„Das sagst du jetzt, aber es ist leicht zu sagen, ohne es zu erleben, Ret."

„Ja, wahrscheinlich." Er seufzte.

„Er hat deine Mutter so sehr geliebt, dass er dachte, er hätte kein Glück verdient. Ich glaube, er hat versucht, einen Weg zu finden, sich ihr anzuschließen, ohne es selbst zu tun."

„Das wäre tragisch gewesen", murmelte er. „Ja, das wäre es. Ich habe einen großen Teil meiner Teenagerjahre in Therapie verbracht, Fran. Es ist schwer zu wissen, dass deine Mutter starb, als sie dich bekam. Dieses Wissen bringt eine Schuld mit sich."

„Oh Gott", sagte ich. „Daran habe ich nie gedacht." „Dad hätte mir helfen können, schneller darüber hinwegzukommen. Seine Ablehnung machte es noch leichter zu glauben, dass ich sie getötet habe."

Was für ein schreckliches Geständnis. Sicherlich hatte Bear auch nie so weit gedacht. Er dachte, er würde seinen Kindern einen Gefallen tun, indem er sie bei seinen Schwestern ließ und ihnen die Liebe einer Frau anstelle seiner eigenen gab.

„Dein Vater hat dir nie die Schuld gegeben. Er hat sich selbst die Schuld gegeben, Schätzchen. Ich glaube, ihr habt beide schon viel zu lange den gleichen Schmerz empfunden."

Seine Augenbrauen zogen sich zusammen. „Warum sollte er so denken?"

„Männer sollten ihre Frauen beschützen, und dein Vater war nicht in der Lage, das für Jackie zu tun. Natürlich wird er das Gefühl haben, dass er es irgendwie vermasselt hat. Du bist ein Mann. Du solltest verstehen, dass du alles in Ordnung bringen musst."

Er lächelte und es war echt. „Ich kenne das Gefühl gut."

Ich starrte ihn an und verlor mich in seinen Augen, als ich draußen Bears Bike hörte. Ich erstarrte.

„Nun", sagte Ret, stand auf und holte tief Luft. „Ich denke, jetzt oder nie."

„Es wird schon gut gehen. Dein Vater ist sehr entspannt", log ich und ging zur Tür. Ich hielt mir den Bauch und betete, dass Bear nicht sofort wieder abfahren würde, sobald er sah, dass ich ihm eine Falle gestellt hatte.

Anstatt zur Tür zu gehen, blieb er draußen stehen und starrte auf Rets Allradwagen. Langsam öffnete ich die Tür und winkte ihm mit einem breiten Grinsen. „Hey, Baby. Ich bin so froh, dass du wieder da bist."

Er sah mich an, dann wieder zum Wagen und kratzte

sich schweigend am Bart.

Tja, verdammt. Das lief nicht so, wie ich es geplant hatte.

„Wer ist da, Franny?" Seine Augenbraue war hochgezogen. Das war kein Blick, der in meinem ohnehin schon zitternden Körper ein warmes und kuscheliges Gefühl auslöste.

„Nur ein Freund. Komm rein." Ich winkte, hielt die Tür offen, bewegte mich aber nicht.

„Nein, komm du zu mir."

Er deutete auf den Boden, seine Blicke wanderten immer noch zwischen dem Auto und mir hin und her wie die Kugel in einem Flipperautomaten.

„Es ist zu heiß draußen." Ich klammerte mich an einen Strohhalm, und wie der Mann, der er war, durchschaute er mich.

„Fran. Komm her, sofort", forderte er und schnippte mit den Fingern.

Anstatt wegzulaufen, verschränkte ich die Arme und starrte ihn an. „Ich weiß nicht, wen du mit deinen Fingern befehligen willst, aber ganz sicher nicht mich."

„Fran", begann er zu flehen, aber ich sprach weiter.

„Du willst nicht reinkommen? Na schön. Ich werde dir auf halbem Weg entgegenkommen, aber wenn du noch einmal mit den Fingern schnippst, als wäre ich ein Haustier, breche ich sie dir im Schlaf."

Ret lachte, und ich drehte mich zu ihm um und schenkte ihm ein Lächeln. „Ich zeige ihm nur, wer der Boss ist."

„Erinnere mich daran, dich nie zu verärgern, Fran. Du würdest dich sehr gut mit einer Peitsche in den Händen machen."

Ich lachte nervös. „Danke."

„Gut, mein Schatz. Ich komme rauf", sagte Bear und kam schließlich zur Besinnung.

Ich wusste nicht, was über mich gekommen war. Normalerweise war ich nicht so streng, aber verdammt noch mal, er hatte mir meine fabelhafte Überraschung ruiniert.

„Ich komme runter", sagte ich, schaute zu Ret und hielt einen Finger hoch. „Bin gleich wieder da."

„Ich kann auch wieder gehen", bot er an.

„Setz dich auf deinen Hintern", sagte ich und schloss die Tür hinter mir, bevor ich die Treppe hinunter zu Bear marschierte. Ich stöhnte den ganzen Weg zu ihm hinunter. Meine Knie waren immer noch ein wenig wackelig, aber ich war zu sauer, um ihnen Aufmerksamkeit zu schenken. „Warum kommst du nicht rein?", fragte ich und versuchte, meine liebste Stimme zu benutzen.

„Oh, jetzt bist du süß. Du sprichst davon, meine Finger zu brechen, und jetzt benimmst du dich wie ein schüchternes Weibchen?"

„Ich habe eine Überraschung für dich. Ein alter Freund hat vorbeigeschaut. Du wirst ihn sehen wollen."

„Ihn?", fragte er

„Ja." Ich lächelte so breit, dass meine Wangen schmerzten.

Er seufzte. „Fran, du musst mit den Überraschungen aufhören. Sie sind nicht gerade meine Lieblingsbeschäftigung."

„Das ist meine Rache, aber glaub mir, sie wird dir gefallen." Ich packte seine Hand und begann, ihn in Richtung Haus zu zerren.

Er grub seine Fersen in den Boden und seine Füße bewegten sich nicht. „Wer ist da drin?"

Ich verschränkte meine Finger mit seinen und drückte sie sanft. „Versprichst du, dass du nicht böse sein wirst?"

„Fran."

„Nun." Ich schluckte und holte tief Luft. „Ret ist drinnen."

„Mein Sohn, Ret?"

„Nein, Bear." Ich rollte mit den Augen. „Ret, der Pool-Boy."

Seine Augen weiteten sich. „Mein Sohn ist hier?" Er zeigte auf den Boden.

„Nein, da drin."

Sein Blick wanderte zum Fenster und wieder zu mir.

„Er ist hier?"

Ich nickte. „Da drin."

„Fuck", sagte er, ließ meine Hand los und lief zur Tür, ohne dass ich ihn weiter schubsen musste.

Ich drehte mich um, rührte mich aber nicht, als er die Tür aufstieß und hineinging. Durch das große Erkerfenster an der Vorderseite des Hauses konnte ich die beiden sehen.

Bear starrte Ret einen Moment lang an, und Ret stand von der Couch auf. Ein paar Worte wurden gemurmelt, und ich wünschte, ich hätte sie hören können. Bear stakste auf Ret zu und nahm ihn in die Arme. Zuerst erwiderte Ret die Geste nicht, aber ein paar Sekunden später schlang er seine Arme um seinen Vater.

Mir stiegen Tränen in die Augen, und ich wollte hineingehen und dem Wiedersehen zusehen, aber stattdessen blieb ich stehen. Ich hatte sein Gespräch mit Janice mitgehört, aber ich wusste, dass dieses Gespräch anders sein würde. Wichtiger und persönlicher.

Bear hielt Ret fest und zog ihn immer wieder für einen Moment zurück, um sein jüngeres Spiegelbild zu betrachten, bevor er ihn erneut umarmte.

Tränen liefen mir übers Gesicht, so schön war dieser Moment. Es war besser, als ich es mir vorgestellt hatte, als ich meinen kleinen Plan ausgeheckt hatte.

Meine Knie zitterten, als ich mich an den Wagen lehnte, meine Nerven waren noch immer aufgewühlt. Ich schüttelte die Hände aus und versuchte, mich zu beruhigen, aber ich brauchte noch etwas anderes. Ich entdeckte den falschen Blumentopf, in dem ich einen zusätzlichen Schlüssel und eine Schachtel Zigaretten aufbewahrte, und schaute mich im Hof um, bevor ich mich auf den Weg zu meinem Versteck machte. Meine Finger zitterten, als ich das versteckte Fach auf der Rückseite öffnete und die Schachtel mit dem Feuerzeug herauszog. Ich konnte die Zigarette kaum anzünden, weil ich weinte und zitterte.

„Jesus", murmelte ich mit dem Filter im Mund und hatte Mühe, meine Hand zu beruhigen.

„Fran!"

Natürlich kam in dem Moment, als ich mich chemisch trösten wollte, Bear nach draußen und fand mich. Ich verstaute das Päckchen mitsamt der nicht angezündeten Zigarette und dem Feuerzeug wieder im Versteck, atmete ein paar Mal tief durch und versuchte, mich zu beruhigen, bevor ich mich auf den Weg zu ihm machte.

„Hey", sagte ich, lugte um die Ecke und erblickte ihn in der Nähe der Tür.

Sobald er mich sah, joggte er zu mir hinunter. „Hey, Schätzchen." Er wischte sich Tränen von den Wangen. „Ich weiß gar nicht, was ich sagen soll."

Ich legte eine Hand auf seine Brust, stellte mich auf die Zehenspitzen und küsste seine Lippen. „Sag nichts."

Er schlang seine Hände um meine Oberarme und drückte mich fest an sich, während er auf mich herabsah. „Ich bin einfach so ... so ..."

„Ich weiß, Bear." Ich lächelte.

„Warum bist du nicht reingekommen?"

„Ich wollte dir Zeit mit ihm allein geben."

„Er ist mir so ähnlich, Franny. Es ist, als würde man in einen Spiegel schauen." Er sah aus wie ein kleines Kind, so aufgeregt und voller Staunen. „Er ist wie ich, aber auch nicht. Verstehst du?"

„Er sieht sehr gut aus."

„Lass uns reingehen, Babe. Ich möchte nicht, dass du dich wie ein Außenseiter fühlst. Das ist dein Haus."

Ich nickte und wir gingen zur Haustür. „Du bist also nicht böse auf mich?"

„Ich bin nie böse auf dich. Aber du ziehst ganz schön

viel ab."

„Das macht mich ja so toll." Ich kicherte.

Er küsste mich auf den Scheitel. „Das ist es, was dich zu meiner Frau macht."

Kapitel 25

Bear

Ein Teil von mir stand immer noch unter Schock. Selbst nachdem ich zwei Stunden mit Ret verbracht hatte, fiel es mir schwer, zu begreifen, dass mein Junge direkt vor mir saß.

„Ich habe mir dein Vorstrafenregister schon vor Jahren angesehen." Meine Augenbrauen schossen hoch. „Mein Gott", murmelte ich. Das konnte nicht gut sein. Das verdammte Ding war so lang, wie ich groß war.

„Du hast ein interessantes Leben geführt." Er lächelte.

„Ich bin sauber und auf dem rechten Weg. Schon seit Jahren, Ret."

„Du bist nach Moms Tod wirklich aus der Fassung geraten." Er runzelte die Stirn und trank einen Schluck Bier, das schon eine Stunde alt war.

„Stimmt. Ich habe ihren Tod nicht verkraftet. Ich wollte auch sterben. Ich war so wütend, dass ich alles tat, was in meiner Macht stand, um die Welt wissen zu lassen, wie sauer ich war."

„Zum Glück ist dein Wunsch nicht in Erfüllung gegangen. Aber du kamst wohl verdammt nah dran."

„Sie wäre so enttäuscht von mir, wenn sie wüsste, was passiert ist, mein Sohn." Ich ließ den Kopf hängen. „Sie würde mich windelweich prügeln, weil ich mich wie ein Idiot benommen habe."

„Was passiert ist, ist passiert, und wir können es nicht ändern. Ich bin nicht böse auf dich. Ich war lange verletzt. Ich konnte nicht verstehen, wie du Janice und mich im Stich lassen konntest, ohne einen Blick zurückzuwerfen."

Ich hob den Blick und unterdrückte die Tränen, die zu kommen drohten. „Ich bin zurückgekommen. Ich habe dich in den ersten drei Jahren besucht. Ich habe dich in meinen Armen gehalten und dir Geschichten erzählt. Ich erinnere mich noch daran, wie du gerochen hast und wie deine Stimme klang, wenn du geweint hast. Du warst so verdammt klein, und ich hatte Angst, dass ich dich zerbrechen könnte."

„Das habe ich nicht gewusst. Niemand hat mir je gesagt, dass du gekommen bist." Sein Blick verfinsterte sich. „Warum hat mir das niemand gesagt?"

„Ich weiß es nicht. Meine Schwestern können zickig sein und dachten wahrscheinlich, es sei das Beste, wenn du es nicht weißt. Als du anfingst zu reden, bat mich Caroline, nicht zurückzukommen. Sie sagte, du würdest anfangen, dich an mich zu erinnern, und wenn ich nicht in der Lage sei, dich und Janice mitzunehmen, soll ich mich zurückhalten. Ich glaubte ihr und war nicht in der Lage, dich mitzunehmen, also tat ich, was sie verlangte."

„Ich wünschte, du hättest um uns gekämpft."

„Ret, ich konnte nicht einmal um mich selbst kämpfen", gab ich zu. „Ich hoffe, du vergibst mir eines Tages und lässt es mich wiedergutmachen. Je älter ich geworden bin, desto mehr habe ich erkannt, dass außer meiner Familie und meinen Freunden nichts wirklich zählt. Ich umgebe mich mit guten Menschen und führe das Leben, das ich schon immer hätte führen sollen. Wie deine Mutter es gewollt hätte. Sie würde wollen, dass wir ein gutes Verhältnis haben, und das ist das Einzige in meinem Leben, was ich im Moment will. Es gibt nichts Wichtigeres."

„Das werden wir sehen, Dad. Ich muss über vieles nachdenken." Ret lächelte sanft. „Ich muss bald wieder zurück."

„Schon?" Ich war noch nicht bereit, mich zu verabschieden. Wir hatten genug Zeit getrennt voneinander verbracht. Zu lange, und es war allein meine Schuld.

Ret rieb sich die Hände, beugte sich vor und legte die Ellbogen auf seine Knie. „Alese wartet im Hotel auf mich."

„Warum hast du sie nicht mitgebracht?"

„Ich wusste nicht, was passieren würde, und ich wollte sie nicht stressen."

„Es tut mir leid." Das Ausmaß an Schuld und Scham, das ich empfand, war überwältigend. Kein Kind sollte sich jemals Sorgen machen müssen, dass sein Vater ein Arschloch ist, aber ich habe das meinem Kind angetan.

„Warum holst du sie nicht und bringst sie heute Abend zu mir nach Hause? Dann könnt ihr beide etwas Zeit mit mir verbringen."

„Ich weiß nicht", sagte er und schaute sich nach Fran um, aber sie war in der Küche zugange. „Wir führen keine normale Beziehung."

„Was soll das heißen?"

„Ich weiß nicht, wie ich es jemandem wie dir erklären soll." Er seufzte.

Ich lachte. „Jemandem wie mir? Ret, ich bin kein normaler Mensch. Nichts kann mich noch schockieren."

„Sie ist meine Sub." Er schaute mir in die Augen und wartete.

Vielleicht dachte er, ich wäre schockiert oder entsetzt, aber das war ich nicht. „Ja, Janice hat es mir gesagt. Ist sie deine Sklavin?", fragte ich, als ob ich die Fachsprache kennen würde, und er schaute mich verwirrt an. „Das ist mir nicht neu."

„Sie ist nur meine Sub, aber wir belassen das im Schlafzimmer, wenn wir unter anderen Leuten sind."

Ich lachte kurz auf. „Einer der Besitzer in der Firma macht das Gleiche mit seiner Frau. Ich wünschte, ich könnte Franny dafür begeistern, aber sie würde mir nur in die Eier treten, wenn ich sie jemals herumkommandiere."

„Ja", sagte er und lachte mit. „Sie macht nicht den Eindruck, als ob der Lebensstil für sie geeignet wäre."

„Ich kann euch hören!", rief sie aus der Küche, und Ret und ich lachten noch lauter.

Der Gedanke, dass es eine Weile dauern könnte, bis ich Ret wiedersah, ernüchterte mich, und ich musste etwas tun, um das zu verhindern. „Bleibst du wenigstens ein paar Tage hier? Ich mag dich noch nicht wieder gehen lassen."

„Ich kann eine Weile bleiben. Ich habe gerade keine Arbeit, also muss ich nirgendwo hin."

„Warum suchst du dir nicht hier in der Nähe einen Job? Du wärst in der Nähe von Janice und wir könnten uns besser kennenlernen."

„Mal sehen, wie die nächsten Tage verlaufen, bevor ich hier Wurzeln schlage. Als ich vor Jahren wegging, habe ich mir geschworen, nie wieder nach Florida zu ziehen."

„Deine Tanten sind hier, ich bin hier, deine Schwester ist hier. Welche anderen Gründe brauchst du noch? Es ist Zeit, wieder nach Hause zu kommen, mein Sohn. Es ist Zeit für mich, alles nachzuholen, was ich verpasst habe."

„Ich sage nicht Nein, aber ich muss mit Alese sprechen. Sie hat ein Mitspracherecht über unseren Wohnort. Ich werde es mir überlegen."

„Ich gebe dir so viel Zeit, wie du brauchst."

Er stand auf. „Also treffen wir uns morgen?"

„Komm einfach in mein Büro, dann können wir weiterreden. Ich lade dich zum Mittagessen ein."

„Das wäre cool."

Ich wollte ihm unbedingt ALFA PI zeigen. Er würde zu unserem Team passen und wir könnten einen Kopfgeldjäger gebrauchen. Er könnte unsere Ressourcen, die riesig sind, und unsere Arbeitskraft nutzen, um seinen Fällen nachzugehen. Ich könnte mir nichts Perfekteres vorstellen. Ich würde mit James und Thomas reden müssen, aber ich glaubte nicht, dass sie Nein sagen würden.

Franny kam aus der Küche und wischte sich die Hände an einem Küchenhandtuch ab. „Du gehst schon wieder?"

Er nickte und ging auf sie zu. „Ich muss zurück zu meiner Freundin, aber ich werde diese Woche noch hier sein."

Sie lächelte und warf sich das Handtuch über die Schulter. „Das freut mich, Ret. Danke, dass du gekommen bist. Ich hoffe, es ist so gelaufen, wie du es dir erhofft hast."

„Besser, Fran." Er beugte sich vor, küsste ihre Wange und flüsterte ihr etwas ins Ohr.

Sie lachte leise und ihr Blick ging kurz zu mir. „Sehen wir uns morgen wieder?"

„Yep."

Er umarmte sie, während ihre Hände über seinen Rücken wanderten.

„Dad", sagte Ret, als er auf mich zukam, und es klang wie Musik in meinen Ohren. Er streckte seine Hand aus, aber ich wollte keinen Händedruck.

„Komm her." Ich zog ihn in meine Arme. „Bis morgen im Büro. Dass du mir ja nicht abreist, ohne dich zu verabschieden. Hast du verstanden?"

„Ich werde kommen. Mach dir keine Sorgen", sagte er.

Als ich ihn aus der Haustür gehen sah, tat mir das Herz weh. Ich sehnte mich nach den Jahren, die ich verloren hatte. Die Tage. Die Stunden. Die Minuten. Die Sekunden. Es gab nicht einen Meilenstein in seinem Leben, bei dem ich dabei war. Ich hatte ihn nicht angefeuert, als er seine ersten Schritte gemacht hatte, Fahrradfahren gelernt oder seinen ersten Football geworfen hatte. Ich hatte es verpasst. Alles.

Ich war nicht bereit, noch mehr zu verpassen. Ich war egoistisch und die Leidtragenden waren meine Kinder gewesen. Während ich versucht hatte, den Sensenmann zu finden und mich in Alkohol und Pussys ertränkt hatte, waren meine Kinder ohne mich aufgewachsen.

Welches egozentrische Arschloch tut so etwas?

Ich.

Jackie wäre so enttäuscht von mir gewesen. Ich wusste das. Es gab keinen Morgen, an dem ich in den letzten dreißig Jahren aufgewacht wäre, ohne daran zu denken.

Aber die Schuldgefühle hatten mich nicht dazu getrieben, die Sache wieder in Ordnung zu bringen. Es war so viel Zeit vergangen, dass ich nicht glaubte, den Schaden, den ich angerichtet hatte, reparieren zu können. Ich hatte nicht einmal gewusst, wie ich den ersten Schritt machen sollte. Die Leute kannten mich als einen harten Kerl. Der jedem in den Arsch trat, wenn er sich wie ein Idiot verhielt oder eine Tracht Prügel verdiente, aber wenn es um meine Kinder ging ... war ich das größte Weichei der Welt.

Es war an der Zeit, dass ich Buße tat und alles nachholte, was ich verpasst hatte. Wenn es nach mir ginge, würden beide Kinder in der Nähe wohnen, und ich würde so viel Zeit wie möglich mit ihnen verbringen. Ich würde mich nicht so in ihre Angelegenheiten einmischen wie Franny bei Morgan, aber ich würde gern eine Beziehung aufbauen und meine zukünftigen Enkel kennenlernen.

Es war noch Zeit, und Fran hatte es möglich gemacht.

Kapitel 26

Fran

„Hi, Ma."

Morgan stand vor meiner Haustür, aber er hatte vorher nicht angerufen.

„Hi, Baby. Was ist los?", fragte ich bei leicht geöffneter Tür, während Bear seine Sachen zusammensuchte und den Flur entlanglief.

Morgan zog die Augenbrauen hoch und versuchte, einen Blick hineinzuwerfen. „Gehst du ins Bett?"

„Nein, ich entspanne mich nur." Ich lächelte und blickte hinter mich. „Was ist los?"

Er legte seine Hand gegen die Tür und gab ihr einen kleinen Schubs, aber ich hatte meinen Fuß an der Rückseite und verhinderte, dass sie sich öffnete.

„Darf ich reinkommen?"

Ich schaute über meine Schulter und sah Bears nackten Hintern und wie er das Zimmer verließ. Als sich die Schlafzimmertür endlich schloss, sagte ich: „Natürlich."

Sein Blick schweifte durch den Raum und über die überall verstreuten Couchkissen. „Ist Bear hier?"

„Er ist im Schlafzimmer", sagte ich und räusperte mich. „Er will duschen."

„Aha", murmelte er, während er seine Stiefel ablegte und sie neben Bears stellte. „Schon okay."

„Es stört dich nicht, dass er hier ist und … nackt?" Ich lächelte und wartete auf eine negative Reaktion.

„Nein. Wir hatten ein Männergespräch. Ich bin mit allem einverstanden, was dich glücklich macht. Wenn er das ändern sollte, dann haben wir ein Problem."

Oh, gut. „Möchtest du etwas trinken?"

„Nein, Ma. Komm, setz dich zu mir." Er zog einen Esszimmerstuhl hervor und tätschelte die Sitzfläche. „Wir müssen über etwas reden."

„Oh", sagte ich mit fast schriller Stimme. Ich zog meinen Bademantel fester zu, setzte mich hin und machte mich auf alles gefasst.

„Wir haben das Geld von der Rennbahn zurückbekommen."

„Oh, wow, das sind ja gute Neuigkeiten."

Sein Blick wanderte zum Fenster und konzentrierte sich auf einen Punkt in der Ferne. „Wir hatten ein paar Probleme, es zu bekommen. Ich wollte es dir sagen, bevor du es von jemand anderem erfährst."

Ich verengte die Augen. „Welche Art von Problemen?"

Er klopfte nervös mit den Fingerspitzen auf dem Tisch herum. „Versprich mir, dass du nicht ausflippst."

„Du machst es nur noch schlimmer." Ich verschränkte die Arme vor der Brust. Wir hatten dieses Spiel schon tausendmal gespielt, und er wusste bereits, dass ich eventuell ausrasten würde, egal was ich versprach.

„Nun, ähm ..." Er hörte auf zu klopfen und fing an. „Ray hatte ganz sicher damit zu tun."

„Oh nein", stöhnte ich und richtete meinen Rücken auf, denn ich wusste, dass dies nicht der Teil war, bei dem ich nicht ausflippen sollte.

„Wir haben Ray gefunden. Er ist jetzt bei den Bullen. Sie kümmern sich um ihn. Aber ..."

Ich hatte mich wohl verhört. Mein Sohn wäre nicht so dumm, Tino und Joey Two Fingers da hineinzuziehen. „Spuck's schon aus."

„Onkel Santino hat uns geholfen, das Geld zurückbekommen. Ray hatte es Joey gegeben, um eine Schuld zu begleichen. Als Joey von dem Diebstahl erfuhr und davon, dass Ray bei den Bullen war, wollte er nichts mehr von dem Geld wissen. Ich schätze, auch Kriminelle haben ihre Grenzen." Er lachte nervös.

„Ich kann nicht glauben, dass du Joey da mit reingezogen hast. Was für ein Schlamassel."

„Es war die einzige Möglichkeit, Ma. Ich schwöre es.

Jetzt ist alles gut."

„Nichts ist in Ordnung, wenn Joey im Spiel ist. Ihr habt mich nicht nur beide angelogen, als es darum ging, nach Chicago zu fliegen, ihr habt auch gegen meinen Willen gehandelt, als es um euren Onkel und seinesgleichen ging."

„Mach dich nicht lächerlich. Ray ist auch einer von denen. Nur so konnte Race geholfen werden. Wäre es dir lieber, die Rennbahn ginge pleite und Race würde ihren Traum verlieren?"

Er verursachte mir Schuldgefühle, setzte meine eigenen Waffen gegen mich ein. Ich hatte das in den vergangenen dreißig Jahren perfektioniert. Es ist etwas, das Mütter weitervererben, weil es verdammt gut funktioniert. Aber Morgan kannte meine Tricks. Diesen in diesem Fall anzuwenden, fand ich ausgesprochen ausgefuchst, was mir imponierte. „Das würde ich natürlich nicht wollen."

Er schenkte mir ein schiefes Lächeln. „Hätte ich auch nicht gedacht."

„Also schulden wir Joey jetzt etwas."

„Nein. Er war Santino einen Gefallen schuldig. Jetzt sind sie quitt."

Es war vollbracht, und egal, was die Konsequenzen waren, ich konnte nichts mehr ändern. Tino, Bear und Morgan hatten die Entscheidung ohne mich und gegen meinen Willen getroffen, aber wenigstens war alles geregelt. „Was hat Ray gesagt?"

„Ich habe Bear das meiste Reden überlassen."

„Was heißt das meiste?" Ich hob eine Augenbraue.

„Ich habe nur ein paar Minuten mit ihm gesprochen und bin ein wenig in Erinnerungen geschwelgt."

Ich rümpfte die Nase, denn es gab nichts in der Vergangenheit, was ich noch einmal erleben wollte, außer den Momenten mit Morgan. „Über die guten alten Zeiten?"

„Ich habe ihn nur an ein Versprechen erinnert, das ich

ihm vor langer Zeit gegeben habe."
„Was für ein Versprechen?"
„Das ist nicht mehr wichtig. Er hat das Versprechen gebrochen, und das ist alles, was zählt."
„Es ist wichtig für mich. Spuck's aus, oder ..."
Er lachte leise. „Willst du mir den Hintern versohlen, Ma? Ich bin ein bisschen zu alt dafür."
„Ich habe alle Zeit der Welt, um meine Rache zu planen." Ich lächelte, während er weiter lachte.
„Du bist echt süß, Ma."
Ich hatte es immer gemocht, wenn mich jemand unterschätzte, besonders er. Man sollte meinen, nach dreißig Jahren wüsste er es besser. „Kennst du das hübsche rosa Haus, das in deiner Straße zum Verkauf steht?"
Sein Grinsen verschwand. „Du meinst das nebenan?"
„Genau das." Ich lachte. „Ich glaube, ich werde es kaufen."
„Ma", sagte er in einem strengen Ton. „Mach keine solchen Witze."
„Ich suche nach einer Veränderung. Warum nicht gleich neben mein Baby ziehen?"
„Fuck", murmelte er und wischte sich mit der Hand übers Gesicht. „Das würdest du mir nicht antun."
„Doch. Vor allem, wenn du Geheimnisse hast. Ich glaube, ich muss dich besser im Auge behalten." Auf gar keinen Fall würde ich dorthin ziehen. Obwohl ich gern in Morgans Nähe war, wollte ich nicht in Gehweite sein. Bevor ich mit Bear zusammen war, hätte ich es wahrscheinlich getan, aber jetzt wollte ich lieber meine Ruhe haben.
„Na gut." Er stützte beide Hände auf den Tisch und lehnte sich auf seinem Stuhl zurück. „Ich habe Dad am Tag der Abschlussfeier versprochen, dass ich ihm die Hölle heiß machen werde, wenn er dir oder mir zu nahe kommt."
„Wie bitte?"

„Ich bin der Grund, warum er gegangen ist, Ma."

„Du hast ihn rausgeworfen?" Mir blieb der Mund offen stehen und ich blinzelte mehrmals.

„Ja. Ich wollte nicht, dass er dich schlägt, wenn er besoffen ist. Ich dachte, es würde wieder so werden, wie es war, als ich ein Kind war, wenn ich nicht da war, um dich zu beschützen."

Wie konnte ich das nicht wissen? Ich konnte nicht glauben, dass er das Geheimnis so lange für sich behalten hatte. Ich nahm immer an, dass Ray gegangen ist, weil er es gewollt, nicht weil Morgan ihn dazu gedrängt hatte. Diese Enthüllung erschütterte mich. „Warum hast du mir das nicht gesagt?"

„Ich wusste, dass du sauer sein und mir das Lied singen würdest, dass du auf dich selbst aufpassen kannst."

„Das konnte ich auch." Ich zuckte mit den Schultern.

„Nein, Ma. Der Typ war wie Alleskleber. Er wäre nie gegangen, wenn ich ihn nicht gezwungen hätte."

„Ich wünschte, du hättest mir das schon früher erzählt, Morgan."

„Ich habe getan, was ich für uns beide für das Beste hielt. Ich konnte nicht weggehen, weil ich wusste, dass er allein mit dir war."

Es war wirklich unfair für Morgan, in einer so unberechenbaren Familie aufzuwachsen. Kein Kind sollte sich um die Sicherheit seiner Mutter sorgen oder eingreifen müssen, um sie vor dem Vater zu beschützen. Aber Morgan hatte sich gezwungen gesehen, das zu tun. Er war nicht verbittert über seine Vergangenheit, und ich war es auch nicht. Mein Leben hatte mich zu diesem Moment und diesem Ort geführt. Ohne Ray, das alkoholkranke Arschloch, wäre ich nicht mit Bear zusammengekommen. Bear war das Beste, was mir passieren konnte. Endlich hatte ich das Gefühl, dass ich jemanden hatte, der ein echter Partner war.

„Hi", sagte Bear, als er in die Küche kam.

„Hi", antwortete Morgan.
Ich schaute zu Bear und wieder zu Morgan. „Ihr zwei kommt also jetzt klar?"
„Ja." Morgan lächelte.
Bear nickte, legte seine Hände auf meine Schultern und drückte sie leicht.
„Alles ist großartig", sagte er, während er sich herunterbeugte und mein Haar küsste.
Ich nickte, während ich die Tatsache verarbeitete, dass Morgan und Bear endlich wieder miteinander auskamen.
„Ich bin froh zu hören, dass ihr Frieden geschlossen habt."
„Daran habe ich nie gezweifelt", sagte Bear.
„Ich brauchte nur ein wenig Zeit, um damit fertig zu werden, dass mein Freund mit meiner Mutter zusammen ist." Er räusperte sich.
Ich lehnte mich zurück und legte meine Hand auf die von Bear. „Ich bin glücklicher als je zuvor."
„Das ist alles, was zählt", sagte Morgan und lächelte.
„Ich fahre jetzt zu Race." Er küsste mich auf die Wange.
„Bis morgen, Bro", sagte er zu Bear.
„Bis morgen."
Nachdem Morgan gegangen war, schnappte mich Bear und schlenderte mit mir Richtung Schlafzimmer.
„Es ist Zeit, zu bezahlen, Schätzchen."
„Nicht mit meinem Hintern!" Ich kicherte.
Auf dem Flur blieb er kurz vor der Tür stehen. „Franny, Babe. Ich mache das nicht, wenn du nicht bereit bist. Also hör auf durchzudrehen."
„Okay." Ich atmete aus und ließ mich an ihn sinken.
„Aber irgendwann wirst du mich anflehen, ihn dir in den Hintern zu stecken."
„Das hat noch keine Frau gesagt", murmelte ich leise.
„Was?"
„Nichts." Ich lächelte zu ihm hoch.
„Lügnerin", flüsterte er und küsste mich auf die Lippen.

Mit seinen Lippen auf meinen schmolz der ganze Stress des Tages dahin. Es gab nur noch uns. Einen Mann und eine Frau, die zusammen eins waren, ohne dass irgendetwas anderes dazwischenkam. Durch Bear fühlte sich alles möglich an.

Kapitel 27

Bear

„James!", rief Thomas, als dieser an seinem Büro vorbeiging.

Thomas und ich hatten die letzten dreißig Minuten damit verbracht, über die Möglichkeit zu sprechen, Ret als Kopfgeldjäger und Privatdetektiv bei ALFA einzustellen. Wir hatten immer zu viele Fälle und jonglierten oft mehr, als wir sollten. Ein zusätzlicher Mitarbeiter wäre eine Bereicherung.

James ging rückwärts und steckte sein Gesicht in die Türöffnung. „Was ist los?"

Thomas deutete auf den Stuhl neben mir. „Wir müssen reden. Hast du einen Moment Zeit?"

Er schlug mit der Hand gegen den Türrahmen. „Ich habe sowieso nichts zu tun", sagte er sarkastisch und setzte sich zu uns.

Thomas rollte mit den Augen. „Bear hat einen Vorschlag für einen neuen Mitarbeiter."

James sah mich an. „Wen?"

„Der Mann ist Bounty Hunter und will hierherziehen."

James rieb sich das Kinn und lächelte. „Interessant. Könnte gut in unsere Firma passen."

„Das denke ich auch. Wir könnten hier ein weiteres Paar Hände gebrauchen."

„Dann ist es also ein Ja?", fragte ich und wurde unruhig. Ich wollte es so sehr.

„Woher kennst du ihn?", fragte James.

„Er ist mein Sohn." Es war ein komisches Gefühl, das zu sagen. Ich hatte mit den Jungs noch nie wirklich über meine beiden Kinder gesprochen.

James lächelte. „Ah, das macht es noch besser."

„Er kommt heute zu mir, und ich dachte, ich schaue mal, was ihr denkt, bevor ich es ihm vorschlage. Er möchte umziehen, und ich finde, wir würden perfekt zusammenpassen."

„Schön, dass du ausnahmsweise mal ein Teamplayer bist." Thomas lachte, und James schloss sich ihm an.

„Wenn ich mein Kind nicht in meiner Nähe haben wollte, würde ich euch beiden sagen, dass ihr euch verpissen sollt."

Thomas räusperte sich. „Bring ihn in mein Büro, wenn er da ist."

Ich stemmte mich vom Stuhl hoch, zu aufgeregt, um mich von ihnen ärgern zu lassen. „Das werde ich tun."

„Mach die Tür hinter dir zu. James und ich müssen unter vier Augen reden."

Ich nickte, schloss die Tür und ging in mein Büro. Während ich wartete, war es unmöglich, etwas zu erledigen. Alles, woran ich denken konnte, war, dass mein Sohn im selben Gebäude wie ich arbeiten könnte und ich keinen Tag mehr mit ihm verpassen würde.

„Bear." Angels Stimme drang durch die Sprechanlage.

„Ja?"

„Ein Mr. Ret North ist für dich hier."

„Schick ihn zu mir", sagte ich mit erstickter Stimme. Mein Magen schmerzte. Ich sprang auf, glättete meine Kleidung und kämmte meinen Bart mit den Fingern, als würde ich gleich zu einem Date gehen, anstatt meinen Sohn wiederzusehen.

Ret schlenderte in einer dunkelblauen Jeans, einem engen schwarzen T-Shirt und schwarzen Harley-Stiefeln in mein Büro, als käme er gerade vom Set des Films *Fast & Furious*. Er sah definitiv so aus, als würde er gut zu den anderen Jungs bei ALFA passen.

„Hi, Dad", sagte er, als hätte es nie eine Trennung gegeben.

Es kam ihm leicht über die Lippen und zauberte das breiteste Lächeln auf mein Gesicht. „Schön, dass du es geschafft hast." Ich umrundete den Schreibtisch und zog

ihn in die Arme, bevor er überhaupt versuchte, mir die Hand zu geben. Ich war nie ein Umarmer gewesen, aber meinen Sohn wollte ich bei jeder Gelegenheit umarmen.
„Beeindruckende Einrichtung hier."
„Ich wünschte, ich könnte die Lorbeeren einheimsen, aber das ist Sache meiner Kumpels."
„Trotzdem", sagte er und zog sich aus meinen Armen zurück. „Das hast einen guten Job hier."
„Es hilft, wenn man sich mit guten Menschen umgibt. Die Familie meiner Freunde hat mein Leben verändert."
„Ich habe mit Alese gesprochen", sagte er und lächelte.
„Setz dich und erzähl." Ich wies auf den Stuhl und lehnte mich an den Schreibtisch, während er sich setzte.
„Was hat sie gesagt?"
„Sie hat gesagt, dass es ihr nichts ausmacht, irgendwo hinzuziehen, solange wir zusammen sind."
„Und wie denkst du darüber?"
„Mir gefällt der Gedanke, näher bei der Familie zu sein und dich und Franny besser kennenzulernen."
„Ihr Sohn arbeitet auch hier."
„Oh. Und wie klappt das so?"
„Jetzt?" Ich lachte und schüttelte den Kopf. „Es geht, aber es war ein Drama, als Fran und ich zusammenkamen."
„Kann ich mir vorstellen."
„Du wirst Morgan mögen. Er ist ein ehemaliger Soldat und ein guter Junge. Seiner Frau gehört eine Rennbahn nicht weit von hier."
„Klingt nach Leuten, die ich mag. Und die anderen Typen?"
„Nun, da ist Sam, ein Ex-FBI-Agent. Thomas und James waren bei der Drogenbehörde und sind Schwager. Thomas ist der Neffe von Fran."
„Es handelt sich also hauptsächlich um einen Familienbetrieb?"
„Sozusagen, aber es sind Freunde und Familie. Sie um-

geben sich nur mit Menschen, denen sie vertrauen."
„Wenn sie einen weiteren Mitarbeiter wollen, bin ich dabei."
Ich versuchte, meine Erregung zu zügeln, aber es gelang mir nicht. „Super!" Ich stemmte die Faust in die Luft und vollführte einen kleinen Freudentanz mit meinem Oberkörper.
„Tu das nicht."
„Was denn?"
„Diesen Regentanz."
Ich funkelte ihn an. „Meine Bewegungen haben die Ladys immer beeindruckt."
„Du bist alt, Dad. Der Scheiß funktioniert heute nicht mehr."
„Klugscheißer." Ich lachte. „Du passt gut zu uns."
Thomas und James gingen an der Scheibe meines Büros vorbei und zeigten auf Ret. Ich nickte.
„Hi", sagte Thomas und kam ganz lässig herein. „Ich bin Thomas, Miteigentümer von ALFA. Das ist James." Er warf einen Daumen über seine Schulter. „Mein Partner."
„Schön, euch kennenzulernen. Ich bin Ret", sagte er und schüttelte beiden die Hände.
„Wir haben gehört, dass du an einem Job interessiert bist", sagte Thomas.
„Ja." Ret lächelte und warf einen Blick über seine Schulter zu mir.
„Hast du kurz Zeit zum Reden?", fragte James.
„Ja, sicher."
„Wir werden ihn für eine Weile entführen, Bear. Ist das okay für dich?", fragte Thomas aus Höflichkeit.
„Das ist in Ordnung."
Thomas zog die Tür hinter sich zu und ich begann wieder mit meinem Tanz.

„Wie ist es heute gelaufen?", fragte Fran, noch bevor ich

die Gelegenheit hatte, meine Schuhe auszuziehen.

„Verdammt gut. Ret fängt in zwei Wochen bei uns an. Er muss noch zurück nach Miami und seine Sachen packen."

Sie sprang mir in die Arme. „Das ist ja wunderbar."

„Yep", sagte ich, sog ihren Duft ein und schloss kurz die Augen.

„Das sollten wir feiern."

„Bekomme ich heute Nacht Analverkehr?", murmelte ich.

„Nein."

„Nicht einmal, wenn ich eine Stunde deine Pussy verwöhne?" Ich lächelte.

Sie lachte auf. „Das ist ein verlockendes Angebot."

Ich umfasste ihren Hintern. „Ich will dich so sehr, Franny. Gönn es mir bitte."

„Und was habe ich davon?"

„Ein Killer-Orgasmus, der dich ohnmächtig werden lässt."

„Äh, den habe ich auch, ohne dass du mir was in den Hintern steckst, Babe."

Ich richtete mich auf, sodass sie das Verlangen in meinen Augen sehen konnte. „Es war einen Versuch wert."

„Mein Hintern ist das Engste, was ich an diesem alten Körper habe. Ich würde es vorziehen, wenn er intakt bliebe."

„Du bist der Boss, Franny. Du bist der Boss." Ich lachte.

Eins hatte mir Jackie beigebracht: Die Frauen haben das Sagen. Ich hatte die Familie Gallo über die Jahre hinweg beobachtet, und Fran und Maria hielten den Laden am Laufen wie eine gut geölte Maschine. Die Männer bestimmten die Welt nicht. Wichtige Entscheidungen wurden selten von Männern getroffen. So war es nun mal, und ich wusste, dass Fran daran nichts ändern würde. Sie würde mir die Zügel nicht überlassen. Das widerspräche ihrer Natur und wahrscheinlich auch ihren Genen.

„Aber", sagte ich und bewegte meine Hände von ihrem Hintern zu ihrem schönen Gesicht. „Ich möchte, dass du mir etwas versprichst."

„Was denn?"

„Sprich nicht mehr so schlecht über dich. Dein Körper ist schön, dein Gesicht ist umwerfend, aber was ich am meisten an dir liebe, ist dein Herz." Ich rieb meine Nase an ihrer. „Auch wenn du manchmal ein neugieriges kleines Ding bist."

„Aber ich habe dir deine Kinder zurückgebracht." Sie lächelte.

„Das hast du." Ich küsste sie sanft auf die Lippen. „Und dafür werde ich dich immer lieben."

Ich hätte nie erwartet, dass es auf diesem Planeten noch eine Frau geben würde, die mich verstand. Aber Fran DeLuca tat es. Ich brauchte sie in meinem Leben, und sie brauchte mich. Ihre Neugierde kam aus Liebe. Sie wusste, dass ich meine Kinder in meinem Leben haben wollte, aber nicht den Mut hatte, es selbst zu tun. Sie hatte es möglich gemacht. Und dafür würde ich immer an ihrer Seite sein. Irgendwann würde ich vielleicht auch ihren Hintern erobern.

Kapitel 28

Fran

Morgan packte mein Bein. „Ma, komm runter!"
„Ach, Schatz. Es macht so einen Spaß", sagte ich, sah zu ihm hinunter und lachte über seinen Gesichtsausdruck. Mein wunderschöner Sohn war gestresst und verlegen, aber das war mir völlig egal.
„Die Leute schauen schon", jammerte er.
Ich wirbelte im Kreis und löste mich aus seinem Griff. Der Tisch bewegte sich mit mir. „Es ist mein Hochzeitstag, verdammt noch mal."
„Lass sie in Ruhe", sagte Maria, während sie einen Stuhl herauszog und Morgans Schulter als Hebel benutzte, um mit mir auf dem Tisch zu tanzen. Sie ergriff meine Hände und begann auf und ab zu springen, während Aretha Franklins *Respect* zu spielen begann.
„Alte Leute", murmelte Morgan und rollte mit den Augen.
„Geh und finde deine hübsche Frau!", rief ich über die Musik hinweg und hielt Maria fest, damit keiner von uns vom wackeligen Tisch fiel. Wir tanzten wie Teenager und taten so, als würden unsere fast arthritischen Knie nicht schmerzen. Es hatte geholfen, dass wir einen guten Prozentsatz unseres Körpergewichts an Alkohol konsumiert hatten.
„Ich liebe dieses Lied", sagte sie mit einem breiten Grinsen. Wir sagen lauthals mit und tanzten wie damals, als Clubs noch Discos hießen.
Der halbe Saal war auf den Beinen, tanzte und sang mit. Wenn ich nicht so besoffen gewesen wäre, hätte ich Tränen in den Augen gehabt. Umgeben von meiner ganzen Familie spürte ich so viel Liebe – mehr als ich je in meinem ganzen Leben empfunden hatte.
An dem Tag, als Bear um meine Hand angehalten hatte,

hatte ich gedacht, mein Verstand würde mir einen Streich spielen. Nie hätte ich erwartet, dass dieser Mann, der sagte, er würde sich nie mehr binden, mir den Antrag machen würde. Er verlangte immer wieder Analsex, aber ich sagte ihm, dass er das noch nicht verdient hätte. Vielleicht war das seine Art, seinen Anspruch abzustecken und sich das Recht zu verdienen, mich ganz zu erobern.

In manchen Dingen war er wirklich etwas altmodisch. Er hatte sogar mit Sal gesprochen, bevor er um meine Hand angehalten hatte, weil er offiziell der Patriarch der Familie war, da unser Vater nicht hier war. Ich fand es liebenswert und süß, aber Bear hatte mich um Verschwiegenheit gebeten. Er wollte nicht, dass sein Ruf als harter Kerl ruiniert wurde. Nicht einmal Morgan wusste davon. Verdammt, ich hatte es nicht einmal Maria erzählt, denn dann hätte es jeder gewusst. Ich hätte es genauso gut auf der Titelseite der Zeitung veröffentlichen können. Wir behielten es für uns und erzählten der Familie, dass er mich beim Abendessen gefragt hätte.

Aber die Wahrheit war ganz anders. Er hatte mich zum Honeymoon Island gebracht, um den Sonnenuntergang zu beobachten, hatte eine Decke und Champagner dabei, Käse und Weintrauben. Er hatte mich in den Arm genommen und mir süße Dinge ins Ohr geflüstert, während wir zugesehen hatten, wie die Sonne hinter den Ozean sank. Als sich der Himmel in leuchtende Rot- und Orangetöne gefärbt hatte, hatte er die magischen Worte gesagt, die mir den Atem geraubt hatten. Ich war ihm in die Arme gesprungen und hatte die Beine um ihn geschlungen. Und hatte Ja gesagt.

Ich würde lügen, wenn ich behaupten würde, dass wir in der Öffentlichkeit nicht ein wenig verspielt waren. So war ich früher nie gewesen, aber Bear holte diese Seite von mir zum Vorschein. Er brachte mich dazu, verrückte Dinge zu tun.

„Du hast es geschafft!", rief Maria und schlang ihre

Arme um meinen Hals, als das Lied endete. „Du bist Mrs. North."

„Das klingt so seltsam", sagte ich und umklammerte ihre Taille, als sich der Tisch unter uns wieder zu bewegen begann.

„Meine Damen", sagte Bear, mein Mann, hinter mir. „Ihr kommt besser runter, bevor der Tisch zusammenkracht."

„Wir schaffen das", sagte Maria und winkte ab.

„Ich möchte, dass meine Frau heute Abend in perfekter Verfassung ist, für das, was ich geplant habe."

Maria hob die Augenbrauen. „Meint er etwa, was ich denke?"

Ich nickte und schloss kurz die Augen, während ich an das Versprechen dachte, das ich niemals hätte geben dürfen.

„Oh Mann", sagte Maria in mein Ohr und lachte. „Wir sollten lieber noch mehr trinken."

„Verdammte Scheiße", stöhnte ich.

Als ich mich umdrehte, streckte Bear seine Hand aus – die mit dem glänzenden, nagelneuen, goldenen Ehering – und half mir runter.

„Amüsieren sich meine beiden Lieblingsfrauen?", fragte er, als er nach Maria griff und ihr ebenso behutsam runterhalf.

„Ich habe das Gefühl, dass du später noch mehr Spaß haben wirst." Maria zwinkerte mir zu, und ich wollte vor Verlegenheit unter den Tisch kriechen.

Er lachte nur, zog mich in seine Arme und küsste meinen Hals. „Ich werde nichts tun, was du nicht willst."

„Ich gehöre jetzt dir, Bear. Es gibt nichts, was ich mehr will, als dir ein Stück von mir zu geben, das ich noch nie jemandem gegeben habe." Offensichtlich hatte der Alkohol mich dazu gebracht, ihm so zu antworten.

Wäre ich jünger gewesen, würden bei uns kleine Baby-Bären im Haus herumlaufen. Wenn er die Chance bekäme, wirklich Vater zu sein, könnte ich mir vorstellen, wie er sein würde. Seit Janice ihr Baby bekommen hatte, hatte ich einen kurzen Blick darauf werfen können. Als Bear den Raum betreten und das kleine Mädchen zum ersten Mal gesehen hatte, hatte ich gedacht, er würde sich vor Rührung auflösen. Er hatte geweint, als Janice ihm gesagt hatte, dass sie das Kind Jackie genannt hatte.

Noch nie hatte ich einen so engagierten Großvater gesehen. Ich dachte, Sal wäre schon schlimm, aber Bear war total vernarrt in das kleine Mädchen. Er übertrieb es wahrscheinlich, weil er die Zeit mit seinen Kindern nicht gehabt hatte, aber das war egal. Nachdem ich ihn mit einem Baby im Arm gesehen hatte, sehnte ich mich nach den Tagen, als wir noch ein kleines Kind im Haus gehabt hatten.

„Nun, ich gehe besser Sal suchen. Ich bin sicher, er steckt irgendwo in Schwierigkeiten." Maria küsste Bear auf die Wange, bevor sie mich in eine feste Umarmung zog. „Benutze viel Gleitgel."

„Ich werde bestimmt ohnmächtig", flüsterte ich ihr ins Ohr.

„Das wäre beim ersten Mal auch gut so. Oder du wirst es genießen. Danke mir morgen."

Ich kicherte und schaute meinen Mann an.

„Ich weiß nicht, was ihr zwei ausgeheckt habt, aber können wir jetzt gehen?"

„Lass uns mit unseren Jungs noch einen trinken, und dann können wir uns von allen anderen verabschieden."

„Nur einen?" Er lächelte und führte mich durch die Gäste.

Ich zuckte mit den Schultern. „So viele wie nötig."

„Bist du dir sicher? Bevor du dich zu sehr aufregst, Franny, muss ich wissen, ob du es wirklich willst."

Er sah so süß aus, wenn er dieses super ernste, besorgte Gesicht aufsetzte. Ich nickte schnell. „Ich bin mir ganz sicher." Ich lächelte zu ihm hoch und seufzte. „Her mit dem Tequila, Baby!"

Morgan sah uns zuerst und stieß Ret mit seinem Ellbogen an. Sie waren gut aussehende Männer, besonders im Smoking. „Hi, Jungs." Ich lächelte und sah zwischen den beiden hin und her.

„Ma", sagte Morgan, beugte sich vor und küsste mich auf die Wange, bevor er die Hand meines Mannes schüttelte. „Bear."

„Morgan", antwortete Bear, zog ihn in eine Umarmung und hob Morgan von den Füßen. Anstatt sich zu wehren, erwiderte Morgan die Umarmung.

Sobald seine Füße wieder auf dem Boden waren, schlug Morgan Bear auf die Schulter. „Ich freue mich für dich."

„Fran, du bist eine wunderschöne Braut." Ret küsste mich auf die Wange.

Immer wenn ich Ret sah, stellte ich mir den jungen Murray vor. Selbst in seinen Fünfzigern war Murray sexy wie die Sünde, aber in seiner Jugend war er sicher … wow.

„Danke, Ret. Ich bin froh, die ganze Familie hier zu haben", sagte ich.

Janice kam zu uns herüber. „Ich habe eine Flasche mitgebracht", sagte sie und schwenkte die Tequila-Flasche. „Wer will einen Schluck? Jackie ist die ganze Nacht bei einem Babysitter, und ich werde mir diese Gelegenheit nicht entgehen lassen."

„Dann trinken wir einen, Mama", sagte ich zu ihr und rieb mir die Hände.

„Trink nicht zu viel, Franny", warnte mich Bear.

„Ach, was. Nur zwei für den Heimweg. „Du willst Hintern? Dann kriege ich zwei Kurze."

„Ma!", rief Morgan.

„Was?"

Seine Augen traten ihm fast aus dem Kopf. „Du merkst es vielleicht nicht mehr, aber das hast du eben nicht im Flüsterton gesagt."

Ich kicherte und spürte, wie meine Wangen heiß wurden. „Tut mir leid. Lasst uns einfach trinken, bis ihr alle vergessen habt, was ihr gerade gehört habt."

„Dafür gibt es nicht genug Schnaps auf der Welt", murmelte Morgan und sah aus, als müsste er sich gleich übergeben, während Ret und Janice lachten.

Bear schenkte die Getränke ein und teilte sie aus. Wir bildeten einen engen Kreis.

„Auf die Familie", sagte Bear und hielt sein Glas hoch.

„Ist das alles, was du zu sagen hast?", fragte ich.

„Ist sonst noch etwas wichtig?", fragte er und schaute mit einem bezaubernden Lächeln auf mich herab.

„Nicht wirklich. Auf unsere Kinder und die Zukunft", fügte ich hinzu und hob ebenfalls mein Glas.

„Prost", sagte Morgan, gefolgt von Janice und Ret.

Mein Körper kribbelte, als der Tequila meine Kehle hinunterglitt. Nicht nur wegen der Wärme des Alkohols, sondern weil ich von meiner Familie umgeben war. Unserer Familie. Im Laufe des letzten Jahres hatte ich Bears Kinder so sehr lieben gelernt wie den Mann selbst. Nach Jahren der Einsamkeit war mein Leben nun erfüllt.

„Noch einen", sagte ich und hielt Bear mein Glas hin.

Er lachte und füllte alle Gläser wieder auf.

„Auf Fran und Bear", sagte Ret und stieß mit seinem Tequila mit seinem Vater an.

Ich stieß schnell mit meinem Glas an, bevor ich den Shot abkippte. Meine Beine fühlten sich ein wenig schwammig an. „Ich liebe dich, Baby", sagte ich zu Morgan. „Wir sehen uns morgen."

„Nicht, wenn ich ein Wörtchen mitreden kann." Bear legte seinen Arm von hinten um meine Taille.

Morgan verengte die Augen. „Ich kann dich immer noch umhauen, alter Mann."

„Morgan, lass deine Mutter sich mit ihrem neuen Mann amüsieren", sagte ich zu ihm.

„Dann tschüss und viel Spaß."

„Tschüss", sagte ich und umarmte Ret und Janice schnell.

Bear winkte allen zu, als wir gingen. Er stützte mich mit seinem Arm. Ich kicherte die meiste Zeit auf dem Weg zum Zimmer. Worüber, wusste ich gar nicht. Bear konnte sich das Lächeln nicht verkneifen und küsste mich, während wir auf den Aufzug warteten.

Die Tür zur Flitterwochensuite war noch nicht einmal geschlossen, als Bear mich schon an die Wand drückte, mein Kleid hochzog und sich an mir labte wie ein ausgehungerter Mann.

„Bear", stöhnte ich und grub meine Finger in seine Haare.

Er hörte nicht auf. Seine Hände glitten an meinem Körper hinab und ertasteten meinen Hintern, bevor er mich vom Boden hob. Meine Füße baumelten einen Moment und dann schlang ich die Beine um seine Taille.

Manchmal wollte ich mich kneifen, weil ich nicht glauben konnte, dass er mir gehörte. Aber das Gefühl, als wir uns aneinanderpressten, erinnerte mich daran, dass wir für immer ein Teil voneinander waren.

„Bist du dir sicher, Franny?", fragte er, hielt vor dem Bett an und stellte mich auf den Boden.

„Ich bin sicher", sagte ich, oder zumindest glaubte ich das. Mein Hirn begann durch die großen Mengen an Alkohol, die ich konsumiert hatte, zu vernebeln.

Ich stand still, während Bear mich auszog, die nackten Stellen küsste, bis er sich vor mir niederkniete, als das Kleid zu Boden fiel. Er zog mich näher, und presste seine Lippen auf mich. Die Wärme ließ mich erschauern. Ich griff wieder nach seinen Haaren, doch diesmal, um nicht nach hinten zu fallen. Ich schloss die Augen und genoss das Gefühl seines Mundes an mir.

„Ich bin so nah dran", sagte ich nach wenigen Minuten. Als er sich zurückzog, keuchte ich auf. „Was machst du?"

„Das diente nur zum Aufwärmen, Süße." Er grinste.

Ich blinzelte. „Nimm mich", verkündete ich, als wären wir in einem kitschigen Liebesroman.

Er umfasste meine Taille und warf mich aufs Bett.

„Du kannst froh sein, dass ich mir nicht die Hüfte gebrochen habe", sagte ich in dem schlimmsten, undeutlichsten, besoffensten Tonfall, den ich je gehört hatte.

Er riss sich in Rekordzeit den Smoking vom Leib. „Ich will dich brechen, Fran", sagte er und schwebte über mir. „Aber nur auf die sündigste Weise."

Ich keuchte, als er sich mit seiner riesigen Erektion zwischen meinen Beinen niederließ.

„Ich glaube nicht, dass der passt", jammerte ich.

„Baby, er wird passen. Ich werde schön langsam machen. Du hast meine Finger super aufgenommen. Mein Schwanz wird kein Problem sein."

Jeder Mann würde so etwas sagen, nur um in den Hintereingang zu dürfen. Ich war nicht dumm, aber zum Glück für ihn betrunken genug. „Na dann."

Daraufhin grinste er, bevor er sich wieder mit dem Mund meiner Pussy widmete. Meine Augen wurden schwerer und selbst das Blinzeln wurde anstrengend, aber jedes Mal, wenn ich spürte, dass mich die Schwere des Schlafes zu erdrücken begann, wurde Bear energischer.

Als er mich auf den Bauch drehte, wurde ich sofort wieder wach. „Oh, Gott", stöhnte ich. „Das wird wehtun."

Ich schaute über meine Schulter. Bear öffnete eine Flasche mit Gleitmittel und trug etwas davon zwischen meinen Pobacken auf. Als sein Finger mein Loch berührte, zuckte ich zusammen und spannte mich an.

„Magst du das, Baby?", fragte er, während seine Fingerspitze über mich glitt.

Verdammt, es fühlte sich wirklich gut an, als ich mich entspannte. Bear hatte magische Finger, und er wusste genau, was er tun musste, um mich in Fahrt zu bringen.

„Mach weiter", sagte ich und schloss die Augen. „Nicht

aufhören."

Er knurrte und schob die Spitze eines Fingers in mich. Ich verschmolz mit dem Bett, bis auf meinen Unterleib, der durch das Kissen, das er unter meinen Bauch gelegt hatte, oben blieb. Langsam führte er seinen Finger rein und raus, und als ich mich angepasst hatte, fügte er einen zweiten hinzu. „Das ist gut", stöhnte ich. Als zwei Finger in mir steckten, spürte ich die Kühle von noch mehr. Gott sei Dank. „Du solltest deinen riesigen Schwanz auch gut einschmieren", sagte ich, denn Marias Ratschläge liefen in meinem Kopf immer noch ab.

„Keine Angst", wisperte er.

Ich hörte, wie er seinen Schwanz mit Unmengen von Gleitmittel einschmierte. Das Geräusch erfüllte die Luft, zusammen mit meinem Keuchen, während seine andere Hand nicht aufhörte, mich zu bearbeiten und mich dem Höhepunkt näher brachte.

Als er seine Finger herauszog, hielt ich mich an der Bettdecke fest, als ob mein Leben davon abhinge.

„Atme, Fran. Es wird sich gut anfühlen."

So ein Quatsch. Ich stöhnte auf, als die Spitze seines Schwanzes gegen meine Öffnung stieß. Zuerst fühlte es sich an wie ein Finger. Der erste Zentimeter war der schwerste und fühlte sich anders an, als ich es mir vorgestellt hatte. Ich fühlte mich voll. Wenn er noch weiter in mich eindringen würde, würde sich mein Körper in zwei Teile spalten.

„So verdammt eng", knurrte er und stieß tiefer hinein. „Jesus, das halte ich nicht lange durch."

Bear hatte das größte Durchhaltevermögen aller Männer, von denen ich je gehört hatte. Vielleicht war diese Liste kurz, aber der Mann konnte ficken wie ein Champion. Er war nicht ohne Grund als männliche Hure bekannt.

Das Denken fiel mir schwer. Die Dunkelheit begann mich einzunehmen, bis sich Bear wieder um meine Klit kümmerte. Er hatte mindestens eine Stunde damit verbracht, mich aufzugeilen, und mir immer den Orgasmus verweigert, den ich wollte.

Aber er befand sich keine fünfundzwanzig Sekunden in mir, als er aufstöhnte.

„Ich kann es nicht aufhalten! Du bist einfach zu eng."

Ich schnappte nach Luft. Mein Mund war offen, aber kein Sauerstoff kam herein. Es war, als hätte er seinen Schwanz so weit in mich gestopft, dass er meine Lungen berührte und es mir unmöglich machte, zu atmen.

Innerhalb von Sekunden begann sich mein Körper zu verkrampfen, sogar mein Hintern um seinen Schwanz spannte sich an, und ich stürzte in einen wunderbaren Orgasmus. Plötzlich füllten Explosionen von Farben die Leere.

„Franny", hörte ich ihn sagen, aber ich konnte mich nicht bewegen. Mein Körper und mein Geist waren durch die Nachbeben wie gelähmt.

„Franny", sagte er wieder.

Ich murmelte etwas, aber ich wusste nicht, was zum Teufel ich sagte. Als er sich zurückzog, zuckte mein Körper zusammen. Teils vermisste ich die Fülle, teils war ich schockiert von seiner Größe. Meine Augen waren immer noch geschlossen, und ich konzentrierte mich auf meine Atmung, nachdem ich so lange keine Luft bekommen hatte.

„Hier, Baby", sagte er, bevor er meinen Hintern mit einem warmen, nassen Waschlappen berührte und mich säuberte. Ich hatte noch nie einen Mann gehabt, der sich danach um mich kümmerte. Der erste, dessen Name nicht genannt werden sollte, war vom Typ rein, raus, danke schön. Bear wusste genau, wie ich behandelt werden wollte.

„Ich liebe dich", murmelte ich in die Bettdecke.

„Ich liebe dich auch." Die Matratze senkte sich, aber diesmal zog er mich in seine Arme und legte sich hinter mich. „Schlaf jetzt, Fran", flüsterte er mir ins Ohr.

Im Einschlafen dachte ich noch darüber nach, wie sehr sich mein Leben verändert hatte. Ich war nicht länger eine geschiedene Frau im Trainingsanzug, die zu Hause saß und Bridge spielte. Ich war die Frau eines knallharten Bikers, der eher wie ein Holzfäller als ein Privatdetektiv aussah. Zum ersten Mal in meinem Leben fühlte ich mich geliebt, beschützt und zufrieden.

Es war schon komisch, wie sich die Dinge entwickelten. Manchmal passierten gute Sachen, wenn man sie am wenigsten erwartete. Vor allem, wenn die Person, die mich gerettet hatte, ein sexy Kerl war, der mich mit seinem Mundwerk immer auf Trab hielt und mich im Schlafzimmer mit seinem herrlichen Schwanz und seiner talentierten Zunge verwöhnte.

Ich schmiegte mich an ihn und fühlte mich wie das sexuelle Biest, das schon immer in mir geschlummert hatte, und schlief in den Armen meines Mannes in der ersten Nacht nach meinem Jawort ein.

Kapitel 19

Bear

Fran warf mich fast aus dem Haus und befahl mir, die Jungs im Neon Cowboy zu treffen. Sie murmelte etwas über das Ausräumen des Gästezimmers. Ich schätzte, meine zusätzlichen Sachen hatten die Garage verstopft. Aber vielleicht brauchten wir auch mal etwas Zeit allein. Der Wechsel vom Junggesellenleben zum Ehemann war eine Umstellung, aber eine, die ich tatsächlich genoss. Ich hatte die meiste Zeit meines Lebens als Single verbracht, sodass es schön war, endlich sesshaft zu werden, wie alle anderen normalen Menschen.

„Hat sie dich zum Spielen rausgelassen?", fragte Tank lachend, als ich mich setzte und mir ein Bier von der Mitte des Tisches nahm.

„Ich wollte zu Hause bei meiner Frau bleiben und meinen Geburtstag feiern, aber sie hat darauf bestanden, dass ich den Abend mit euch elenden Mistkerlen verbringe."

„Kluge Frau", sagte Ret und klopfte mir auf die Schulter.

Ret hatte sich besser eingefügt, als ich es mir je hätte träumen lassen können. Ich konnte mir kaum noch vorstellen, wie es ohne ihn war.

„Wo ist Morgan?", fragte ich.

Alle sahen sich an, aber niemand sagte etwas.

„Geht es ihm gut?" Sie verhielten sich merkwürdiger als sonst. Keiner von ihnen war normal, aber sonst beantworteten sie zumindest meine Fragen.

„Ja, es geht ihm gut. Er wird in ein paar Minuten hier sein. Er kümmert sich nur um einige Dinge", sagte Tank, aber das beruhigte mich nicht.

Nachdem wir schon so viele Jahre befreundet waren, konnte ich ihn gut lesen. Er verheimlichte mir etwas.

„Ich habe dich in letzter Zeit nicht oft gesehen. Hält

dich meine Tante auf Trab?", fragte City.

„Sie hat mich zu ein paar Kursen mitgeschleppt und so", murmelte ich und versuchte, den Eindruck zu erwecken, ich sei immer noch derselbe elende, grüblerische Bastard.

„Korbflechten?" Er hob eine Augenbraue und schmunzelte.

„Das ist nicht Frannys Stil." Ich lachte und drehte die Bierflasche in meiner Hand.

Mike beugte sich mit ernstem Gesichtsausdruck vor. „Du kannst das nicht einfach sagen und nicht spezifischer werden, alter Mann."

„Also ..." Fran würde mich absolut umbringen, wenn ich ihnen die Wahrheit gesagt hätte.

„Lass den Scheiß", sagte City. „Du lernst jetzt stricken. Gib es einfach zu."

„Blödmann. Es ist ein Tanzkurs", log ich. Es war eine Notlüge. Es wurde zwar getanzt, aber an einer Stange und mit sehr wenig Kleidung. Sie hatte im Internet eine Anzeige gesehen, in der es darum ging, sich fit zu halten und neue Bewegungen zu lernen, und hatte mich gebeten, mit ihr hinzugehen. Nie im Leben hätte ich gedacht, dass ich zu einem Pole-Dance-Kurs gehen würde. Es hörte sich wie Schwachsinn an. Aber ich hatte auch nicht erwartet, dass ich am Ende des Kurses zur Belohnung eine sexuell aufgeladene Ehefrau haben würde.

Tank lachte zuerst, und die anderen taten es ihm gleich. „Ich kann es nicht fassen. Wir haben Fred Astaire an unserem Tisch sitzen." Tank schüttelte enttäuscht den Kopf. „Ich hätte nie gedacht, dass ich den Tag erleben werde, an dem du zum Tänzer wirst."

„Das ist nicht die Art von Tanzkurs, Dumpfbacke."

„Ach?", fragte er und forderte mich zu einer Antwort heraus.

„Was für ein Kurs ist es denn, Onkel?", fragte City.

Das war seine neue Art, mich zu ärgern. Offiziell war

ich jetzt sein Onkel, und er nutzte jede Gelegenheit, um mich daran zu erinnern, wie viel älter ich war.

„Das darf ich nicht sagen." Ich biss mir auf die Zunge und stellte mir Frannys Gesicht vor, wenn ich alles ausplauderte.

„Ich weiß", stichelte Anthony mit einem Grinsen.

„Halt die Klappe", knurrte ich.

„Tante Fran erzählt Mom alles." Anthony tat so, als müsste er würgen. „Glaubt mir, ich weiß viel zu viel."

Thomas schaute mit einem finsteren Blick von Anthony zu mir. „Ich will es gar nicht wissen."

„Jetzt muss ich es aber wissen. Spuck's aus, Bro", sagte Tank zu Anthony.

„Arschlöcher", brummte ich, bevor ich einen Schluck von meinem Bier nahm. Anthony hob die Hände, lachte und kippte sein Bier ab. Dieser eingebildete kleine Wichser. „Ich sage nur, dass eine Stange im Spiel ist."

Alle sahen mich entsetzt an. Ich zuckte mit den Schultern. „Ich kann nichts dafür, dass ich eine Frau habe, die gern experimentiert."

City stöhnte. „Ich sollte diesen Scheiß über meine Tante nicht wissen, Mann."

„Du hast gefragt, er hat es verraten." Ich grinste.

Mike saß da und sah ein wenig blass aus. Thomas lachte sich ins Fäustchen und holte sich noch ein Bier, als würden wir nicht über seine Tante reden.

„Fran ist eine wilde Frau", sagte Ret. „Sie ist perfekt für dich." Er stieß mich mit dem Ellbogen an.

„Die beste Frau, die ich je gekannt habe, neben deiner Mutter." Ich schenkte ihm ein bittersüßes Lächeln. Er nickte und wusste genau, wie ich mich fühlte. „Ich trinke noch ein Bier, und dann haue ich ab."

„Oh, nein, das tust du nicht", sagte James, der herrischste Kerl in der Gruppe. „Wir haben heute Abend etwas vor."

„Ach ja?"

„Ja. Also setz dich da hin und trink dein Bier. Fran erwartet dich nicht zu Hause, bis wir mit dir fertig sind."
Ich erschrak. Sie hatten eine Überraschung geplant. Das konnte nichts Gutes bedeuten.
„Du hast heute Geburtstag, du alter Sack." Tank sah mich an, als wäre ich schwer von Begriff.
„Fran will aber nicht, dass ich den ganzen Abend weg bin." Ich redete mich heraus, aber das war egal. Ich wollte zu Hause bei meiner Liebsten sein. Ich hatte zu viele Jahre in Bars verbracht und war danach in ein leeres Haus gekommen, als dass ich meinen Geburtstag genau so verbringen wollte.
„Ma stößt nachher zu uns", sagte Morgan, trat von hinten an mich heran und legte seine Hände auf meine Schultern. „Also hör auf mit dem Blödsinn. Trink dein Bier und genieße deinen siebzigsten Geburtstag."
„Zweiundfünfzigsten", korrigierte ich ihn.
„Immer noch verdammt alt", stichelte Morgan. „Alles ist vorbereitet."
„Ich mag keine Überraschungen."
„Halt einfach die Klappe", sagte Tank. „Immer musst du alles verderben."
Ich verschränkte die Arme vor mir und sah ihn finster an. „Gut, aber es muss mir ja nicht gefallen."
Mein Telefon piepte mit einer Nachricht.

Fran: *Hör auf zu nerven und halte dich an das Programm.*

Ich konnte mir das dumme Grinsen nicht verkneifen, als ich antwortete.

Ich: *Gut, aber nur, weil ich deinen schönen Hintern liebe.*

„Wohin fahren wir für meine ganz besondere Feier?"
„Zum Pink Panther." Tank grinste.
„Ich habe genug Titten und Ärsche in Stripclubs gese-

hen. Das reicht für ein ganzes Leben." Ich kippte den Rest meines Bieres ab und griff nach einem weiteren, denn wenn ich in die Tittenbar sollte, musste ich verdammt noch mal betrunken sein.

„Ret, wie hast du dich bei ALFA eingelebt?", fragte City und ignorierte meine Unzufriedenheit über den Plan für den Abend.

„Super, Mann." Ret nahm die Bierflasche in beide Hände. „Ich habe noch nie irgendwo gearbeitet, wo ich die Leute wirklich mochte."

„Klug, das zu sagen, da alle hier sind."

„Nicht Sam. Wo ist dieser Idiot überhaupt?", fragte ich.

„Er holt etwas Wichtiges", antwortete City und atmete verärgert aus.

„Er holt etwas?"

City nickte. „Hör auf zu bohren, Bear. Dein Arsch gehört heute Nacht uns." Er wandte sich wieder Ret zu. „An welchem Fall arbeitest du gerade?"

Wenn es keine aktiven PI-Fälle für Ret gab, wurde ihm freie Hand gelassen, um Kautionsflüchtlinge aufzuspüren. Er war schließlich Bounty Hunter und die Belohnungen brachten ALFA viel Geld ein. Da er deren Ressourcen nutzte, teilte er das Geld mit der Firma, behielt aber den Großteil davon für sich.

„Ich verfolge dieses Arschloch, das auf der FBI-Liste der Meistgesuchten steht. Er hat seine Familie umgebracht und ist vor etwa fünfzehn Jahren abgehauen. Ich werde ihn finden und ihn genau dort hinbringen, wo er hingehört."

Anthony legte schließlich sein Handy weg, um an dem Gespräch teilzunehmen.

„Wie viel verdient man mit so etwas?"

„Hunderttausend."

Anthonys Augen leuchteten auf. „Scheiße, ich muss den Beruf wechseln."

„Das ist verdammt riskant, Mann", sagte Ret. „Du

musst immer damit rechnen, dass sie dich für ihre Freiheit umbringen würden."

„Oh. Okay, darüber brauche ich mir im Tattoo-Studio keine Gedanken zu machen."

„Kluger Mann, Anthony." Mike stieß ihn mit dem Ellbogen an. „Außerdem, wo kann man sonst arbeiten, wo man den ganzen Tag Titten und Ärsche sieht, außer in einem Stripclub?"

Anthony lachte. „Einige dieser Titten und Ärsche sollten lieber nie das Tageslicht sehen, geschweige denn vor mir entblößt werden."

„Witzbold", sagte City zu ihm, bevor er sich an Ret wandte. „Du verfolgst solche Typen doch nicht allein, oder?"

„Manchmal. Aber dieser Fall könnte schwierig werden, also werde ich wahrscheinlich jemanden von ALFA mitnehmen, sobald ich seinen Aufenthaltsort herausgefunden habe."

„Ich komme mit", bot ich an, denn ich nutzte jede Gelegenheit, um mehr Zeit mit meinem Sohn zu verbringen.

Er blickte zu mir hinüber und nickte. „Ich würde dich jederzeit als Rückendeckung bei mir haben wollen, Dad."

Mann. Es wurde nie langweilig, ihn mich Dad nennen zu hören. Jeden Tag fühlte ich mich weniger schuldig wegen der Vergangenheit. Meine Kids schienen mich zu akzeptieren und mir zu verzeihen, was ich getan hatte, aber ich hatte länger gebraucht, um mir selbst zu verzeihen.

„Noch eine Runde, dann sind wir hier weg. Sam ist auf dem Weg", sagte Thomas.

„Na toll", murmelte ich.

„Danke, dass du heute Abend den Fahrer machst", sagte James zu Sam, als wir aus dem Partybus stiegen.

„Seit Fi schwanger ist, trinke ich keinen Alkohol mehr. Sie wird sonst neidisch."

„Du bist schlauer als du aussiehst." Ich lachte.
„Du bist trotzdem noch ein Arsch", antwortete er grinsend. „Herzlichen Glückwunsch zum Geburtstag, altes Haus." Sam grinste.

Ich spannte athletisch die Muskeln an und posierte wie einst Schwarzenegger im Fitnessstudio. „Du kannst nur hoffen, in meinem Alter mal so gut auszusehen."

„Zu schade, dass du nicht mehr erleben wirst, dass ich im Alter noch viel besser aussehen werde als du."

„Keine Sorge, dann werde ich immer noch da sein. Der Himmel nimmt mich nicht auf, und der Teufel hat zu viel Angst, mich dort unten zu haben. Ich würde den Scheißladen glatt übernehmen."

Sam rollte mit den Augen. „Stimmt. Ich habe vergessen, was du für ein knallharter Kerl bist."

Ich stieß ihm gegen die Schulter. „Mach so weiter, und du bist vor mir dort."

„Seid ihr fertig mit dem Quatsch?", fragte James und hielt die Tür zum Pink Panther auf.

Wir lachten beide. Ich wuschelte mit der Hand durch Sams Haare. „Auch wenn du ein Arsch bist, liebe ich dich, Mann."

Er schlug mir gegen die Rippen. „Nicht meine Haare, Mann!"

Ich ließ ihn los und lachte, als er krampfhaft versuchte, seine Frisur zu ordnen, die wie ein Vogelnest aussah. „Du benimmst dich wie ein Mädchen."

„Du hast Glück, dass du heute Geburtstag hast."

„Fick dich."

„Wir sind spät dran. Bewegt eure Ärsche und haltet die Klappe", sagte City und schob mich weiter.

Wir waren gerade erst zu meinem Junggesellenabschied hier gewesen, und über manche Dinge sollte nie wieder gesprochen werden. Fran zu erklären, warum ich am nächsten Tag Bisswunden auf der Brust hatte, war kein angenehmes Gespräch gewesen, aber sie hatte mir schließlich verziehen. Sie murmelte etwas davon, dass ihr Sohn und ihre Neffen bei mir gewesen waren, also konnte es nicht so schlimm gewesen sein. Ich hatte geschwiegen, weil meine große Klappe mich nur noch mehr in Schwierigkeiten gebracht hätte.

„Ah, dieser Geruch von Pussys und Verzweiflung", sagte ich, als sich die Tür hinter uns schloss. „Es gibt nichts Vergleichbares."

„Das ist ein Geruch, den du gut kennst", lachte Mike, hielt sich den Bauch und dachte, er sei der lustigste Wichser aller Zeiten.

„Stimmt", gab ich zu.

James ging vor der Gruppe her und gab uns ein Zeichen, ihm zu folgen. „Lasst uns einen Tisch ganz vorn nehmen."

Der Pink Panther war einer der schäbigsten Stripclubs in der Gegend, aber er lag zentral zwischen unseren Häusern. Passend zum Namen waren die Lichter auf der Bühne rosa, sodass die Tänzerinnen sonnenverbrannt erscheinen. Dumm gelaufen.

Anstatt das Logo für den echten rosaroten Panther zu lizenzieren, kreierte Crater, der Besitzer des Lokals, seine eigene Version mit einer verrückten rosa Katze und klebte sie an die Wand. Wer auch immer sein Designer für das Logo war, sollte entlassen werden.

„Ich hasse diese Kneipe", stöhnte ich, als ich auf einem seltsam klebrigen Stuhl in der ersten Reihe zwischen Ret und City saß.

„Ich habe schon Schlimmeres erlebt", sagte City und lehnte sich entspannt zurück.

Die Lautsprecher quietschten, und ich hielt mir die Ohren zu.

„Als Nächstes kommt die göttlich süße Cupcake. Seid ihr bereit, eure in ihr zu versenken, meine Herren?"

Aus dem hinteren Teil des Raumes waren Rufe zu hören. Musik setzte ein und das Licht wurde gedämmt. Zuerst tauchte ein Bein auf, das von einem Scheinwerfer angestrahlt wurde, bevor der Rest von ‚Cupcake' zum Vorschein kam. Sie war in einen Kunstpelzmantel gehüllt und trug hohe Absätze. Ich konnte sie kaum ansehen. Sie war noch so jung, dass ich mich fragte, ob sie schon volljährig war.

Seit ich mehr Zeit mit meiner Tochter verbrachte, konnte ich jüngere Frauen nicht mehr auf dieselbe Weise betrachten. Sie regten mich nicht mehr an. Daran war Janice sozusagen schuld.

Ret beugte sich vor. „Cupcake sieht ein bisschen jung aus oder täusche ich mich?"

„Das dachte ich auch gerade."

„Entweder werde ich alt oder sie ist noch minderjährig."

Cupcake zeigte zuerst eine nackte Schulter und bewegte sich im Rhythmus der Musik an der Stange auf und ab. Das war mir schrecklich unangenehm. Ich hätte ihr Großvater sein können, und das war geradezu unheimlich.

„Lapdance gefällig?"

Ich sah auf und erkannte Carly, das Mädchen, das mir bei meinem Junggesellenabschied all diese hübschen Andenken auf der Brust hinterlassen hatte.

„Nein, danke." Ich winkte ab.

„Komm schon", sagte sie, ergriff meine Hände und zog an mir. „Es ist bereits bezahlt." Sie grinste. „Ich verspreche, dass ich dich diesmal nicht markieren werde."

„Ich verzichte." Ich hatte keine Lust, zu einer wütenden Frau nach Hause zu gehen. Sie hatte mir gesagt, ich solle ausgehen und nicht nach Pussy stinkend nach Hause kommen.

„Na los, Blödmann", sagte City und stieß mich an. „Glaub mir, das wird dir gefallen."

Ich warf ihm einen bösen Blick zu. Warum sollte mein angeblich bester Freund mich drängen, mit Carly mitzugehen? Das ergab überhaupt keinen Sinn.

„Komm schon, Dad. Sei ein Mann."

Jetzt auch noch mein Sohn.

Carly zerrte wieder an meiner Hand. „Ich habe etwas Besonderes für dich geplant."

„Oh Gott. Na gut", sagte ich und stand schließlich auf, um Carly zu folgen, wobei ich auf City zeigte. „Wenn Fran meckert, schicke ich sie direkt zu dir, und danach zu Carly."

Alle lachten. Sie wussten nicht, wie es war, Franny zu lieben. Sie hatte größere Eier als ich.

„Lass uns in einen anderen Raum gehen", rief Carly, als wir an den Lautsprechern vorbeikamen, aus denen *Cherry Pie* von Warrant erklang.

Ich zuckte mit den Schultern, denn es war mir egal, wohin wir gingen, ich würde es sowieso nicht genießen. Na ja, vielleicht doch, aber nicht die Konsequenzen.

Sie öffnete die Tür am Ende des Flurs und trat zur Seite. „Setz dich und ich mach das Licht aus. Ich möchte ein neues Programm an dir ausprobieren."

„Ich weiß nicht, ob ich das gut beurteilen kann, Carly."

„Doch, du bist perfekt geeignet, Bear." Sie lächelte zu mir hoch. „So, rein mit dir."

Ich tat, was sie verlangte, und setzte mich auf den Stuhl in der Mitte des Raumes, bevor sie das Licht ausschaltete und die Tür schloss. Ich konnte hören, wie ihre Absätze klackten, als sie sich näherte, und hielt den Atem an.

Einer meiner Lieblingssongs begann zu spielen. *Addicted* von Saving Abel. Ich konnte nicht anders, als an Fran zu denken und zu lächeln.

Als das Licht anging, blieb mir der Mund offen stehen. Vor mir stand meine Frau in Fick-mich-Pumps, einem G-String und sonst nichts.

„Franny?", murmelte ich, aber die Musik war zu laut, um es zu hören.

Sie legte ihren Zeigefinger auf meine Lippen und begann, sich im Takt zu bewegen, kreiste um meinen Stuhl und berührte mich dabei.

Fuck, war meine Frau heiß.

Immer noch geschockt starrte ich sie an und beobachtete, wie sie um mich herumtanzte und all die Bewegungen, die sie in unserem Tanzkurs gelernt hatte, in die Tat umsetzte. Dann stellte sie sich breitbeinig über meinen Schoß und presste sich an mich. Oh Gott. Mein Schwanz hatte sich schon bei ihrem Anblick geregt, aber jetzt war sie dabei, mir einen Steifen zu verpassen, der nicht mehr verschwinden würde, ohne ficken zu dürfen.

Meine Hände glitten um ihren Körper, ihren Bauch hinauf, und als ich ihre Titten berühren wollte, schlug sie meine Hand weg.

„Anfassen verboten", sagte sie mit einem frechen Grinsen.

„Ach, komm schon!" Ich versuchte erneut, sie zu betatschen, aber sie schlug mir auf die Finger. Die ganze Sache brachte mich zum Lachen, aber ich lachte nicht über sie. Ich konnte nicht glauben, dass Fran das für mich tat. Ihr dunkles Haar schwang mit ihren Schultern, während sich ihre Hüften in die andere Richtung bewegten. Jedes Mal, wenn sie sich mir näherte, streckte ich die Hand aus, um sie zu berühren, aber sie sorgte dafür, dass ich keinen Kontakt herstellte. Bevor die Musik endete, saß sie mit einem breiten Lächeln auf meinem Schoß, ihr Körper glänzte.

„Gefällt dir dein Geburtstagsgeschenk?"

Ich schlang die Arme um sie und zog sie näher heran.

„Das beste Geschenk aller Zeiten, mein Schatz."

„Ich bin noch nicht fertig." Sie kicherte und stand auf. Ihre Finger arbeiteten schnell, öffneten meinen Hosenknopf und befreiten meinen steifen Schwanz. Er zuckte, als ihre kleine Hand den Schaft umschloss.

Sie leckte sich über die Lippen und blies sanft auf die Spitze. „Soll ich deinen Schwanz lutschen?", fragte sie und mir lief ein Schauer über den Rücken. Ich liebte es, wenn sie schmutzig redete. „Na klar."

Ihre Lippen glitten über die Spitze meines Schwanzes, und meine Hüften hoben sich automatisch in dem Versuch, tiefer einzudringen. Sie legte ihre Hände auf meine Beine und drückte mich wieder nach unten, ohne einen einzigen Zungenschlag auszulassen.

In der kurzen Zeit, in der wir zusammen waren, hatte sie jeden Trick gelernt, um mich explodieren zu lassen. Ich sagte, das tat sie nur, damit ich schneller kam und sie weniger hart dafür arbeiten müsse. Sie behauptete jedoch, sie tat es nur, um mich vor Lust wild zu machen. Ich kaufte ihr das nicht ab.

Ihre Zunge strich über die Stelle, die mir Gänsehaut bescherte, und jedes Mal, wenn ich stöhnte, saugte sie fester. Ich grub meine Finger in ihr Haar, denn ich musste mich an etwas festhalten, bevor ich den Verstand verlor. Ich schaute sie an und es gab keinen erotischeren Anblick auf der Welt. Jedes Mal, wenn sie sich zurückzog, ging mein Körper mit ihr mit. Ich brauchte es. Ich wollte es. Ich wollte sie.

Ich liebte Frans Unberechenbarkeit. Manchmal steckte sie ihre Nase in Dinge, die sie nichts angingen, aber sie tat es immer aus Liebe.

„Franny!", rief ich, als ich mich beim Orgasmus schüttelte. Bevor ich wieder zu Atem kommen konnte, steckte sie meinen Schwanz zurück in meine Hose und machte den Reißverschluss zu. Dann stieg sie wieder auf meinen Schoß.

Sie drückte mir einen Kuss auf den Mund und flüsterte: „Ich liebe dich, Baby."

„Ich liebe dich auch, mein Schatz." Ich schenkte ihr ein träges Lächeln.

„Bist du bereit, wieder rauszugehen?"

„Gleich. Ich muss erst das Gefühl in den Beinen zurückbekommen."

Sie kicherte. „Ich bin aufgeregt, endlich einmal in einem Stripclub zu sein. Ich war noch nie in einem."

Ich weitete die Augen. „Wirklich?"

„Ja. Ich bin nie hingegangen."

„Dann besorge ich dir einen Lapdance."

„Warum?"

„Weil das Spaß macht." Nie würde ich Fran mit jemandem teilen, aber es wäre trotzdem geil zu sehen, wie sich eine andere Frau an meiner Frau reiben würde.

„Worauf warten wir dann noch?" Sie lächelte und rieb ihre Nase an meiner. „Lass uns rausgehen."

Ich lachte und hob sie von mir, bevor ich mich auf meine weichen Beine stellte. „Hast du die Mädels nicht tanzen sehen, als du vorhin reingekommen bist?"

„Nein. Ich bin durch die Hintertür gekommen."

„Wir werden später darüber sprechen, wie du das geschafft hast."

„Ach was, das war ganz einfach."

„So so." Ich wusste, dass Fran Tricks kannte, doch sie kannte Crater gar nicht. Aber Morgan kannte ihn, und er half ihr wahrscheinlich. Ich vertraute ihr, und das war alles, was zählte.

Wir gingen den Flur entlang und die Musik wurde lauter, je näher wir dem Hauptraum kamen. Fran pfiff, und ihre Augen weiteten sich, als sie den Club sah. Carly hing halbnackt kopfüber an der Tanzstange.

„Das will ich auch machen", sagte Fran.

Ich blickte zur Decke hoch und vor meinem geistigen Auge sah ich sie bereits in der Notaufnahme. „Ich kann es dir zeigen", sagte ich.

„Du?" Sie schlug mir gegen die Brust. „Ich rede lieber mit Carly."

Ich wollte nicht, dass Carly und Franny beste Freundinnen wurden. „Wir reden später darüber."

City kam auf uns zu, und sah nicht erfreut aus.

„Was ist los?"

„Ret ist gegangen."

„Was?" Ich schaute mich um, obwohl ich wusste, dass er nicht mehr hier war.

„Er hat einen Tipp von dem Typen bekommen, von dem er vorhin gesprochen hat. Ich habe ihn angefleht, auf dich zu warten oder einen von uns mitzunehmen, aber davon wollte er nichts hören."

„Er ist allein losgezogen?"

City fuhr sich mit der Hand durch die Haare. „Ja. Du rufst ihn besser an."

„Scheiße!" Ich zog mein Handy heraus und wählte. „Er geht nicht dran."

„Versuch es noch mal", sagte Fran an meiner Seite.

Ich drückte auf Wahlwiederholung und wartete.

Er antwortete nach dem dritten Klingeln. „Ich weiß, was du sagen willst."

„Was zum Teufel machst du?"

„Ich komme schon klar, Dad. Ich musste gehen. Du bleibst bei deinen Freunden und genießt deine Geburtstagsparty. Ich mach das schon."

„Nicht allein, Ret. Du brauchst Unterstützung."

„Ich habe das schon hundertmal gemacht, Dad. Mach dir keine Sorgen."

„Ret ..."

Ich betrachtete das Display. „Er hat aufgelegt." Mir blieb der Mund offen stehen angesichts der Dreistigkeit meines Sohnes.

„Was hat er gesagt?" City zog die Augenbrauen hoch.

„Er sagte, er hat alles unter Kontrolle und ich soll mir keine Sorgen machen."

„Dieser Dummkopf", knurrte City. „Thomas und James werden stinksauer sein."

„Lass mich es ihnen sagen", bat ich und legte meine Hand auf seine Schulter. „Ich werde mich darum kümmern."

„Ich habe ein schlechtes Gefühl bei der Sache, Bear.

Ein wirklich schlechtes Gefühl."

„Ich auch, Bro. Ich auch."

Ret war zu sehr wie ich. Zu starrköpfig und machohaft, um um Hilfe zu bitten oder auf diese zu warten. Er sollte nicht allein da draußen sein und einen Mörder verfolgen, der seit über einem Jahrzehnt auf der Flucht war. Dabei konnte zu viel schiefgehen.

„Wenn du heute Abend gehen musst", sagte Franny und lehnte ihren Kopf an meine Brust, „verstehe ich das. Du kannst ihn da draußen nicht allein lassen."

„Okay. Ich kann sowieso nicht einfach hier sitzen und mir Sorgen machen. Ich spreche mit den Jungs, und dann fahren wir los."

James und Thomas hatten wohl mitbekommen, was los war, denn sie kamen auf mich zu.

„Wir haben es gehört. Seid ihr bereit?", fragte James.

„Ja, gehen wir." Ich schaute meinen besten Freund an. „Kannst du Franny nach Hause fahren?"

„Sam fährt alle nach Hause. Mach dir keine Sorgen. Geh und hilf Ret", sagte Fran und gab mir einen Kuss. „Ich liebe dich, Bear. Sei vorsichtig und beschütze deinen Jungen."

„Das werde ich", sagte ich. „Danke für den besten Geburtstag aller Zeiten. Ich liebe dich." Ich lächelte und blickte in ihre dunklen Augen.

„Legen wir los", sagte Thomas und zog an meinem T-Shirt.

„Bin schon da", sagte ich und folgte ihm zum Ausgang.

Mein ruhiger, entspannter Abend war schon vor Stunden vorbei, aber ich hätte nie gedacht, dass ich einmal meinem Kind hinterherjagen würde, das anscheinend Todessehnsucht hatte, indem es auf eigene Faust einen Mörder verfolgte.

Umgeben von meinen Freunden und ohne meine Frau, fuhren wir ins Büro, um herauszufinden, wohin Ret gefahren sein könnte.

„Lasst uns Scheiße bauen gehen", sagte James mit einem Grinsen, als wir in ein wartendes Taxi stiegen.

„Ich bin voll dabei." Ich wollte lächeln, aber da das Leben meines Kindes auf dem Spiel stand, konnte ich es nicht. Wenn Ret etwas zustoßen würde, könnte ich nicht damit umgehen.

Die Autorin

Die Bestsellerautorin Chelle Bliss stammt aus dem Mittleren Westen und lebt momentan nah am Strand, obwohl sie keinen Sand mag. Sie ist Autorin in Vollzeit, Kaffee-Fanatikerin und frühere Highschool-Lehrerin. Sie liebt ihren Alpha-Mann, ihre zwei Katzen und mit ihren Lesern zu chatten.